남편이
일본인입니다만

케이 지음

남편이 일본인입니다만

한국인 같은 일본인,
일본인 같은 한국인 부부의

일본 이야기

모요사

Prologue

올해 초여름, 출판사로부터 내 블로그의 글들을 책으로 묶고 싶다는 연락이 왔다. 사실 블로그를 시작하고 이 년째 되던 해, 내 블로그가 뜻밖의 인기를 얻으면서 TV 출연 요청과 출판 제의가 왔었다. 하지만 그때는 모두 거절했었다. 나를 모르는 이들에게 무턱대고 사생활을 내보이는 것에 거부감이 들었고, 책으로 담아낼 만한 내용도 마땅치 않다고 생각했기 때문이다.

그러다가 재작년에 다음 블로그에서 지금의 티스토리로 블로그를 옮기면서 예전에 썼던 글들을 하나하나 다시 읽게 되었다. 고된 유학생활을 마치고 결혼을 하면서 달라진 새로운 시간들이 고스란히 적혀 있었다. 그때부터 글들을 하나씩 정리하기 시작했는데, 때마침 출판사로부터 연락이 온 것이다. 이번에는 망설이지 않고 응했다. 이제는 한 권의 책으로 묶어도 안심이 될 것 같았다.

출판계약서가 도착한 날, 늦게 퇴근한 '깨달음'(남편의 별칭)이 옷도 갈아입지 않은 채 마치 한국어를 아는 사람처럼 한 장 한 장 이리 보고 저리 보며 한참을 들여다보았다. 그리고 출판사에서 함께 보내준 건축 관련 책을 아주 흥미롭게 읽었다. 오래된 한국의 근대 건축에 관한 내용이었다. 깨달음은 읽기보다는 책 속의 사진들을 꼼꼼히 살펴보는 듯했는데, 건축의 역사에 조예가 깊은 사람이 아니면 찍기 힘든 사진이라고 감탄했다. 그날 이후 그 책은 깨달음의 책장에 들어가 있다.

그렇게 출판이 결정되면서 나는 원고 정리를 다시 시작했다. 밤늦게까지 노트북에 붙어 있던 어느 날, 깨달음이 물을 한 잔 가져다 주면서 조용히 옆에 앉았다. 한동안 말이 없다가 나를 빤히 쳐다보면서 불쑥 물었다.

"TV 출연은 거절하더니 출판은 왜 오케이 한 거야?"

"음…… 내가 이곳에서 살아온 시간들, 그리고 당신 같은 일본인이 있다는 걸 인쇄물로 남겨두는 게 좋을 것 같아서. 이번엔 출판사와 타이밍도 좋았고. 그런데 TV에 그렇게 나오고 싶었어?"

"아니. 사실 처음엔 좀 그랬는데 이제는 이렇게 숨어 있는 스타로 남는 게 더 멋있는 것 같아. 히히히."

이 책에는 한국인보다 더 한국적인 정서를 갖고 있는 깨달음의 얘기와 함께 내가 일본에서 십육 년간 살면서 느낀 희로애락, 늘 가슴 한구석에 자리 잡고 있는 고국에 대한 그리움, 그리고 뒤늦은 나이에 시작한 유학생활과 일본인 남편과의 결혼생활을 통해 내가 직접 경험한 일본 사회에 대한 글들이 오롯이 담겨 있다.

유학 시절엔 지도교수와의 갈등으로 신경정신과를 찾아야 했던 날도 있었다. 깨달음과 결혼한 뒤로는 한일 커플만이 안고 있는 예민한 문제들을 서로 이해하고 받아들이기 위해 많은 대화를 나눠야 했다. 하지만 자라온 환경과 받아온 교육이 다른 두 남녀가 넘어야 할 산은 꽤 많았다. 항암 치료를 받으며 힘들었던 시기엔 모든 걸 끝내고 싶어 트렁크에 옷가지를 쑤셔 넣고 한국으로 돌아가겠다고 깨달음을 붙잡고 몸부림친 날도 있었다.

그렇게 시간이 흘렀고 내가 변하듯 일본도 내가 첫발을 내딛은 당시와는 많이 바뀌었다. 일본에 한류바람을 일으켰던 욘사마의 아줌마 팬들이 사라지고 이제는 십대와 이십대가 케이팝K-pop 콘서트 장을 가득 메우고 있다. 일본에서 오래 살다보니 일본 사회에서 배워야 할 점과 배워서는 안 될 점도 나름대로 분별하게 되었고, 일본인들의 친절한 웃음 뒤에 숨겨진 이중성도, 진실을 품고 사는 보통의 일본인들의 모습도 알게 되었다.

블로그를 운영하는 오 년이라는 기간 동안 아낌없는 애정과 격려, 응원을 보내준 많은 이웃들이 있었기에 여기까지 올 수 있었다. 내 블로그엔 유난히 비밀 글이 많다. 비밀 글은 말 그대로 이웃과 나만 볼 수 있는 소통의 창구이다. 아주 작은 일까지 거침없이 내 감정을 털어놓은 글을 읽어보면서 자신들이 간직하고 있는 아픈 경험과 상처 그리고 극복 과정을 조심스레 꺼내는 이들이 상당히 많다. 나는 그런 이웃들을 접할 때마다 미약하나마 그들의 아픔과 상처를 함께 나누며 서로를 위로하고 치유해주는 사람 냄새 나는 글을 써가리라고 다짐한다. 넘어지지 않으려고 애를 써도 자꾸 넘어지고 아파하고……. 참 많이 울었던 매 순간마다 이웃들에게 기댈 수 있어서 정말 행복했노라고 고백하고 싶다.

블로그 이웃들은 우리 부부에게 삶이란 비우고 채우는 과정의 연속이란 걸 깨닫게 해주었다. 또한 무엇을 채우느냐에 따라 결과는 달라지며, 무엇을 비우느냐에 따라 가치가 달라진다는 것 역시 깨우치게 해주었다. 앞으로도 우리 부부는 그렇게 채우고 또 비우며 삶에서 가장 소중한 것을 찾아갈 것이다. 다시 한 번 이 자리를 빌려 블로그 이웃들에게 감사의 말을 전한다.

그리고 가족 얘기를 남에게 하는 게 아니라며 내가 카메라를 들이댈 때마다 눈을 흘기면서도 깨달음에게 아낌없는 사랑을 베풀어주는 우리 엄마와, 치료 중이어서 아무것도 먹지 못하는 나를 위해 김치와 밑반찬을 쉬지 않고 보내준 우리 세 자매들에게도 깊은 감사를 보낸다. 또한 내 블로그에 자신들의 얘기를 쓰는 걸 기꺼이 허락해준 용기 있는 친구들과 후배들에게도 고마운 마음을 전한다. 무엇보다 내 블로그가 이렇게 유명세를 탈 수 있게 해준 장본인인 깨달음에게 깊은 감사와 사랑을 전한다.

마지막으로 이 책이 출판될 수 있도록 적절한 타이밍에 연락을 해준 출판사 관계자들에게도 감사를 드린다. 그들이 아니었다면 이렇게 멋진 책으로 마무리되기 힘들었을 것이다.

2016년 겨울

도쿄에서 케이

차례

1부

한국인 아내, 일본인 남편

만남,
그리고
결혼

석사논문 발표가 끝났을 무렵, 지도교수님이 일거리를 하나 주었다. 모 건축회사로부터 설립 20주년을 맞아 회사 이미지 제고를 위한 BI Brand Identity 작업 의뢰가 들어왔는데 내가 맡아서 해보라는 것이었다.

얼마 후 의뢰자의 연락처를 건네받아 메일로 연락을 주고받은 뒤 그 회사를 방문했다. 무테안경을 코밑까지 내려 쓰고 미간에 주름을 세운 채 심각한 전화통화를 하고 있던 의뢰인은 내가 온 것도 눈치채지 못하는 것 같았다.

간단히 내 소개를 하고 바로 디자인 콘셉트와 시안들을 꺼내 설명을 시작했다.

"일본엔 언제 왔어요? 일본어를 참 잘 하시네요."

"아닙니다. 아직 멀었습니다."

"고향이 어디예요?"

"광주光州라고 남쪽에 있는 곳입니다."

"광주? 중국에 있는 광주広州는 들어봤는데…… 한국에도 광주라는 지역이 있나봐요."

"아, 광주こうしゅう라는 발음은 같은데 한자가 다릅니다."

"왜 일본에 왔어요? 공부하러 온 거예요? 한국에서는 전공이 뭐였어요?"

참 무례하다는 생각이 들었다. 갑자기 호구조사를 시작하는 것도 그렇고 왜 일본에 왔냐는 질문엔 기분이 언짢았다.

"네, 공부하러 왔고 한국에서도 디자인을 전공했습니다."

"아, 그래요? 잘 부탁드립니다."

그렇게 첫 대면이 끝나고 나는 의뢰인의 회사 이미지를 바꾸기 위한 로고 디자인에 착수했다. 꼬장꼬장한 의뢰인 덕분에 모든 직원들이 내 디자인안을 만장일치로 통과시킬 때까지 수정에 수정을 거듭했다.

마침내 일이 마무리되고 디자인료가 입금되던 날 의뢰인에게서 전화가 걸려왔다. 디자인을 멋지게 해주었으니 지도교수님과 함께 식사나 한끼 대접하고 싶다고 했다. 그런데 운명의 장난인지 교수님의 선견지명이었는지 알 수 없지만 약속한 날에 의뢰인과 둘이서만 식사하게 되었다. 식사하는 내내 어색한 분위기가 이어졌지만 나름대로 서로에 대해 조금 더 알게 되었다. 그날 이후 그는 당시 박사논문을 쓰고 있던 내게 필요한 문헌들을 구해주기도 하면서 계속 연락을 해왔고 우리는 점차 만나는 횟수가 잦아졌다.

마지막 박사논문 심사를 남겨두고 주말도 없이 학교와 연구실에서 밤을 새기 일쑤이던 어느 날, 그가 불쑥 홍콩행 티켓을 내밀었다. 일본을 떠나 잠깐이라도 휴식을 취하자는 뜻이었다.

하지만 홍콩에 도착한 첫날에도 나는 호텔방에서 논문 발표 준비에 여념이 없었다. 그러다가 마지막 날 밤이 되어서야 겨우 한숨 돌릴 수 있었다. 우리는 2층 버스를 타고 번화가를 둘러보다가 네온 빛이 은은하게 빛나는 작은 레스토랑을 찾았다. 약간 시끄러운 실내에 울려 퍼지는 올드팝이 의외로 잘 어울리는 가게였다. 뜨끈뜨끈한 소롱포와 함께 마시는 미온의 고량주 맛이 절묘해 자꾸만 술잔을 기울이는 속도가 빨라졌다. 독특한 향신료로 범벅이 되어 나온 게요리도 일품이었다. 고량주 한 병을 다 비워갈 때쯤, 무슨 말을 할 듯 날 빤히 쳐다보던 그가 느닷없이 이렇게 말했다.

"당신이랑 살면 잘 살 것 같아……."

"……뭔 소리야? 왜 그런 말을 해, 갑자기?"

"당신, 현수기(현숙)라는 여성과 살면 한평생 잘 살 것 같아. 아주 행복하게."

그건 분명 프러포즈였다. 하지만 나는 어쩐지 그의 눈을 똑바로 쳐다보지 못한 채 그가 주문한 칠리새우만 열심히 먹었다. 결혼 같은 건 생각해보지 않았다고, 무슨 소릴 하는 것이냐고 반박해야 하는데 아무런 대답도 하지 못했다. 다만 달콤하면서도 매콤한, 적당히 탄력 있는 새우살이 신선하다고만 생각했다. 그때 그가 다그치듯 물었다.

"맛있지? 무슨 맛이야? 일본 거랑 맛이 똑같아?"

"음…… 아주 특별한 맛이야. 프러포즈 맛 같은……."

그렇게 연애기간 사 년이 지나고 우리는 결혼했다. 그런데 막상 결혼하고 나니 연애할 때와는 전혀 다른 경험들이 기다리고 있었다. 한일 커플만이 겪게 되는 예민한 문제들이 상당히 많아서 서로 이해하고 수용하기 위해서는 참 많은 대화가 필요했다. 편견 없이 상대의 나라를, 서로 다른 문화를 인정하고 받아들이는 데는 꽤 많은 인내와 학습이 요구되었다. 작은 예로 한일전 축구나 농구가 있을 때, 서로 질세라 본인들의 나라를 응원하다가 어느 한편이 이기고 나면 괜한 감정까지 실어서 분풀이하곤 했다.

그런 경험과 학습들이 쌓이면서 우리는 나름의 해결책을 찾았다. 문제가 발생하면 피하지 않고 서로가 납득할 수 있을 때까지 솔직한 심정과 느낌을 허심탄회하게 털어놓기로 한 것이다. 그리고 지금도 여전히 그렇게 문제점들을 해결해 나가고 있다. 그래도 참 다행스럽고 고마운 것은 그가 내가 생각했던 것보다 훨씬 더 한국에 관심과 애정이 많다는 점이었다. 음식에서부터 판소리까지 한국의 문화와 역사, 과거와 현재의 모습을 정확하게 파악하고 있었고 한국적인 정서를 많이 갖고 있었다.

밥상에 한국식 반찬, 이를테면 콩나물, 고사리나물, 동태전, 된장찌개가 올라오는 걸 좋아하고 주말이면 초코파이와 새우깡을 펼쳐놓고 한국의 예능 프로그램을 하루 종일 보면서 웃고 따라하기를 반복한다.

한국 영화나 드라마를 볼 때면 마치 자신이 주인공이 된 것처럼 가슴을 쓸어내리며 눈물을 닦기도 한다. 일본에서 치러지는 크고 작은 한일 양국의 문화행사에는 무슨 일이 있어도 참가해서 직접 체험하고 공감하며 한국을 가까이 느끼려고 노력한다. 올해 11월에는 자신이 좋아하는 가수 이은미의 콘서트를 보기 위해 항공권 값을 두 배로 지불해야 했는데도 전혀 망설이지 않고 한국행을 감행했다.

그의 이런 모습들은 한국인 아내를 배려하는 마음에서 나온 것이기도 하겠지만, 그 스스로가 한국이라는 나라에 대해 품고 있는 남다른 애정에서 비롯된 것이기도 하다. 친정 식구들은 이런 그를 보고 한국인보다 더 한국인 같다며 우리의 다양한 전통문화를 보여주려고 애쓴다.

그와 처음으로 식사하던 날, 자기 이름을 한국어로 바꾸면 무엇이냐고 물었었다. '깨닫다'라는 뜻이니까 명사로 처리하면 '깨달음'이라고 했더니 그는 귀엽게 들린다면서 혼자서 서툰 한국 발음으로 "깨다룬, 깨다룬"이라고 몇 번 반복해서 되새겼다. 그렇게 깨달음이 지금의 내 남편이 되었고 우리 엄마가 지어준 별명 '깨서방'이 닉네임이 되어버렸다. 뭘 얼마나 깨달을 게 많은지, 아니면 모든 걸 깨닫고 있다는 건지 모르겠지만, 지금 생각해보면 '깨달음'이란 이름은 여러 의미를 포함하는 참 예쁜 이름인 것 같다.

일본에서
한국인으로
산다는 것

난 이름이 두 개다. 깨달음과 결혼하면서 남편의 성을 딴 이름으로 바꾸다보니 두 개의 이름을 갖게 되었다. 굳이 통칭명(通称名, 일본 이름)을 쓰지 않아도 되지만 일본에서는 결혼하면 남편의 성을 따르는 게 상례화되어 있고, 나처럼 외국인들도 결혼을 계기로 거의 80퍼센트가 남편의 성을 사용하고 있다.

일본 이름을 원하는 경우에는 통칭명을 지어 구약소(구청)에 새롭게 등록하면 학교, 병원, 거래처, 은행 등 일본 이름이 필요할 때 편리하게 사용할 수 있다. '케이'는 일본에서의 내 실명이다. 나의 한국 이름에 일본식 발음을 따고, 코리언을 내포하는 K를 이니셜로 넣고 싶어서 이 이름으로 결정했다. 어느 이름을 쓰는 게 편하냐고 묻는 일본 친구들이 가끔 있는데, 나는 전시회, 발표회, 콩쿠르, 세미나 등 개인적인 활동을 할 때는 한국 이름을 사용하고, 그 외 일상생활을 할 때는 일본 이름을 사용하는 식으로 분리해서 쓰고 있다.

그러다보니 일본 이름으로 불릴 때의 내 모습과 한국 이름으로 불릴 때의 내 모습이 약간 다를 때가 있다. 일본 이름으로 불리면 가끔 내 스스로가 만들어놓은 일본인 모드로 행동한다. 더 예의 바르게, 더 상냥하게, 더 열심히, 더 바르게 몸이 움직인다. 꼭 그래야만 하는 특별한 이유가 있는 건 아니지만 내 머릿속에 못 박혀 있는 일본인의 이미지를 재현하는 또 하나의 나 자신이 있다. '케이'라는 가면을 쓰고, 이름이 두 개이듯 두 얼굴로 살아가고 있는 내가 있다. 인생의 3분의 1을 이곳에서 살면서 때와 장소에 따라 일본인이 되기도 하고 한국인이 되기도 한다. 굳이 내가 한국인임을 밝히지 않아도 될 곳에서는 그냥 넘어간다. 그릇된 행동을 하는 한국인들이 있을 때는 그들과 같이 도매급으로 취급되는 게 싫어서 애써 외면한 적도 있다. 하지만 일본을 알아가면 알아갈수록 마음이 불편해지는 건 이들의 역사 속에 내 나라가 있고, 기나긴 시간 동안 치유되지 않고 있는 한국인의 상처가 고스란히 남아 있기 때문이다.

이곳에서 살면서 내가 한국인, 아니 외국인이기에 부딪혔던 크고 작은 벽들은 상당히 많았다. 유학 시절에는 공부만 잘하면 대체로 모든 게 순조롭게 통과되었지만 사회인이 되고 나서 보니 역시나 보이지 않는 외국인 배척 풍조가 늘 따라다녔다.

일상생활을 하거나 사회생활을 할 때 대놓고 한국인을 차별하지는 않지만 한국인뿐만 아니라 아시아인들을 알게 모르게 차별하는 일은 공공연하게 벌어진다. 흔히 일어나는 일은 아르바이트의 시급에 차이를 둔다거나 보너스 지급과 진급이 보통의 일본인과는 다르게 집행되는 경우다.

내 주위에서 가장 험한 꼴을 당한 이는 내 후배였다. 그의 아파트에는 우익 활동을 하는 일본인이 살고 있었는데, 그는 후배와 마주칠 때마다 네 나라로 돌아가라며 시비를 걸었고, 집을 비운 날이면 현관문에 '돌아가라'라고 적힌 종이를 붙여놓기도 했다. 이렇게 외국인, 특히 한국인에 대한 뿌리 깊은 차별을 당연시하는 단체와 그룹들이 아직도 일본 사회에 존재하고 있다는 게 놀랍지만 그것이 엄연한 21세기 일본의 현재 모습이다.

집을 세놓거나 사람을 채용할 때 자국민을 우선으로 하는 건 어쩌면 당연하기에 어느 정도는 받아들이고 있지만, 지금도 납득이 되지 않는 일을 겪은 적이 있다. 깨달음과 결혼하고 지금의 아파트를 사기 위해 주택자금 대출을 받을 때였다. 내가 받고 있는 연봉과 체류 자격 조건이면 백퍼센트 대출이 된다고 모든 부동산에서 장담했는데 각 은행에선 서류 심사 단계에서부터 대출 불가라는 통지를 보내왔다. 대출을 해줄 수 없는 이유를 명쾌하게 밝힌 은행은 단 한 곳도 없었다. 부동산 측에서도 이런 결과를 놓고 난처해했고, 내게 어떤 위로나 변명조차 선불리 하지 못한 채 한동안 내 눈치만 살폈다.

딱 한 군데 대출을 해주겠다고 한 은행은 까다로운 조건을 제시했다. 배우자인 일본인 남편의 삼 년간 수입과 지출, 모든 재산 관련 정보를 서류로 첨부하라는 것과 대출 상환 기간을 절반으로 단축해야만 한다는 것이었다. 그리고 더 가관인 것은 이런 조건을 걸었음에도 불구하고 우리가 원하는 대출금의 백퍼센트가 아니라 50퍼센트만 대출을 해주겠다는 것이었다. 비단 한국인이어서가 아니라 외국인이라는 내 신분 때문이란 걸 알고 있었지만 은행의 이런 태도에 서운함과 암담함을 동시에 맛봐야 했다. 우리 속담에 집 떠나면 고생이란 말이 있다. 막상 집이 아닌 나라를 떠나서 살다보면 생각만큼 환상적이지도 이상적이지도 않다는 것을 실감하게 된다. 해외에서의 삶도 결국엔 셋방살이와 같아서 집주인의 눈치를 봐야 하는 입장이 되는 것이다.

나 같은 장기 해외 체류자는 이민자들과는 달라서 어느 한 나라에도 온전히 소속되지 못한 채 애매한 상태로 머물며 살아간다. 그러다보니 내 정체성도 세월의 흐름과 함께 반쪽이 되어가는 것 같아 씁쓸할 때가 많다.

깨서방을
탄생시킨
블로그

결혼하고 나서 일 년이 지날 무렵, 블로그를 시작했다. 함께 공부했던 동기들이 하나둘씩 한국으로 돌아가고 나니 주위에 마음을 터놓고 친하게 지낼 한국인이 없었다. 학업에 열중하던 팔 년간은 한국에 관한 소식을 일본 뉴스를 통해 듣거나 잠깐잠깐 인터넷을 보며 확인하는 게 전부였다.

스마트폰이 없던 시절에는 다른 유학생들도 마찬가지였겠지만 한국 방송을 볼 수 있는 기회가 극히 적었다. 그래서 해마다 유행하는 드라마, 노래, 패션, 음식 등에 대해선 알 길이 없었고 사회 분위기가 어떻게 흘러가는지도 모른 채 지내야만 했다. 그래서 가끔 한국에 들어갈 때마다 내가 떠나온 시간만큼 그 갭이 상당히 크다는 걸 느꼈다. 그때마다 한국에 대한 그리움이 쌓이고 자꾸만 내가 한국과 멀어지고 있는 것 같아 왠지 모를 조바심마저 들었다. 내가 없었던 시간 동안 변화된 사회환경과 사람들의 의식구조가 낯설어 어떻게든 그 공백을 메우고 싶은 마음이 커져갔다.

처음 블로그를 시작했을 때는 고등학교 시절부터 써왔던 일기처럼 하루의 일상을 돌아보는 글을 써나갔는데 그래서인지 극히 개인적이고 아주 소소한 얘기들이 대부분이었다. 글의 주제가 된 건 온통 나의 일상, 가족, 남편, 친구들 그리고 주변 사람들이었다. 나에겐 그들이 내 삶의 전부였기 때문에 그들과 함께 웃고 함께 울었던 기억들을 얘기하듯 썼다. 아프면 아프다고, 기쁘면 기쁘다고, 슬프면 슬프다고, 미우면 밉다고…… 있는 그대로 내 감정을 털어놓았다.

그렇게 일상을 적다보니 당연히 깨달음의 얘기도 나오게 되었고 그의 이상한 행동이나 국제 커플 사이의 트러블, 사고방식의 차이 등에 관한 글도 올리게 되었다. 그러자 6개월이 지날 무렵부터 내 블로그에 '깨서방'이라는 검색어를 쳐서 들어오는 이가 절반을 넘어서고 있었다. 한국에 관심이 많고 한국 음식을 무척 잘 먹는, 이름도 특이한 '깨달음'이라는 일본 아저씨가 인기를 모으기 시작했고 깨달음은 내 블로그의 주인공이 되었다.

그렇게 많은 네티즌들에게 인기를 얻자 깨달음은 마치 자신이 연예인이 된 것 같다며 굉장히 좋아했고, 내가 사진을 찍으려고 카메라를 들이대면 이렇게 찍어라 저렇게 찍어라 주문이 많아졌다. 당연히 내 블로그에 상당한 관심을 보였지만, 안타깝게도 그는 한글을 몰랐다.

오늘 방문자는 몇 명인지, 추천(공감)은 몇 개 받았는지, 자기에 대해 뭐라고 썼는지, 일본 사람들 나쁘다는 소리는 안 하는지, 일본에 온다는 사람은 없는지 등 매일 질문을 퍼부었다. 언젠가 모 다큐멘터리 작가로부터 TV 출연 요청을 두 번이나 받았지만 내가 거절했고, 그걸 뒤늦게 알게 된 깨달음이 TV에 나올 찬스를 놓쳤다며 무척 아쉬워하기도 했다.

그 후로는 내 블로그를 마치 자기 블로그인 양 관리하려 들었다. 카메라를 갖다 대면 옷 매무새를 고치기도 하고, 멋지게 나오는 각도로 몸을 비틀기도 하면서 모델 노릇을 즐겼다. 음식점에서 음식 사진을 찍을 때도 맛있게 보이도록 자청해서 접시를 이리저리 들며 연출하기도 했다. 하지만 몸이 아플 때나 속상한 일이 있을 때도 내가 변함없이 카메라를 들이댄다는 걸 알고부터는 일상을 그대로 보여주는 것 자체가 은근 피곤하다는 걸 '깨달은' 모양이었다. 그 뒤로는 억지로 연출하는 모델 같은 짓은 그만두고 자연스럽게 있는 그대로를 보여주기 시작했다. 그리고 사람을 좋아하는 깨달음은 블로그 이웃들 중에 일본에 놀러 오는 이가 있다면 자기가 술 한잔 사겠다고 대대적으로 홍보하라고 했지만 내가 질색하자 같은 한국 사람끼리 그래선 안 된다며 뼈 있는 소리를 하기도 했다.

하지만 매년 우수 블로그와 베스트 블로거 황금펜촉을 받으며 인기를 더해가자 나는 악플에 시달려야 했고 공감 조작이라는 근거 없는 의혹에 휩싸이면서 블로그 활동을 그만둬야 하나 심각하게 고민하게 되었다. 하지만 그때도 깨달음은 블로그를 그만두지 못하게 했다. 지금껏 받아왔던 관심과 응원만 생각해도 얼마나 감사한 일이냐며 블로그를 통해 일본인들의 다양한 모습을 보여줌으로써 혹시 일본에 대해 오해하고 있는 이들에게 조금이마나 일본을 제대로 알릴 수 있기를 바란다고 했다. 또한 자기처럼 한국에 관심이 많은 일본인들이 많다는 걸 알릴 수 있는 좋은 콘텐츠라면서 세상엔 좋은 사람들이 더 많으니 걱정 말고 계속 글을 쓰라고 내 등을 떠밀었다. 그렇게 지금까지 오 년이 다 되도록 블로그 활동을 계속하고 있다.

되돌아보면 중년의 나이임에도 불구하고 아직도 삶이 뭔지, 어떻게 살아가는 게 최선인지 잘 몰라서 넘어지면 아이처럼 울고, 기쁘면 바보처럼 낄낄거리고, 아프면 끝없는 갈등 속에서 헤매며 늘 고민하고 후회하는 글들이 많았다. 하지만 블로그 이웃들은 특히 내가 항암 치료 중일 때 혼자가 아님을 몇 번이고 각인시켜주었고 용기를 불어넣어 주었다. 사람 사는 게 별것 없는데도 힘들어하고, 누구나 하나쯤 가지고 있는 아픔을 나만 제일 힘든 것처럼 징징거리며 나약한 소리를 늘어놓을 때도 위로해주고 힘을 실어준 이들이 있어서 행복했다. 생각해보면 결국엔 내가 위로받고 싶고 칭찬받고 싶어서 글을 올렸던 게 아닌가 싶다.

처음엔 일기처럼 시작된 블로그였지만 요즘엔 국제 커플과 일본 사회를 가까이에서 볼 수 있는 시야를 제공하고, 깨달음이라는 일본인을 통해 일본인과 일본 사회에 대한 편견을 조금이나마 완화할 수 있기를 바라면서 글을 쓰고 있다.

요즘 깨달음은 스마트폰에서 번역기로 돌려 내 블로그의 글들을 체크하고 있다. 어제 글은 테마가 너무 무거웠네, 사진을 한 장 더 삽입해야 이해하기 쉽겠네, 자기 똥배가 그대로 나왔네 등 편집자처럼 토를 달며 내게 수정을 요구하곤 한다.

앞으로도 난 오 년이라는 시간 동안 무슨 일이 있을 때마다 한결같이 우리 부부를 다시 일으켜 세워주었던 블로그 이웃들을 위해 글을 쓸 것이다.

일본인 남편과 살아보면 보이는 것

어제는 오랜만에 고교 동창에게서 전화를 받았다.

아직까지 독신인 선영(가명)은 가끔 전화해서 밑도 끝도 없이 일본인 남편은 어떠냐고 묻는다. 매번 똑같은 질문을 한다는 걸 그녀는 모르는 것 같다. 그녀와 나 둘 다 마흔이 넘도록 결혼하지 않다가 어느 날 내가 훌쩍 국제결혼을 한 뒤로 홀로 남은 그녀는 결혼에 대한 압박과 조바심을 느낀다고 했다.

독신생활을 즐기고 있는 내 주변의 친구나 후배, 지인들이 일본 남자와의 결혼생활을 궁금해하며 한국 남자와 무엇이 어떻게 다른지를 비교해달라고 할 때가 있다. 그럴 때마다 나는 결혼하고 느낀 점들을 솔직하게 있는 그대로 얘기한다.

우리는 결혼식을 올린 지 올해(2016년)로 육 년째를 맞이하는 한일 커플이다. 지난 세월 동안 일본 남자와 함께 살면서 싸우기도 많이 싸우고 웃기도 많이 웃었다. 국제결혼이기에 느낄 수 있는 이색적인 맛도 있는 반면, 한국 남자와는 달라서 황당한 감정을 느낄 때도 많았던 게 사실이다. 그중에서도 내가 체험한 일본 남자, 아니 일본인 남편 깨달음은 이러했다.

첫째. 여자라고 보호해주지 않는다.

한겨울 밤, 체감온도가 갑자기 뚝 떨어진 날 저녁을 함께 먹고 집으로 돌아오는 길에 깨달음이 걸음을 멈추더니 가방에서 목도리를 꺼내 두르기에 나한테도 좀 해달라고 했다. 그런데 반응이 어처구니없었다. 저녁에 추워질 거라는 예보가 분명 있었는데, 왜 준비해 오지 않았냐며 자기 몸 관리는 스스로 해야 한다는 것이었다.

더 놀랐을 때는 신호가 없는 횡단보도를 건널 때였다. 깨달음이 혼자서 길을 건너고는 다 건너고 나서야 내 쪽으로 뒤를 돌아보았다. 손을 잡고 함께 건너야 하는 것 아니냐고 따졌더니, 그러다가 교통사고라도 당하면 둘 다 죽을 수 있기 때문에 따로따로 건너는 게 합리적이라고 주장했다. 깨달음에게는 여자를 우선 보호한다거나 아내를 지키기 위해 자신이 대신해서 위험을 감수하려는 마음이 결여되어 있음을 엿볼 수 있었다.

2001년, 이곳 일본에서 한국 유학생 이수현 씨가 선로에 떨어진 승객을 구하려다 목숨을 잃었을 때 깨달음뿐만 아니라 주위의 일본인들이 하나같이 같은 소리를 했다. 남을 위해 자신의 목숨을 건다는 것 자체가 있을 수 없는 일이라고. 그래서인지 깨달음의 행동을 보면 일본인 특유의 이기적인 국민성이 그에게도 배어 있음을 느낀다. 그럴 때마다 내가 한국 남자들은 그렇지 않다고 하면 그런 배려는 어린아이와 노약자에게만 하는 거라고 스스로를 정당화했다. 레이디 퍼스트라든가 약한 자의 편에 서는 젠틀한 매너 남의 모습은 아주 극한 상황 이외에는 발휘하지 않는 사람이었다.

둘째, 아내가 할 일은 아파도 해야 한다.

이 년 전, 난 항암 치료를 받느라 연일 몸 상태가 좋지 않았다. 그런데도 깨달음은 식탁에 앉아 아침 식사를 기다리고 있었다. 좀 알아서 챙겨 먹고 가면 좋으련만, 하는 말이 가관이었다. 자기 딴에는 날 생각해서 힘들까봐 점심과 저녁을 밖에서 먹고 오니까 아침만은 집에서 먹고 싶다는 것이었다. 나 같으면 냄새조차 못 맡는 아내를 위해 밖에 나가 아침을 해결할 텐데……. 하지만 워낙 집밥을 좋아하는 그는 한끼 정도는, 아니 자기가 가장 중요하게 생각하는 아침 상만큼은 아내에게 받고 싶은 바람이 크다고 말했다.

셋째, 먹는 것에도 네 것, 내 것의 개념이 철저하다.

우리 부부는 대식가라기보다는 미식가에 속하는 편이다. 먹는 양도 그리 많지 않기 때문에 되도록 양질의 맛있는 음식을 먹으려 한다. 어느 날 냉장고에서 깨달음이 사다둔 마카롱을 하나 꺼내 먹었더니 자기 걸 먹을 때는 미리 알리라고 해서 오만 정이 다 떨어진 적이 있다. 그게 한국에서 사 온 것일지라도 일단 자기가 구매한 것에 대해서는 쉽게 허락하지 않는다. 또 어느 날은 그의 비빔밥을 한 숟가락 떠먹으려 하자 못 먹게 내 숟가락을 쳐내는 것이었다. 식탐이 많아서라기보다 네 것, 내 것 개념이 뚜렷해서 한국 사람처럼 나눠 먹는 습관이 희박하다는 걸 알 수 있었다.

넷째, 부모 자식 간에도 독립되어 있다.

결혼생활 육 년 동안 시부모님 생신 때도 전화 한 통으로 끝냈다. 특별히 선물을 해야 한다는 의무감 없이 살아왔다. 결혼하고 처음 맞는 시어머니 생신도 일주일이 지난 후에야 알았다. 왜 알려주지 않았냐고 물었더니 생일이 뭐 별거냐며 대수롭지 않은 일이니 신경 쓰지 말라고 했다. 죄송한 마음에 전화드렸더니 시어머니도 아주 쿨하게 원래 당신들은 생일 같은 걸 챙기는 사람들이 아니라고, 도리어 신경 쓰게 해서 미안하다고 했다. 일본에서는 한국만큼 가족들의 경조사를 챙기지 않고 자식이니까 아들이니까 며느리니까 뭔가를 해야 한다는 생각은 서로를 불편한 관계로 만든다며 오히려 나에게 생각을 바꾸라고 했다.

그렇게 지금까지 특별히 시부모님 생신을 챙기지 않아도, 명절이나 경조사에 애써 참석하지 않아도 아무 탈 없는, 한편으로는 아주 편한 며느리 생활을 하고 있다.

대충 이렇게 내 결혼생활을 얘기한 뒤 국적이 문제가 아니라 누구를, 어떤 남자를 선택하느냐에 따라 천차만별이고, 누구를 선택하든 일장일단이 있기 마련이라는 말을 덧붙인다. 즉 한국 남자처럼 거칠지만 속정이 깊고 여자를 위할 줄 아는 남자를 원한다면 한국 남자가 좋고, 부부간에도 너와 나의 개념이 뚜렷해서 좋게 말하면 쿨하고 나쁘게 말하면 잔정이 없는 그런 남자를 원한다면 일본 남자를 택하라고 말이다.

남녀 관계, 특히 국제 커플은 서로 다른 환경과 문화에서 자란 만큼 상대를 믿고 이해하려는 마음이 두 배, 세 배로 필요한 시간들이 많다. 앞으로도 서로가 함께 더 노력하고 부족한 부분들을 인정하고 채워가며 열심히 살아가면 될 것이다.

나를 당황하게 만드는 남편의 한국어

깨달음이 평소와 달리 일찍 퇴근해 돌아왔다. 나는 블로그 작업에 정신을 집중하고 있었다. 그가 내게 성큼성큼 다가와 과일 봉투를 건네면서 컴퓨터 화면을 뚫어져라 보더니 무슨 글을 썼기에 결혼 사진을 올렸느냐고 물었다.

"지난 육 년간 당신과 살면서 일본인 남편과 살아보면 알게 되는 것들에 대해 솔직하게 썼어."

"구체적으로 무슨 내용이야?"

나는 별 생각 없이 대충 그렇고 그런 내용이라고 둘러댔다. 그러자 깨달음이 얼굴을 내 얼굴에 바짝 들이대고는 한국말로 "이 쉐끼, 나쁜 여자"라고 말하는 것이었다.

생각지도 못한 말에 당황스러워 어쩔 줄 몰랐다.

"……어디서 그런 말을…… 배웠어?"

"한국 영화에 많이 나오잖아."

"그래도 그런 말은 함부로 하는 게 아니야!"

내 목소리에는 핏대가 서 있었다. 그러자 깨달음이 휴대폰으로 내 블로그를 일본어 번역판으로 돌려 읽어봤는데 자기에 관해 나쁘게 적어 놓았더라고 털어놓았다. 매일 퇴근길에 아내가 좋아하는 걸 사 오는 착한 남편이고 자상한 남자인데 매너 없는 남자로만 써놓은 것 같아서 억울한 마음이 들었단다.

듣고 보니 그의 태도를 다소 이해할 수 있었다. 흥분한 그를 달래려고 블로그 이웃들은 이미 당신이 착하고 정이 많다는 걸 알고 있다고 해명해주었다.

아마도 깨달음은 자신의 좋은 점이나 착한 점, 장점을 부각시키지 않은 것에 화가 나서 그 마음을 표현할 적당한 한국어를 찾으려고 사전을 뒤졌던 모양이다. 그런데 나쁜 말이나 비속어가 너무 많아서 욕의 강도가 어느 정도인지 알 수 없었고, 그래서 영화에서 자주 들었던 '이 쉐끼'라는 단어로 자신의 기분을 표현하고, '나쁜 놈'에서 놈 대신 여자를 넣어 '나쁜 여자'라는 말로 나에 대해 분풀이한 것이다.

"참 대단하네. 나한테 한마디 하려고 단어 책을 찾아볼 정도의 열정이면 앞으로도 계속해서 한국어 공부를 잘할 수 있을 것 같네. 열심히 해봐!"

"싫어요~"

안 돼요, 싫어요, 하지 마세요가 깨달음의 한국어 십팔번이다. 그는 이 세 마디만 가지고도 자기 뜻을 충분히 전달할 수 있다고 믿고 있는 듯했다.

깨달음은 정식으로 한국어 공부를 한 적이 없다. 공부를 하려고 마음은 여러 번 먹지만 작심삼일이고, 대충 분위기를 파악하거나 눈치만 늘어서 굳이 처음부터 제대로 공부하려고는 하지 않는다. 해요, 안 해요, 돼요, 안 돼요, 먹어요, 안 먹어요 등 긍정과 부정을 나타내는 말과 자기에게 꼭 필요한 단어들만 외울 뿐 한국 드라마나 예능 프로그램을 보며 자연스럽게 익히려는 습관이 배어 있다.

한동안은 카톡 이모티콘으로 한국어 공부를 하기도 했다. 괜찮아, 놀러 가자, 추워, 더워, 한가해, 밥 먹었어? 뭐하고 있어? 이건 뭐지? 힘내, 너무해 등 상당히 많은 단어들과 여러 상황에 맞는 표현을 재밌게 외우곤 했는데 언젠가부터는 그것도 시들해지면서 자연스레 단어들도 잊어 먹은 듯했다. 그런데 지금까지 잊지 않고 오늘처럼 나를 당황하게 만드는 한국어가 꽤 많다.

침대에 누워 텔레비전을 보다가 날이 더우니 잠옷을 반바지로 바꿔 입으라고 바지를 만졌더니 "왜 그래~ 하지 마세요"라며 자기 몸을 보호하듯 두 팔로 감싸 안았다. 그 반대로 "하세요~"도 아주 적절하게 사용할 줄 안다. 깨달음이 땀을 삐질삐질 흘리며 잠을 자기에 수건으로 이마의 땀을 닦아주었더니 "하세요~" 하고 끈적끈적한 목소리를 냈다. 뭘 하라는 건지, 뜻이나 알고 하는 소린지 알 수 없지만 나름 상황에 맞게 적절히 표현하고 있다.

내가 그의 다이어트를 위해 과자를 못 먹게 하면 "노무해(너무해), 아이고 먹고 싶어요"라고 아이처럼 투정 어린 말투를 할 때가 있다. 저녁에 잠자리에 들 때는 "조료요(졸려요), 잘 자"라고 굿나잇 인사를 하기도 하고, 빨리 집에 들어오라고 문자를 보내면 "술 많이 많이 먹어요~" 라고 늦어질 거라는 의미를 포함한 자기식 한국어를 말하기도 한다.

주방에서 요리하고 있는 내 뒤로 몰래 다가와서 "야!" 하고 놀래킬 때도 있고, 자기 얘기를 내가 건성건성 듣거나 못 들은 척하면 "야, 야, 야"라고 큰 소리를 치기도 한다. 주말이면 "노루로 가자(놀러 가자)"고 떼를 쓰고 신발 끈이 풀리면 "짜준나(짜증나)"라는 말도 한다. 옷장을 정리하다가 손에 자꾸 실밥이 감기자 거칠게 손을 털어내며 "저리 가세요~"라고 말해서 깜짝 놀란 적도 있다.

저녁 늦게까지 작업하고 있으면 "수고하셨습니다"라고 과거형으로 격려하곤 한다. 과거, 현재, 미래 같은 문법적인 건 전혀 의식하지 않고, 아니 모르고 하는 말이지만 아무튼 이런 식으로 한국 방송에서 들은 단어나 표현들을 한 문장씩 외워서 적절히 사용하고 있다.

어제는 열대어 구피에게 먹이를 주면서 "많이 머고(먹어)"라고 말을 걸다가 수놈이 암놈을 쫓아다니며 귀찮게 구는 걸 보더니 "야, 야, 야, 하지 마세요, 주글래(죽을래)"라고 호통을 쳤다.

"그런 말은 하는 게 아냐. 어디서 배웠는지 모르겠지만 요즘 당신 한국어가 많이 거칠어졌어. 말 조심해."

"어디긴 어디야, 전부 당신한테서 배웠지. 자기가 나를 향해 검지손가락을 까닥거리며 '깨달음, 이리 와~, 이리 오세요~'라고 하지 않았어? 다 당신한테서 배운 거야."

"……."

솔직히 딱 잘라서 아니라고 부정할 수 없었기에 잠자코 있었다. 하지만 서당 개 삼 년이면 풍월을 읊는다고 한국인 아내와 육 년을 살았으면 그가 지금보다는 한국어를 좀 더 잘했으면 좋겠다. 그리고 나부터 외국인 남편을 위해서라도 바르고 고운 우리말을 사용하도록 노력해야 할 것 같다.

깨달음의 한국식 김장 체험

서울에 도착하니 동생네가 엄마와 함께 우리를 마중 나와 있었다. 우리는 다 같이 우선 청량리 시장의 유명한 청국장 집을 찾았다. 점심시간이라 기다리는 줄이 꽤 길었다. 김장할 양념을 준비하고 있는 언니에게 미안해서 포기하고 돌아가려고 했는데 깨달음이 이왕 왔으니 기다려서 먹고 가자고 우겼다. 언니에게는 차가 많이 막힌다고 둘러대자는 것이다.

맛있는 걸 먹기 위해 거짓말까지 시키는 깨달음을 보고 동생네 가족이 웃음을 터트렸고, 나도 어이가 없어서 웃지 않을 수 없었다. 엄마는 집에서 먹는 청국장과 달리 여기 청국장은 냄새가 강렬해서 깨달음의 입맛에 맞을지 모르겠다면서 은근히 걱정했다. 깨달음은 "괜찮아요, 괜찮아요"라며 가게 안을 기웃거리며 기대에 찬 표정을 지었다.

드디어 우리 차례가 되어 식당에 들어가 순두부와 청국장을 주문했다. 막 지은 양은 냄비 밥이 나오자 뜨거울 텐데도 밥을 푸는 깨달음의 손놀림이 경쾌했다.

엄마의 걱정과는 반대로 깨달음이 잘 먹을 거라는 걸 난 알고 있었다. 아니나 다를까 얼마나 잘 먹던지, 가게 안에까지 들어와서 기다리는 손님들은 안중에 없고, 늦을까봐 빨리 먹고 일어서야 하는 분위기인데도 깨달음은 콩나물까지 리필해 먹었다. 순두부에 무채를 넣어 먹으니 맛있다며 순두부와 청국장을 깨끗하게 비웠다. 깨달음이 그렇게 맛있게 먹을 때까지 다른 식구들은 꼼짝없이 기다릴 수밖에 없었다.

깨달음이 식사를 마치고 우린 서둘러서 언니네 집에 갔다. 이미 언니는 모든 준비를 끝내고 막 버무리기를 하려는 참이었다. 엄마와 여동생도 장갑을 끼고 합류해 모든 식구들이 다들 분주히 김장하기에 열중했다. 소파에 앉아 있던 깨달음이 쌓여 있는 배추 쪽으로 다가와서 자기도 뭔가 도와줄 게 없느냐고 묻더니 내 옆에서 절인 배추의 물기를 짜기 시작했다. 그걸 본 엄마가 이미 물기를 짠 거라서 너무 꽉 짜지 않아도 된다고 하자 "아니에요. 물기가 많으면 배추가 맛이 없어요"라고 하면서 고집스레 물기를 짰다. 그 모습을 본 자매들이 배추를 비틀어 짜는 동작과 손놀림도 아빠를 많이 닮았다고 한마디씩 했다.

젓갈을 많이 넣지 않는 담백한 서울식 김치와 젓갈을 듬뿍 넣은 전라도식으로 나눠 두 종류의 김치를 담궜는데 언니들이 워낙 선수여서 일은 착착 진행되었다. 배추 물 짜기 작업을 끝낸 깨달음에게 버물린 김치를 맛보게 하려고 깨를 듬뿍 발라 쭉 찢어 하나 줬더니 "맛있네. 짜지도 않고 달지도 않고 간이 딱 맞아. 그런데 내 입에는 전라도식 김치가 젓갈 냄새가 많이 나서 김치답고 맛있어. 한입 더 줘봐" 하면서 입을 쩍 벌렸다. 그렇게 두 번째 김치를 맛보더니 왜 전혀 맵지 않느냐고 물었다. 올해는 그리 맵지 않은 고춧가루로 담근다고 했더니 김치는 매워야 하는데 아쉽네, 하며 나름대로 김치 평을 늘어놓았다.

김치가 중반 이상 비벼질 무렵, 작은언니가 깨서방에게 '한국 김장 담그기' 체험을 해봐야 하지 않겠느냐며 고무장갑을 끼워주었다. 깨달음은 나를 한번 쳐다보면서 "일본 집에서 해봐서 굳이 또 하지 않아도 되는데……"라며 원래 남자는 안 하는 거라고 어머님이 그랬다면서 소파에 앉아 있는 형부와 제부를 번갈아 쳐다보았다. 저 남자들은 안 하는데 왜 나만 시키느냐는 표정으로 또 나를 쳐다봤지만, 나는 웃으며 그의 시선을 피했다. 김장을 버무릴 때부터 간을 볼 때까지 줄곧 김치 옆에서 깨도 뿌려주고 비닐도 잡아주고 김치통도 가져오더니 그럴 줄 알았지.

다른 남자들은 소파에 앉아 있는데 자기만 고무장갑을 끼는 게 창피했는지 부끄러운 표정을 지었지만 이미 때는 늦었다. 드디어 깨달음이 김치 버무리기를 시작했고 배추 잎 한 장에 김치 소를 적당히 집어넣고 배추에 양념을 고르게 바른 뒤, 다시 김치 소를 넣는 손놀림이 아주 자연스러웠다. 그 모습을 본 가족들이 "깨서방이 얌전하게 잘하네, 많이 해본 솜씨야, 손끝이 완전 여자네, 케이보다 더 잘해" 하면서 다들 한마디씩 거들었다. 깨달음이 마지막에 배추 겉장으로 예쁘게 휘감는 것을 보고는 일제히 함성을 터트렸고, 소파에 앉아 있던 조카까지 깨서방의 '김장 체험'을 신기해하며 지켜봤다.

고무장갑 끼는 걸 부끄러워했던 깨달음은 가족들의 칭찬이 이어지자 어깨에 힘이 들어갔고, 연신 배추를 버무리기 시작했다. 그런 깨달음을 보고 엄마는 또 같은 소리를 했다.

"어째 일본 사람인디 김치도 저렇게 잘 담근다냐. 참말로 알다가도 모르것네……."

그렇게 즐거운 김장이 끝나고 자매들이 각자 자기 가족 몫을 나눈 다음, 엄청나게 많은 설거지를 하고 서둘러 저녁 준비를 했다. 그동안 깨달음은 거실 바닥을 닦아주었는데, 그걸 본 엄마는 깨서방한테 또 일을 시킨다고 나를 나무랐다.

"시킨 게 아니라 깨서방이 스스로 하는 거야, 엄마."

"일본에서도 일을 많이 시킨 모양이구만. 걸레질하는 솜씨가 보통이 아니여……."

그러자 깨달음이 이때다 싶어 "맞아요, 오머니. 케이가 이것저것 일을 많이 시켜요"라면서 엄마한테 고자질을 했다. 나는 당장 반박에 나섰다. 엄마도 봤듯이 아까 김장할 때도 소파에 앉아 있지 않고 옆에 와서 참견하며 일하지 않더냐고, 깨서방은 여성적 성향이 있어서 주방일에도 관심이 많은 사람이라고 말이다. 하지만 엄마는 그래도 멀리서 온 사람에게 이런 걸 하도록 두어선 안 된다며 잔소리를 했다.

우리 자매들은 깨달음이 깨끗이 닦아준 거실에 큰 상을 펴고 김장의 별미인 돼지고기 보쌈을 올린 다음 굴과 홍어까지 곁들여 저녁상을 차렸다. 제부가 깨달음에게 보쌈 먹는 법을 가르쳐주려고 했는데, 보쌈이 나오자마자 홍어까지 척 올려서 삼합으로 먹는 걸 보고는 잠시 할 말을 잃었다. 시원한 청주와 함께 먹는 삼합이 맛있는지 깨달음은 주방에 있는 나에게 엄지를 몇 번이나 척, 척 올려 보였다.

그렇게 김장 담그기를 체험하고 우린 다시 일본으로 돌아왔다. 해마다 고춧가루와 배추에 따라 김치 맛이 달라진다는 것도, 오래 먹을 김치에는 소금 간을 많이 한다는 것도, 보쌈은 역시 김장 때 먹는 게 최고라는 것도 알게 된 깨달음……. 그는 혼자 알고 있는 게 아까웠는지 회사 직원들에게 자기가 찍어 온 한국의 김장 담그기 사진을 보여주며 마지막에 먹는 보쌈까지 상세히 설명을 해주었단다. 한국의 예스런 '정'이 그대로 느껴진 문화 체험이었다며 관혼상제 이외에도 '가족'이 다 함께 하는 행사라서 많이 부러웠다고 했다.

깨달음이 한국 문화를 흡수하는 속도가 매우 빨라서 놀랍기도 하고 당황스럽기도 하지만 한편으로는 다행이라는 생각이 든다. 점점 한국인 입맛으로 변해서 한국에서 먹었던 맛을 고집하는 게 걱정이긴 하지만 그래도 많이 고맙다.

깨달음이 겪은 한국의 명절과 한복

광주 공항에 도착한 우리는 서둘러 아빠를 모신 추모관으로 향했다. 이번 기일은 설날과 겹치는 바람에 다른 가족들은 이미 아빠와의 인사를 마치고 집에서 우릴 기다리고 있는 상황이라 왠지 마음이 더 바빴다.

이윽고 엄마 집에 갔을 때는 우리 일본 팀을 제외하곤 모두 설날 세배를 마친 상태였다. 하지만 우리가 합류했고, 세배를 드리지 않았던 조카들, 시댁에서 늦게 도착한 언니네도 있으니 세배하는 시간을 한 번 더 갖자고 해서 모두 다시 세배를 준비했다. 형제들 모두 한복으로 갈아입고 세배를 하며 덕담을 나눴다. 올 한 해도 건강하게 지내고 지금처럼만 열심히 살자며 조금은 희망적이고 조금은 현실적인 인사를 주고받았다.

마지막으로 여덟 명의 조카가 거실에 줄을 서자 깨달음이 얼른 방에 들어가 준비해 온 봉투에 세뱃돈을 잽싸게 넣어 가지고 왔다. 조카들의 세배가 끝나고 깨달음이 봉투를 나눠 주려는 순간, 조카들이 특별히 일본 이모부를 위해 준비했다며 새해 메시지를 낭독하기 시작했다. 조카들은 스마트폰을 보면서 한 명 한 명, 한 대목씩 일본어로 또박또박 우리 부부를 향해 메시지를 읽어나갔다. 급하게 어디서 번역했는지, 문맥상 이상한 대목이 많긴 했지만 듣고 있으니 가슴이 벅차올랐다. 옆에서 깨달음도 고개를 끄덕거리며 조카들이 한 줄 한 줄 읽는 모습을 따뜻하게 바라보았다.

식사를 마치고 안방에서는 큰집 조카들까지 모여 윷놀이를 하느라 시끌벅적했고 아빠 장례식 이후 서로 보지 못했던 조카들은 반가워서 부둥켜안고 악을 쓰며 놀았다. 입대한 조카에게 군 생활을 묻는 소리도 들렸다. 그렇게 밤이 깊었고, 오랜만에 만나 헤어지기 아쉬운 큰집 오빠들과도 내년을 기약하며 뜨거운 악수를 나눴다. 모든 가족들이 잠자리에 든 시각은 새벽 한 시가 훌쩍 넘어서였다.

침대에 누워 깨달음에게 피곤하지 않았느냐고 물었더니 멀뚱멀뚱한 눈을 하고는 아까 어머님이 건네준 박카스를 마셨더니 피곤한 줄 모르겠다고 했다. 그러고는 온 가족이 모여서 세배하는 것도 특이했고, 상다리가 휘어지게 차린 명절 음식도 너무 맛있어서 배가 부른데도 젓가락을 멈출 수 없었다며 침 닦는 시늉을 했다. 처음으로 한국의 대명절을 맛보았다며, 역시 한국은 전통이 살아 있어서 부럽다고 했다. 그리고 오늘 자기가 느낀 것들을 빠짐없이 얘기하기 시작했다.

"특히 조카들이 나를 위해서 일본어로 한마디씩 준비해준 게 정말 감동적이었어. 일본인인 나를 위해서 일본어를 준비한 그 마음과 정성이 정말 예쁘고, 고맙고, 미안했어. 우리 조카들은 한국인 숙모를 위해 한국어 인사를 준비하려는 생각은 아마 못 할 거야. 사람을 위하고 생각하는 마음은 역시 한국 사람이 남다른 것 같아. 가슴이 뭉클했어.

내가 당신 가족들에게 사랑받고 있다는 걸 팍팍 느꼈어."

그리고 조카들 한 명 한 명에게 제대로 된 덕담을 했어야 했는데 "새해 복 많이 받으세요"라는 말밖에 하지 못한 걸 아쉬워했다. 한국어 공부를 열심히 하지 않은 게 후회되는 모양이었다. 난 깨달음의 얘기를 들으면서 눈꺼풀이 자꾸 감겼지만 깨달음은 박카스 덕분인지 전혀 피곤하지 않은 기색이었다.

세뱃돈을 나이별로 줘야 했는데, 어머님은 덕담을 하면서 왜 우셨을까, 형제끼리 세배할 때는 왜 세뱃돈을 안 주지, 여자들 세배는 남자들과는 다르더라, 세뱃돈은 복주머니에 넣어야 정석이 아닌가, 다음엔 나도 꼭 한복을 입고 세배를 해야겠네…… 그렇게 깨달음은 혼자서 질문, 반성, 회고, 음미, 다짐까지 되풀이해가며 한참 동안 오늘 하루를 되돌아보았다. 그러고는 명절엔 누가 뭐래도 한복이 최고라며 한복만큼 명절 분위기를 고조시키는 아이템도 없다면서 다시 한복 얘기를 시작했다.

깨달음에게 한복은 아주 특별한 옷이다. 2010년 10월 2일 우리 결혼식 날, 웨딩드레스를 입고 식을 마친 후, 탈의실에서 깨달음과 부지런히 한복으로 갈아입는데 깨달음의 표정이 이상했다. 한복 저고리를 걸칠 때까지 묵묵히 아무 말이 없더니 연회장에 들어가서 인사를 할 때 결국 눈물이 터지고 말았다.

"이 한복은 어머님이 손수 해주셨습니다. 너무 감사합……."

그는 말을 잇지 못하고 마이크를 잡은 채 눈물을 훔쳤다. 겨우 인사를 끝내고 엄마가 앉아 있는 쪽으로 달려가 감사하다고, 잘 살겠다고, 한복이 정말 마음에 든다며 우리 엄마를 꼭 껴안았다. 그 모습을 보고 하객들도 눈물 바람을 했고 깨달음은 참석자 한 명 한 명에게 다가가 자기 한복 좀 보라고, 너무 잘 어울리지 않느냐며 자랑하듯이 온 연회장을 누비며 행복해했다.

연회가 끝나고 평상복으로 갈아입을 때 깨달음이 자기가 운 까닭을 설명해주었다. 일단, 한복을 입는 순간 자신이 한국인이 된 것 같은 착각이 들면서 말로 형용할 수 없는 뜨거운 뭔가가 가슴에서 끓어올랐단다. 그게 한국 사람들의 한恨이 느껴진 건지는 모르겠지만, 저고리를 걸치자 태어나서 한 번도 느껴보지 못한 묘한 슬픔과 서러움이 밀려왔다고 한다. 그리고 연회장에 들어가 마이크를 잡고 어머니의 얼굴을 보자 외국인 사위인 자기에게 이 한복을 해주었을 때 어떤 마음이었을지 헤아리게 되었고, 한복을 해주었다는 건 사위로, 자식으로 인정하겠다는 뜻이 포함된 것 같아 슬픔과 행복이 교차하는 눈물이 흘렀다고 한다. 그래서 자기는 지금도 한복을 보면 기쁨과 슬픔, 그리고 행복이 함께한다고 했다.

"그날 한복이 불편하지는 않았어? 나는 폭이 넓어서 치마를 수체하지 못하겠더라."

"그랬어? 여자 한복은 어떤지 모르겠는데 남자 한복은 편했어. 품도 넉넉해서 통풍이 잘 되고 아주 가벼웠어. 그래서 옛날 한국 사람들이 왜 한복을 입고 생활했는지 알 수 있었어. 내 한복은 색깔도 원색적이지 않고 직선과 곡선으로 이루어진 선들도 아주 세련되고 귀족적이었잖아. 다음 명절 때는 나도 한복 입고 한국에 오고 싶어."

"그래…… 알았어."

깨달음이 이렇게까지 한복에 마음을 두는 건 무엇 때문일까. 아마도 한국인들의 슬픔이 한복에 고스란히 배어 있다는 다소 과장된 생각이 작용했을지도 모른다. 정동극장에서 판소리 공연을 듣는 동안에도, 승무춤을 보면서도 깨달음은 내내 눈물을 흘렸었다. 내가 기모노를 입고 어설픈 일본인 흉내를 내는 것과는 차원이 다르게 깨달음에게 한복은 한국이라는 나라를 가장 깊숙이 느끼게 하는 아이템임에 분명하다. 다시 태어나면 한국인으로 태어나고 싶다고 할 정도이니, 깨달음에게 한복은 특별할 수밖에 없는 듯하다.

남편이
감기를 떨쳐낸
이 음식

나는 사과를 강판에 갈 때마다 사과보다 배가 훨씬 몸에 좋을 거라는 생각을 한다. 믹서에 갈면 좋으련만 꼭 강판에 갈아달라고 하는 깨달음…….

집에 와보니 이른 퇴근을 한 깨달음이 침대에 드러누워 있었다. 그는 뒤늦게 들어온 나를 보자마자 감기에 걸린 것 같다며 사과를 갈아달라고 했다. 결혼하고 얼마 되지 않아 깨달음이 처음 감기에 걸렸을 때, 내가 "우리 할머니는 감기에 걸리면 꼭 사과를 갈아서 드셨어"라고 말한 뒤로는 감기만 걸렸다 하면 사과를 갈아달라고 했다. 그래서 오늘도 이렇게 배가 아닌 사과를 갈았다. 큰 사과 하나를 갈고 나자 전자레인지 벨이 울렸다. 인삼과 대추를 고와서 만든 내 보양 음료가 아주 따끈하게 데워졌다.

멋 부린다면서 코트를 입지 않고 목도리만 하고 다닐 때부터 내가 알아봤다. 감기 걸릴지 모르니까 코트를 걸치라고 그렇게 말해도 듣지 않고 배용준 흉내를 내고 다니더니……. 잣을 띄운 따끈한 인삼탕과 사과 간 것, 그리고 깨달음이 만병통치약이라고 믿고 있는 한국 감기약까지 챙겨 방에 들어갔다.

깨달음이 컵에 든 게 뭐냐고 묻기에 인삼과 대추를 넣어 곤 거라고 했더니 왜 이제야 주느냐며 눈에 힘을 주고 날 쳐다본다.

"주치의가 권해서 만들어놓은 거야. 지난번에 한 잔 줬더니 인삼 향이 진하고 써서 싫다고 했잖아."

"매년 겨울이 시작될 무렵이면 꼭 감기에 걸리던 당신이 올해는 괜찮은 걸 보니, 이 인삼탕 덕분인 거 아냐? 이제부터 나도 좀 줘."

"당신은 매일 아침 홍삼정을 먹잖아. 그거나 이거나 똑같아."

"거기엔 대추가 안 들어가잖아. 잣도 안 들어 있고."

깨달음은 이상하게 먹는 것 앞에선 보약이든 뭐든 간에 식탐을 낸다. 가끔은 저렇게 먹었는데도 안 먹었다고 떼를 쓰기도 한다. 그럴 때마다 당황스러운데 아프니까 완전히 초등학생이 되어버린 것 같아서 더 이상 얘기하지 않았다. 어서 식기 전에 마시라고 했더니 눈을 감고 인삼탕을 후후 불어가며 마시고는 아주 만족스러운 표정을 지었다.

그러고는 간 사과를 천천히 오래도록 씹어서 먹고 난 후 이제 조금 살 것 같다면서 "감기약은 필요 없을 것 같으니 상비약 통에 다시 넣어 둬"라고 했다. 컨디션이 좋아지면 먹고 싶은 것을 준비하겠다고 했더니 한참 생각하다가 쥐포를 구워달라고 했다.

감기에 걸려 입맛 없는 사람이 쥐포를 먹겠다니……. 그 엉뚱한 발상에 할 말을 잃었지만 환자니까 하고 이해하며 쥐포 두 마리와 문어다리를 노릇하게 구워 줬다. 깨달음은 기분이 좋아졌는지 웃으면서 "인삼탕이 감기에 좋은지 몰랐어. 몸이 가벼워졌어"라고 했다. 마신 지 얼마나 됐다고 저렇게 오버하는지 어이가 없었다. 하긴 이 사람은 손에 난 상처에 밴드 하나만 붙여도 금세 안 아프다고 하는 사람이니 인삼탕 효과가 바로 나왔다고 착각할 만도 하다.

인삼탕뿐만 아니라 깨달음이 감기에 걸리면 꼭 찾는 한국 음식이 또 있다.

지난 연휴 때도 깨달음은 심한 감기에 걸려 온몸에 힘이 없고 열이 나는데도 한기가 든다면서 겨울 옷을 꺼내 입었다. 입맛도 없어서 아침도 우유만 한 잔 마셨고, 낮에는 깨죽을 해주었는데 조금밖에 먹지 못했다. 깨달음이 좋아하는 북엇국, 육개장, 김밥, 고기전까지 매일 새롭게 준비해서 만들었지만 한술 뜨는 둥 마는 둥 식욕이 돌아오지 않았다. 그렇게 며칠이 지났는데, 갑자기 저녁에 김밥 재료가 남았으면 한 줄 말아달라고 했다. 약이 독해서 뭐라도 먹어야 할 것 같다면서. 나는 남겨둔 재료로 서둘러 김밥을 쌌다. 그런데 깨달음이 따끈한 국물이 필요할 것 같으니까 신라면도 끓여달라고 했다.

"괜찮겠어? 속이 깜짝 놀라지 않을까?"

"좀 매운 국물을 먹으면 입맛이 돌아올 것 같아."

영양을 보충하기 위해 라면에 양배추, 양파, 당근을 듬뿍 넣어 신라면을 끓이고 김밥도 예쁘게 잘라 파김치, 묵은 김치와 함께 식탁에 올렸다. 깨달음이 냉장고에서 캔맥주까지 꺼내서 나에게도 한 잔 하라며 따라주었다.

"매운 것도 먹고, 맥주까지 마시면 감기가 더 낫기 힘들지 않겠어?"

"땀을 쫘~악 빼면 나을 것 같아."

드디어 라면에 파김치를 올려 먹기 시작하는데 먹는 입 모양이 감기에 걸려 입맛이 없는 사람 같지 않게 맛깔스럽게 먹었다. 깨달음은 파김치와 신라면의 궁합이 이렇게 환상적일지 미처 몰랐다며 부지런히 젓가락질을 했다. 국물이 매운지 맥주를 번갈아 마시다가 걸치고 있던 카디건도 벗어버리고 본격적으로 땀을 내기 시작했다.

"온몸의 땀구멍에서 땀이 나오고 있어. 감기가 떨어진 것 같은 느낌이 팍팍 와. 캡사이신 효과가 대단한걸."

그러면서 잇따라 코를 풀고 또 풀었다. 나는 지켜보는 내내 약간 걱정이 되어서 매우면 파김치를 올리지 말고 그냥 면발만 먹으라고 충고했다.

"아니야, 파김치를 먹어야 감기가 나을 것 같아. 신라면에 들어 있는 고춧가루의 캡사이신과 파김치의 파가 해열제 역할을 해서 땀을 잘 나게 할 테니까. 땀을 빼면 감기가 낫는다는 말이 맞나봐."

깨달음은 먹기를 잘했다며 남은 국물까지 깨끗이 비웠다. 몸이 훨씬 가벼워졌다며 땀을 닦는 깨달음을 보다가 "한국에서도 감기를 떨치려고 국에 고춧가루를 듬뿍 넣어 먹는 사람들이 있는데, 당신은 그걸 어떻게 알았어?" 하고 물었다.

"그냥 내 몸이 매운 걸 원했어. 이제 감기 다 나았어."

"……."

배도 부르고 땀도 흠뻑 뺀 터라 모든 게 만족스러운 깨달음은 일찍 잠자리에 들었다. 나는 뒷정리를 하면서 매운 신라면과 파김치 덕분에 감기가 나은 것인지 아니면 맹신하고 있는 한국 음식의 효능과 깨달음의 착각이 최고의 치료약이 된 것인지 알 수 없었다.

부부간에도 공과 사를 구별한다

매달 25일은 남편의 월급날이다. 깨달음은 어릴 적 우리 아빠가 엄마에게 건네던 월급봉투처럼 '급료'라는 한자가 인쇄된 두껍고 누런 봉투에 자기 이름까지 곱게 써서 생활비를 넣어 준다. 그리고 그 외 들어가야 할 돈은 따로 흰 봉투에 넣어서 준다.

나는 생활비를 왜 굳이 급료 봉투에 넣어서 주느냐고 물어보았다. 깨달음은 매달 이렇게 봉투에 넣어서 직접 전해줘야 남편은 다음 달도 열심히 일해야겠다는 각오가 생기고 아내는 한 달간 남편이 수고했다는 걸 직접적으로 느끼게 되는 거라고 대답했다. 그래서 지금도 자기는 직원들에게 한 명 한 명 이렇게 급료 봉투를 건네며 한 달 동안 수고했다는 말을 빠트리지 않는다고 했다.

깨달음은 결혼하고 지금껏 한 번도 내 수입이나 지출, 생활비 내역을 묻지 않았고 궁금해하지도 않았다. 나도 깨달음이 건네주는 생활비에 대해 불만이 없다. 우린 이상하리만큼 서로의 돈에 신경 쓰지 않기 때문에 돈 문제로 서로 피곤해하거나 불편한 마음을 가진 적이 없었다. 그것만으로도 난 많이 고맙게 생각한다.

이렇게 귀한 월급봉투를 받는 날이면, 깨달음의 한 달간 수고를 치하하는 의미로 거창하게 외식을 한다. 더 정확히 말하면 내가 멋지게 한턱내는 것이다.

오늘은 오랜만에 긴자銀座에서 만나기로 했다. 이곳에서 미팅이 있었기 때문에 끝나는 시간에 맞춰 함께 저녁을 먹기로 한 것이다. 저녁 식사를 위해 예약한 곳은 '오레노 시리즈'•의 중화요리 식당인 오레노 요우스코俺の揚子江이다. 그런데 가게 입구에서 만난 깨달음은 혼자가 아니라 회사 직원 두 명과 함께였다. 마침 저녁식사 시간이고 근처 현장에서 일하고 있기에 같이 왔다고 했다.

예약석이 두 자리에서 네 자리로 늘어나자 자리를 배치하는 데 시간이 좀 더 걸리긴 했지만 곧 자리에 앉아 음식을 주문했다. 그사이 플루트와 피아노의 협주 라이브 공연이 시작되었다. 십오 분가량의 연주이지만 생음악을 들으며 식사할 수 있어서 우리는 이 가게를 자주 이용하는 편이다.

먼저 주문한 생맥주로 가볍게 하루의 수고를 쓸어내며 라이브 연주를 지켜보던 남자들이 저마다 좋아하는 악기에 관해 얘기하기 시작했다. 채소 샐러드, 새우마요네즈, 탕수육, 아나고 구이, 상어 지느러미 수프, 채소 볶음 등 깨달음이 계속해서 주문하고 우리 세 명은 부지런히 먹었다. 식사를 하며 깨달음은 클레임을 처리할 때 갖춰야 할 예의라

• '오레노(나의)' 시리즈는 유명 셰프들을 내세워 싸고 맛있는 음식으로 승부하면서 급성장한 요식업체의 브랜드명이다. 긴자에서 문을 연 '오레노 이탈리아'를 필두로 프렌치, 일식, 중화요리까지 분야를 넓히고 있다.

든지 어제 현장에서 있었던 트러블에 관해 직원들과 대화를 나눴고, 나는 그들의 대화에 끼어들지 않고 식사에 전념했다. 회사 직원들과 업무에 관해 얘기할 때 나는 일절 관여하지 않기 때문에 그들도 내 앞에서 자연스럽게 업무 얘기를 나눈다.

지금까지 나는 깨달음의 사무실에 가더라도 내 일(디자인)에 관한 것 외에는 직원들에게 묻지도 않고 궁금해하지도 않으며 괜한 부탁 같은 것도 하지 않았다. 사무실이 엉망이고 책들이 널브러져 있고 커피잔들이 쌓여 있어도 난 전혀 손대지 않는다. 자칫 내 행동이 사모님이라는 감투를 쓰고 하는 일로 보여지는 게 싫기 때문이다.

그런 내 성격을 알고 있어서인지 직원들도 그냥 나를 디자이너로 대하고 깨달음 역시 아내가 아닌 비즈니스 파트너로 대한다. 부부라는 하나의 공동체로 묶여 있지만 일할 때는 공과 사를 구별하는 게 나도 편하고 상대방도 편하다는 것을 서로 알고 있다.

결혼하고 이 년이 되던 해, 깨달음이 자기 회사 주식을 좀 갖겠느냐고 물었을 때도 나는 필요 없다고 했다. 건축 쪽으로는 문외한이고, 만약 당신에게 무슨 일이 생겨도 내가 운영도 못 하는데 주식만 갖고 있어봐야 무슨 소용이 있겠느냐며 딱 잘라 거절했다. 돈 좋아하면서 왜 관심이 없느냐고 깨달음이 의외의 눈초리로 나를 쳐다보기에 나는 좀 더 알기 쉽게 설명해주었다.

"난 건축에 전혀 관심이 없고, 회사 명의를 빌려주고 그 대가로 간판 사장 같은 걸 하고 싶은 생각도 없어. 아무리 부부지만 남은 남이고 난 남의 일에 관여하고 싶지 않을 뿐이야."

이런 나의 태도에 대해 깨달음은 멋지다고 하면서도 역시 냉정하다고 했다. 난 누군가에 의해 감투가 씌어지는 것도 싫고, 남편이 사장이기에 사모님이라는 호칭을 얻었을 뿐 그 이상도 그 이하도 아닌 평범한 아줌마일 뿐이다. 그리고 공과 사를 구별하는 건 부부 관계뿐만 아니라 모든 인간 관계를 깔끔하고 투명하게 해주는 최선책임에 틀림없기 때문이다.

하지만 깨달음 역시 공과 사를 확실히 구별하는 남편이다. 어느 날 아침 샤워하고 나온 깨달음에게 어제 카드로 결제한 가스히터 값이 3만 8천 엔이라고 말했는데 못 들은 척했다. 우린 매달 생활비로 모든 걸 해결하지만 대충 뭘 샀는지는 서로 얘기하는 편이다. 깨달음이 출근하고 난 뒤 세탁기를 돌리고 와보니 내 노트북 밑에 3만 8천 엔이 놓여 있었다. 액수로 보아 무슨 돈인지 금방 눈치챘지만, 웬 돈을 놓고 갔느냐고 전화로 물어보았다. 그랬더니 지난 달에 가스히터를 청소하다가 고장 나게 한 게 자기니까 자기가 값을 치르는 게 옳다고 생각해서 돈을 놓고 갔단다.

"당신이 고장 내긴 했지만 그래도 생활비가 있는데 굳이 그럴 필요까지 있어?"

"아니야. 내가 고장을 냈으니까 내가 책임을 져야지."

"그럼 혹시 내가 뭘 깨트리고 고장 내면 나도 내 돈으로 사야 해?"

"당연하지!"

"부부간에 너무 잘잘못을 따지면 좀 그렇지 않아?"

"부부간에도 공과 사는 구별해야지."

"나는 그게 공과 사를 구별하는 건지 책임감인 건지 좀 헷갈려."

"뭐, 당신이 그렇게 말해도 나는 앞으로도 그렇게 할 거야."

부부인데 생활비 사용 목록에 서로의 책임을 물어 꼭 그렇게 선을 그어야 하는 건지 아직도 나는 마뜩지 않다. 하지만 깨달음의 사고방식을 곰곰이 헤아려보면 일본인은 부부간에도 너와 나의 틀을 만들고 있다는 걸 확실히 느끼게 된다.

남편이 일본인이라서 불편한 것

결혼하고 얼마 지나지 않아 세미나가 있어서 한국에 잠깐 들어갔을 때의 일이다. 친구 부부가 우리에게 결혼을 축하해주고 싶다며 만나자고 했다. 고교 동창인 은정(가명)은 이 년 전에 지금의 남편과 재혼했고 남편이 같은 고향 사람이어서 그런지 요새는 날마다 깨가 쏟아진다고 했다. 그래서 나에게 꼭 결혼하라고 적극적으로 권했었고, 내가 결혼했을 때는 우리 부부를, 아니 내 신랑을 더욱더 보고 싶어 했었다.

은정은 우리가 일본에서 왔으니 한국의 대표 음식을 대접하고 싶다며 한정식 집을 예약했다고 했다. 그런데 깨달음이 한국인들이 일상적으로 흔히 먹는 칼국수라는 음식을 먹어보고 싶다고 해서 친구 동네에서 제일 유명한 앙푼이 칼국수 집을 찾았다. 막걸리와 해물파전을 먼저 시키고 서로 인사를 나눴다. 친구 부부로부터 결혼 축하 메시지와 선물도 받았다.

내 친구와 나는 그동안 못다 한 얘기들을 정신없이 나누고 있는데, 친구의 남편이 깨달음을 유심히 쳐다보고 있었다. 이윽고 깨달음이 밑반찬으로 나온 김치와 깍두기를 먹는 걸 보더니 들릴 듯 말 듯한 목소리로 "오메, 김치도 잘 먹네. 안 매운갑네"라고 했다. 해물파전이 나오자 젓가락으로 찢어 먹는 걸 보고서도 "오메, 파전도 찢어 먹을 줄 아네. 한두 번 먹어본 게 아닌갑네……"라고 했다.

내가 얼른 "한국에 자주 와봐서 번데기 빼고는 다 잘 먹어요"라고 했더니 듣고 있던 친구가 남편을 향해 "당신 입조심 좀 해요"라고 주의를 주었다. 그러자 친구의 남편이 "오십 평생 태어나서 처음으로 쪽바……, 아니 일본 사람하고 처음 밥을 먹어본께 신기해서 그라지"라고 했다.

다음은 칼국수가 나오고 깨달음이 칼국수에 깍두기 국물을 숟가락으로 퍼서 넣어 먹는 걸 보고는 "먹는 것을 본께 일본 사람이 아닌디…… 국물 맛을 알기는 아는 것이여? 풋고추 하나 먹여 볼까?" 하자 친구가 옆구리를 쿡 찔렀다.

그 뒤로 깨달음이 화장실에 간 사이 친구 남편의 질문이 쏟아졌다. 깨서방은 바른 역사를 인식하고 있는지, 독도는 어느 나라 땅으로 알고 있는지, 한국을 왜 좋아하는지, 천황을 정말 하늘처럼 모시는지, 일본에는 변태들이 왜 많은지…… 질문이 점점 이상하게 흘러가자 친구가 내 대신 대답을 해줬다.

일본 사람들 중에도 괜찮은 사람들이 있고 당신이 일본 사람을 처음 만나보니까 궁금증이 넘쳐나는 것 같은데 오늘은 깨서방과 처음 만나는 자리이니까 다음에 친해지면 더 물어보라고 정리해주었다.

식사를 끝내고 우리를 호텔까지 데려다주면서 친구의 남편은 솔직한 자기 기분을 말했다. 말로만 듣던 일본 사람을 처음 만나서 궁금한 게 참 많았는데 막상 만나보니 한국 사람하고 별반 다를 게 없더라고…… 개인적으로 만나면 서로 훨씬 가까워질 수 있겠다는 생각이 들었다고 했다.

“다음에 한국에 들어오면 꼭 우리 집에서 하룻밤 묵고 가소. 밤새 얘기하면서 한국과 일본의 과거, 현재, 미래에 대해 깨서방과 의견을 나누고 싶은께요.”

그리고 더 솔직히 말해 일본 사람이라면 딱 질색이었는데 막상 직접 만나보니까 그렇게 나쁘지 않은 것 같고, 특히 깨서방이 너무 한국적이어서 거부감이 덜하다고도 덧붙였다. 그대로 통역해줬더니 깨달음도 흔쾌히 오케이 했다. 그렇게 처음 만난 소감을 나누는 사이 우린 호텔에 도착했고 다음에 꼭 다시 만나자는 격렬한 포옹을 하고 헤어졌다.

호텔에 들어가 난 커피숍에서 깨달음에게 진지하게 속내를 말했다.

“당신이 사람들을 만나는 건 좋아. 하지만 모든 한국 사람들이 오늘 만난 내 친구 남편처럼 당신을 받아들이려고 하지는 않는다는 걸 알아야 해. 그분도 처음엔 일본에 대해 안 좋게 생각했다가 직접 당신(일본인)을 만나보니까 의외로 나쁘지 않다고 생각해서 조금 바뀐 것뿐이야. 사실 한국 사람들은 대체로 일본이란 나라에 대해 좋지 않은 감정을 갖고 있고 과거에 대한 울분이 아직도 가슴속에 남아 있어. 이건 나를 포함해서 모든 한국 사람들이 갖고 있는 감정이야. 당신도 몇 번 겪었듯이 좀 친해지는 것 같으면 꼭 독도는 어느 나라 땅이냐고 묻고, 야스쿠니 신사를 어떻게 생각하느냐며 과거 역사까지 파헤치며 묻잖아. 그럴 때마다 당신이 해명하고 사과하고 그랬지. 난 그런 상황들이 많이 불편해…….”

그렇게 내 마음을 솔직하게 털어놓았더니 듣고 있던 깨달음이 이렇게 대답했다.

“어쩔 수 없지 않겠어? 내가 일본 사람이니까 물어보고 싶은 것이지. 잘 지내려면 서로 오해하는 부분들을 조금씩 풀어가는 길밖에 없어.”

깨달음을 통해 일본인에 대한 인식이 조금씩 바뀌는 건 나 역시 원하는 바이다. 하지만 늘 술좌석에 가면 깨달음이 한국을 좋아하는 것만으로 얘기가 끝나지 않았다. 역사적인 견해부터 시작해서 독도, 위안부, 아베 망언 등 묻고 또 묻고 자기가 원하는 대답이 나올 때까지 확인하고 또 확인시키면서 마치 심문하는 것처럼 분위기가 이상하게 흐른 적이 한두 번이 아니었다. 한일 문제는 누가 부닥치더라도 힘들다. 개개인이 풀 수도 없고, 풀기도 힘든 너무나 큰 문제이다.

그저 내가 바라는 건 일본인 중에서도 한국에 대해 특별한 생각을 갖고 있는 사람들이 있다는 걸 있는 그대로 받아들여줬으면 하는 것뿐이다. 남편이 일본인이기에 들어야 할 소리인지는 모르겠지만 함께 그 얘기를 듣고 있는 게 솔직히 마음 편하지는 않다.

한일 커플만이 가지고 있는 문제점

커피숍에 들어서자 희수(가명) 언니는 오늘 산 책들을 내게 보여주었다. 디자인, 사진, 브랜드 창시에 관한 책들이었다. 음료를 주문하려고 하자 배고프니까 바로 밥을 먹으러 가자고 했다. 그렇게 커피숍을 나와 근처에 있는 우동집에서 나는 우동과 덴푸라를, 배고프다던 언니는 맥주를 한 잔 주문했다. 한입 마시더니 나에게도 한 모금 하라고 권했지만 오후에 회의가 있어서 사양하고 덴푸라를 바싹하게 튀기는 방법에 대해 이런저런 얘기를 나누며 식사를 마쳤다.

그리고 미팅을 하러 우리 집으로 향했다. 원래 사무실에서 해야 할 미팅이었지만, 언니가 오늘은 꼭 우리 집에서 하고 싶다고 했다. 집에 도착해서 각자 해야 할 일들을 설명하고, 조사할 사항, 홈페이지와 팸플릿 내용도 함께 체크하고 나서 거래사 측 요구 사항을 얘기할 때였다. 그녀가 아무런 표정도 없이 불쑥 물었다.

"네 남편은 안 그러지? 우리 남편은 네 남편하고는 많이 달라. 처음엔 안 그랬는데 살아보니까 점점 그 사람의 사고방식, 사상, 이념 이런 것들이 보이더라……."

느닷없는 화제 전환에 멍한 눈빛으로 쳐다봤더니 그녀는 팸플릿의 같은 페이지에 시선을 고정한 채 독백하듯 얘기를 풀어갔다.

"우리 남편 가슴속엔 '조센징'이 있어. 우리 한국 사람들 가슴속에 '쪽발이', '일본놈'이 있듯이, 그 사람에게도 그게 있는 것 같아. 그래서 은연중에 무심코 그런 말이 나오나 봐……. 워낙 귀가 얇은데다 누가 뭐라고 하면 금방 그쪽으로 휩쓸리는 타입이어서 더 그런 것 같아."

너무나도 갑작스러운 말이었다. 게다가 그녀는 마치 남의 얘기하듯 아니, 팸플릿을 읽듯 일부러 내 쪽은 쳐다보지 않으려고 애쓰는 모습이 역력했다.

"요즘 뉴스를 봐도, 인터넷을 봐도 한국과 중국을 비판하는 내용밖에 없잖아. 그런 사회적인 분위기가 그 사람을 더 그렇게 만든 게 아닌가 싶어……."

이미 말을 끊을 기회를 놓친 나는 그냥 조용히 그녀의 얘기를 듣기로 했다.

"내가 그렇듯이 그 사람도 어쩔 수 없는 거겠지. 어릴 적부터 받아온 교육도 있고. 알게 모르게 주입된 일본인에 대한 인식이 내 머릿속에 자리 잡고 있듯이 애들 아빠도 그런 게 분명히 있어. 한국인에 대해 일본인들만이 갖고 있는 이미지가……. 내가 살아보니 역시 한일 커플은 넘어야 할 산이 많은 것 같아. 특히 요즘은 자기도 모르는 사이에 한국인을 깔아뭉개는 식의 어투나 뉘앙스가 많이 늘었어. 지친다 지쳐……. 네 남편은 안 그러지?"

이윽고 고개를 든 언니의 눈엔 눈물이 맺혀 있었다.

희수 언니는 미술사협회에서 알게 된 오십대 초반의 여성으로, 일본에 온 지 이십 년이 되었다. 딸은 런던에 유학을 보냈고 아들은 고교 야구선수로 기숙사 생활을 하고 있다. 남편은 모 대기업의 중역이고, 그녀는 한국에서 패션 디자인 관련 일을 했었다. 같은 디자인 계통의 일을 한다는 점 때문에 나와는 얘기할 기회가 좀 많았지만, 평소에 말수가 적고 협회 일도 착실하게 잘해서 성품이 좋은 사람이라고만 생각했었다. 그런데 가슴에 이렇게 큰 고민을 담고 있을 줄이야……. 남편이 무슨 말을 어떻게 했는지는 일부러 묻지 않았다. 듣지 않아도 어떤 식으로 언니를 불쾌하게 만들고 자존심을 건드렸을지 언니의 눈빛과 방울방울 떨어지는 눈물로 충분히 짐작할 수 있었기 때문이다.

냉장고에서 차가운 캔 맥주를 하나 꺼내 주며 나는 내 이야기로 대화를 풀어가보려고 했다.

"배우자가 내 나라에 대해 비판하거나 평가하면 예민해질 수밖에 없더라고요. 특히 한국과 일본은 다른 나라와는 다른 특수성을 갖고 있잖아요. 얼핏 말이 헛나가거나 실수하면 괜스레 불쾌감이 더하더라고요. 우리 부부도 아무것도 아닌 일로 서로 예민할 때가 있어요. 작년에 세월호 사건이 터졌을 때는 내가 봐도 분명 한국이 잘못하고 있는데, 거기다 대고 남편이 쓴소리를 하면 불끈 올라오는 게 있었어요. 그럴 때마다 때려도 내가 때리고 욕을 해도 내가 할 테니까 당신은 신경 쓰지 말고 그냥 조용히 지켜봐달라고 했던 적이 있어요."

그녀는 가만히 내 얘기를 듣다가 캔 맥주를 다시 한 모금 마셨다.

"언니, 이렇게 가슴앓이만 할 게 아니라 남편분에게 언니가 받은 불쾌감과 모욕감이 얼마나 큰지, 얼마나 괴로운지 확실히 알려주는 게 어떨까요?"

"모르겠다. 남편이 무심코 한 말들 때문인지, 아니면 정말 한국이 이상해지고 있는 건지 알 수 없지만 내가 점점 모든 일에 자신감을 잃어가고 있는 건 분명해. 그게 제일 힘들어……. 내 나라가 비난을 받다보니 내 스스로가 위축되는 것 같고, 어떨 땐 내가, 아니 우리나라가 정말 문제가 있는 것처럼 느껴져. 케이야, 왜 결혼할 당시엔 몰랐을까? 한일 커플들이 지고 가야 할 영원한 숙제가 있다는 걸 말야. 그동안 전혀 의식하지 않고 살았던 것 같은데 작년부터 헤이트 스피치•가 심해지면서 자꾸 그걸 의식하게 된 건지도 모르지. 그래도 우리 남편은 안 그럴 줄 알았어. 무의식 중에 튀어나온 것이겠거니 생각하면서도 그 무의식 속에 도대체 무엇이 들어 있기에 그런 말을 쉽게 할 수 있는지 묻고 싶더라. 도대체 당신이란 사람은 한국이라는 나라를 어떻게 생각하고 있는지 속시원히 말해보라고 악을 쓰고 싶었어."

생각했던 것보다 그녀의 상처는 깊고 오래된 듯했다. 그렇게 삼십 분

• hate speech. 국적, 인종, 성(性), 종교, 성 정체성, 정치적 견해, 사회적 위치, 외모 등에 대해 의도적으로 폄하하는 발언. 혐오의 감정을 담고 있기 때문에 증오 발언이라고도 한다.

정도 넋두리 같은 하소연을 하고 그녀는 무거운 발걸음으로 우리 집을 나섰다.

그녀를 보내고 난 뒤 책을 펴놓은 상태로 공연히 생각에 잠겼다. 모든 한일 커플들이 가슴속에 묻어둔, 아니 굳이 손대고 싶지 않은 민감한 문제……. 그건 상대 나라에 대한 예의라고 여겨 그냥 넘어가려고 하는 부분이기도 하다. 우리 부부 역시 지금까지 결혼생활을 하면서 은연중에 서로의 나라를 비판하고 무시한 적이 많았다. 크게 의식하지 않고 뱉은 말들이 지금 생각해보면 서로 상처를 주고 상처를 받는 일이었다.

아마 다른 한일 커플들도 서로의 나라에 대해 각자가 갖고 있는 묘한 감정이 있을 것이다. 때에 따라서는 눈을 감거나 귀를 막아야 할 때도 분명히 있다. 서로의 나라를 있는 그대로 받아들이고 존중하는 것, 어찌 보면 쉽지만 또 어찌 보면 몹시 어려운 이것이 한일 커플들이 직면하는 문제다.

일본인 사위의 처갓집 적응기

육 년 전, 결혼 상대로 국적이 일본인데다 나이 차이도 열 살이나 나는 깨달음을 소개하러 한국에 가겠다고 했을 때 엄마는 사흘 밤을 뜬 눈으로 지샜다고 한다. 무엇 때문에 삼 일 밤을 고민했느냐고는 지금까지도 묻지 않았다.

한국에 첫 인사를 드리러 갔던 날 새 양복을 입은 깨달음은 바짝 긴장해 있었고 집에서는 엄마와 자매들이 한자리에 모여 식사 준비를 하고 있었다. 간단히 인사를 드린 뒤 깨달음이 거실 중앙에 앉아 양복 주머니에서 한국어로 된 결혼 청혼서를 꺼내서 읽기 시작했다. 케이를 아내로 맞이해 행복하게 잘 살겠다는 뭐, 그런 내용이었다. 엄마를 비롯해 모든 가족들은 숨을 죽인 채 깨달음의 어색한 한국어 발음을 하나라도 놓치지 않으려고 귀를 기울였다. 알 수 없는 긴장감 속에서 깨달음이 청혼서를 모두 읽고 나자 엄마는 모난 성격의 딸이라 고생이 많을 거라며 일본 여자들처럼 차분하고 순종적이지 않을 텐데 괜찮겠느냐고 물었다. 엄마의 질문에 깨달음이 기다렸다는 듯 대답했다.

"성질이 좀 있긴 하지만 그것도 매력으로 생각하고 있습니다."

그 한마디에 온 가족이 박장대소했고 그렇게 우리는 결혼 승낙을 받았다.

그런데 막상 결혼하고 나니 엄마는 일본인 사위와 말이 통하지 않아서 많이 어색해했다. 하지만 정성껏 차린 한국 음식을 깨달음이 정말 맛있게 먹는 걸 본 뒤로는 마음이 좀 열리는 듯했다. 깨달음이 애교 섞인 목소리로 세상에서 어머니 밥상이 최고라며 잡채, 육개장, 해물탕까지 스스럼없이 주문하면, 엄마는 또 사위 먹일 생각에 신이 나서 음식을 만들었다. 그렇게 점점 사위 사랑이 커가면서 처음 내가 일본인과 결혼하겠다고 했을 때 걱정이 태산 같던 엄마가 이젠 사위들 중에서도 깨달음이 제일 귀엽다며 많이 보고 싶어 한다.

지난 여름, 한국에 갔을 때의 일이다. 날도 더우니 저녁 대신 시장 통닭이 먹고 싶다는 깨달음을 위해 엄마가 통닭을 배달시켰다. 통닭이 오자 엄마가 접시와 포크를 가져오라고 했지만, 깨달음은 그냥 손으로 집어 먹어야 맛있다며 거침없이 봉투를 찢고는 손으로 닭다리를 잡고 뜯기 시작했다. 그 모습을 본 엄마는 막 웃으며 내 쪽을 보고 "깨서방이 집에서도 이렇게 소탈하냐"고 물었다. 그렇게 까탈 부리는 스타일은 아니긴 한데, 특히 처갓집에 오면 자기 집처럼 편해서 자연스럽게 저런 모습이 나오는 것 같다고 대답했다. 엄마는 깨달음이 편하게 생각해주는 게 많이 고맙다고 했다.

그렇게 세 명이 치맥을 즐기며 재방송되고 있는 드라마 〈응답하라 1988〉을 보는데, 어느샌가 깨달음이 눈물 콧물 흘리며 아주 슬프게 울었다. 그걸 본 엄마도 따라 울고…….

그날 밤, 샤워를 하고 엄마 방에서 화장품을 바르고 있는데, 먼저 들어가서 자겠다던 깨달음이 다시 들어와서는 엄마의 전용 쿠션에 드러누웠다. 피곤할 테니 얼른 자라고 하자 자기는 엄마가 주무실 때까지 여기 있을 거라며 또 열심히 TV를 봤다. 그런 깨달음을 보고는 엄마가 혼잣말을 했다.

"일본 사람인디 어째 저렇게 소탈하고 정도 많고 눈물도 많은지 모르것어. 나물도 잘 먹고, 김치도 잘 먹고, 뭐든지 잘 먹고…… 아까는 드라마 봄시롱도 징허게 슬프게 울드만…… 근디 어째 일본 사람인가 모르것어……."

엄마가 소학교에 다니던 일제강점기에는, 군복을 입은 일본인이 말을 타고 매일 동네 어귀를 순찰했고, 여자들이 기모노를 입고 종종걸음을 치며 다녔으며, 학교에 가면 기미가요(일본의 국가)를 꼭 불러야 했다. 엄마가 기억하는 과거의 일본인은 그런 이미지뿐이었다. 그런데 당신이 가족으로, 사위로 맞은 깨서방을 보면 그런 일본인들과는 달리 하는 짓이 귀여워서 낯설다가도 정이 간다고 했다.

엄마는 깨서방을 통해 일본인의 여러 면을 다시 보고 새롭게 체험하고 있다. 지금도 엄마가 생생히 기억하고 있는 것은 이 년 전 겨울, 술 취한 깨서방이 케이를 낳아주셔서 감사하다며 전화해서 울던 일이다. 그때 깨서방이 참 고마워서 행복한 마음이 들었단다. 한국 사위들도 쉽게 하지 못하는 말인데 일본인 사위가 그런 소리를 하니 감동이 더 컸다며 지금도 그날을 생각하면 가슴이 찡하다고 했다.

엄마 눈에는 깨달음이 외국인인데도 한국 음식을 무엇이든 잘 먹는 것도, 한국어를 못하는데도 늘 밝고 천진스럽게 웃는 모습도 짠하게 느껴진단다. 늘 한국말을 못해서 답답하진 않을까, 음식이 너무 매워서 힘들진 않을까 걱정되고 신경이 쓰이는 듯했다.

다음 날 아침, 일본으로 돌아가기 위해 짐을 챙기고 있는데 엄마가 깨서방 생일이 곧 다가온다면서 봉투를 건넸다. 필요 없다고 극구 사양했는데, 깨달음이 나 몰래 받은 모양이었다. 일본에 돌아와서야 봉투를 꺼내 보여주며 깨달음이 경위를 설명해주었다.

"당신이 잠깐 방을 나간 사이에 어머님이 들어와서 나한테 선물, 선물 하면서 손에 꼭 쥐어주기에 너무 사양하는 것도 예의가 아닌 것 같아서 받았어."

"엄마가 배즙이며 인삼이며 이것저것 매번 당신을 위해서 보내주잖아. 그런데 왜 그걸 굳이 받은 거야?"

나는 약간 화가 난 듯 쏘아부쳤다.

"난 솔직히 받고 싶었어. 어머님이 뿌리치는 내 손을 잡고 꼭 쥐어주는데 왠지 모르게 기분이 좋아서 그냥 받았어. 다시 돌려드리더라도 그때는 그냥 어머님이 하시는 대로 놔두고 싶더라고."

엄마는 늘 깨서방에게 고마워한다. 해준 것도 없는데 광주까지 고생스럽게 내려오는 것도, 필요 없다고 해도 항상 선물을 사와서 입어봐라, 신어봐라, 걸쳐봐라 하는 것도 미안하단다. 엄마가 주신 돈이 얼마냐고 물었더니 생각보다 많이 들었더라면서 두 손을 크게 벌려 '잇빠이'라고 얘기할 뿐이었다.

엄마가 사위를 생각하는 마음을 금액으로 따질 수는 없겠지만 깨달음은 이번에도 장모님의 사랑을 듬뿍 받고 돌아왔다. 말도 통하지 않는 외국인 사위이지만 서로를 생각하는 마음이 이심전심으로 전달되는 게 분명했다. 이렇게 사위를 위하는 엄마 덕분에 깨달음은 아무런 불편함 없이 자기 집처럼 처갓집에도 아주 잘 적응하고 있다.

한국인 며느리와 일본인 시어머니 사이

결혼 전에 시댁에 인사를 드리러 갔을 때 시어머니는 내게 아주 깍듯하게 존칭을 썼다. 그리고 가족관계가 어떻게 되는지 딱 한 가지만 조심스레 물어보았다. 그러면서 차분하게 따끈한 녹차를 몇 번이고 내 잔에 부어주었다.

결혼식 날, 서방님 차로 도쿄까지 올라온 시부모님은 "잘 살아라"라는 인사말을 했고, 시어머니는 흰 수건을 꺼내 가끔 눈물을 훔쳤다. 그걸 본 서방님이 어머니가 눈물을 흘리는 건 태어나서 처음 봤다며 의아해했다.

작년에 시아버지가 병원에 입원하고 시어머니가 집에 혼자 있을 때 난 은근슬쩍 결혼식 날 왜 눈물을 보였는지 물어보았다. 조금 머뭇거리면서 하는 말씀이 깨달음이 한국의 전통 의상인 한복을 입고 너무나 좋아하는 모습을 보니 참 묘한 생각이 들면서도 특별한 인연이구나 하는 안도감이 들었다고 했다.

시부모님은 당신들이 자식들에게 신경 쓰이는 존재가 되는 걸 불편해한다. 있는 듯, 없는 듯 해야 서로 좋은 관계를 유지하지 않겠느냐며 연락도 자주 못 하게 한다. 또 우리가 부모님을 위해 뭔가 하려고 하면, 애쓰면 애쓸수록 서로가 피곤해진다며 있는 그대로, 마음 가는 대로만 하라고 한다.

오늘은 겸사겸사 새해가 지나고 삼 개월 만에 전화를 드렸다. 깨달음이 지난주 오사카로 출장을 떠나던 날, 함께 가려고 했지만 세미나 스케줄이 겹쳐서 가지 못했다고 말씀드리자 일이 우선이니 일부러 오려고 하지 말라고 했다.

"케이짱, 오늘 아버지랑 신사에 갔다 왔단다."

"왜 가셨어요? 무슨 축제라도 있었어요?"

"아니, 특별한 일은 없어. 우리는 너희가 결혼하고 난 뒤로 매일 집 근처 신사에 가서 너희 부부를 위해 기도하고 있어. 특히 케이짱은 부모 형제와 떨어져 일본 땅에서 혼자 남편만 바라보며 살고 있으니 케이짱이 외로워하지 않게 해달라고 기도해. 어제도 갔어야 했는데 비가 너무 많이 와서 못 가고, 오늘 갔다 왔어. 우린 여기서 이렇게 너희들이 무사히 지내라고 매일 기도하고 있으니까 아무 걱정하지 마."

우리 시아버님은 90세를 넘은 나이에 다리도 불편해서 근처 슈퍼에 갈 때도 지팡이 없이는 못 가고, 어머님은 무릎이 좋지 않아 쇼핑 카트를 밀고 다녀야 하는데, 신사까지 걸어서 십오 분 거리를 매일 다닌 것이다. 우리는 여태까지 그 사실을 몰랐었다. 불편한 몸으로 매일 신사에 가서 기도하는 시부모님 마음을 생각하니 죄송하고 감사해서 무어라 말을 이을 수 없었다.

"어머니, 이제 그만 다니세요. 저희는 잘 살고 있고 저도 전혀 외롭지 않아요."

"그렇지 않아도 이번 달까지 다니기로 약속했으니까 며칠만 더 가면 돼. 걱정하지 마."

감사하다는 말씀을 드리고 전화를 끊으려는데 옆에서 아버님 목소리가 들려왔다.

"케이짱, 깨달음이랑 사이좋게 지내길 바란다. 깨달음이 속상하게 하면 언제든지 나한테 전화하거라. 내가 혼내줄 테니까."

결혼 초에 결혼식 사진을 보여주며 한국의 가족들을 상세히 설명해 주었을 때 시아버님이 불쑥 이런 말씀을 했다.

"우리 딸 같았으면 외국으로 시집보내지 않았을 거야. 귀하게 키운 딸을 멀리 떠나보내는 사돈댁 마음을 생각하면 너무 죄송스러워."

시어머님도 같은 마음인지 깨달음에게 이런 말씀을 했다.

"케이짱이 언제든지 자유롭게 한국에 갈 수 있도록 늘 편리를 봐줘야 해. 남자는 그래야 하는 거야. 그게 진정으로 아내를 사랑하는 거니까 잊지 마라."

그날 아버님은 삼십여 년 전에 제주도를 간 게 처음이자 마지막으로 가본 한국이라고 했다. 그러면서 서울에 가서 서울타워에도 한번 올라가보고 싶고, 며느리의 고향인 광주도 한번 가보고 싶은데 건강이 허락지 않아서 안타깝다고 했다. 어머님은 만약 한국에 갈 수만 있다면 한복집에 한번 가보고 싶다고 했다. 기모노와는 다른 형형색색의 폭 넓은 한복이 궁금하다고. 그러자 깨달음이 두 분 모두 휠체어를 타고 움직여야 하지만 그래도 체력이 따라준다면 다음 달이라도 당장 계획을 세우겠다고 했다. 깨달음이 정말 실행에 옮길 것처럼 부산을 떨자, 어머님은 손사래를 치며 비행기를 타기 시작하면서부터 모든 사람들에게 민폐니까 그만두라고 했다.

"이렇게 사진으로 보는 것만으로도 충분해."

두 분은 고령이기도 하지만 심장 질환을 앓고 있어서 장거리 여행은 무리다. 그래서 우리 부부도 몇 번 한국에 모시고 가볼까 생각은 했지만, 위험 부담이 너무 커서 좀처럼 강행하지 못했다. 행여나 한국에서 무슨 일이라도 생기면 큰일이니까…….

슬하에 딸이 없어 내가 딸 같다며 많이 예뻐해주는 우리 시부모님. 두 분에게는 늘 감사한 마음만 가득하다.

하지만 일본의 시어머니가 모두 우리 시어머니 같지는 않은 듯하다. 내 주변에서 일본인 시어머니와 갈등을 겪는 한국인 며느리를 쉽게 볼 수 있기 때문이다.

미술사협회에서 알게 된 사십대 초반의 은주(가명) 씨는 일본인 남편과 결혼한 지 팔 년째 접어들고 있다. 둘은 잉꼬부부로 온 동네에 소문이 자자하지만, 은주 씨는 시어머니 때문에 늘 고민이 많았다. 남편이 늦둥이 막내아들인 탓에 시어머니는 아직까지도 남편에게 애정을 듬뿍 쏟고 있어서 간섭이 심했다.

"케이 언니, 언니네 시어머니는 무슨 말씀 잘 안 하시지?"

"응, 별로 안 하시지."

"우리 시어머니는 그렇지 않아. 지난주에도 집 근처에 왔다가 들르셨다기에 저녁 식사를 준비하는데, 일본에서는 접시를 이렇게 놓는다는 둥 일본에서는 이렇게 맛을 낸다는 둥 말끝마다 일본에서는, 일본에서는 하는 통에 듣기 싫어 죽겠더라고. 한국 사람인 내가 어떻게 일본 음식을 척척 해내겠어. 근데 꼭 음식을 할 때마다 사람을 바보 취급을 해. 그리고 아프면 늘 우리 애 아빠한테 전화해서는 하소연을 하셔. 내가 병원에 모시고 가려고 하면 다 나았다고 하면서 남편한테는 우는소리를 하는 거야. 얼마나 얄미운 짓만 하시는지……."

"난 뭐든지 솔직히 말하는 편이야. 집안일도 내가 할 수 있는 것, 내가 하지 못하는 것을 미리 말씀드리고 가족회의를 할 때도 아닌 건 아니라고, 싫은 건 싫다고 확실히 내 의사를 표현하는 편이야. 며느리이기 때문에 어쩔 수 없이 참고 담아두면 싫은 마음만 더 커지잖아. 은주 씨도 자기 생각을 좀 더 솔직하게 말해보는 게 어떨까?"

은주 씨 외에도 한국인 며느리들이 일본인 시어머니와 빚는 갈등은 집집마다 그 에피소드가 다양했다.

우리 교회 어느 집사님의 시어머니는 며느리가 손주와 한국어로 대화하는 걸 싫어했다. 아이가 한국어를 쓰면 일본어와 헷갈릴 수 있다는 억지스런 이론까지 펼치며 손자와 며느리가 당신이 모르는 한국어로 무슨 비밀스러운 얘기라도 할까봐 몹시 불편해했던 것이다.

시부모님과의 갈등으로 힘들어하는 지인들에게 난 이런 말을 자주 한다. 시어머니라고 생각하지 말고 그냥 먼 친척이라고 생각하면 안 되겠느냐고…… 먼 친척 할머니로 생각하면 할 말도 다 할 수 있고, 관심도 덜 가고, 서운한 마음도 덜하지 않겠느냐고 말이다.

착한 며느리보다는 편한 며느리가 좋고, 그 편한 며느리가 되기 위해서는 본인이 먼저 마음이 편해져야만 한다. 내가 마음을 그렇게 먹지 않으면 정말 작은 일에도 예민해지고 온 신경을 다 쓰게 되니 시댁과의 관계도 불편해질 수밖에 없다.

그래서 난 우리 시부모님을 연로한 친척분이라 여기고 굳이 고부 관계가 아니라 단순한 인간 관계로 생각하며 관계를 유지하려고 한다. 너무 잘하려고도 하지 않고, 너무 서운하게도 하지 않는 관계…….

시부모는 며느리를, 며느리는 시부모를 서로가 측은지심으로 바라보면 조금은 덜 서운할지도 모른다. 하지만 그게 말처럼 쉽지 않으니 다들 그렇게 갈등하면서 살고 있을 게다.

암 진단과
투병 과정,
그리고 깨달음

매달 같은 시간대, 같은 장소이지만 오늘은 좀 기분이 달랐다. 내 이름이 불려질 때까지 초조했다. 늘 환자가 많아서 예약시간보다 삼십 분 정도 늦어진다는 걸 알면서도 오늘은 이십 분이나 일찍 병원에 도착했다. 마음을 가다듬고 싶어서였다. 오늘은 병의 재발 여부를 확인하고 완치 판정이 내려지는 날이기 때문이다.

긴장하지 않으려고 심호흡도 해보았다. 행여나 결과가 나쁘게 나오더라도 담담히 받아들이자고, 지금까지 버텼으니까 앞으로도 잘 버틸 거라고 내 스스로를 위로하며 마음을 다잡았다. 하지만 번호표가 울릴 때마다 필요 이상으로 눈을 떴다 감았다를 반복했다. 내 번호가 불리려면 아직 한참 남았는데도 마음이 안정되지 않아서 그냥 눈을 뜬 채로 병원을 찾은 환자들의 모습을 멍하니 지켜보았다. 저 사람은 어디가 아파서 온 것인지 혼자 상상해보고 곁눈질로 옆에 앉은 환자의 처방전을 힐끔거리기도 했다. 더디게만 흐르던 대기시간이 지나가고 드디어 간호사가 내 이름을 불렀다.

"오늘 날이 참 덥죠?"

원장님의 목소리가 아주 밝았다.

"네……."

"황금연휴 때는 어디 갔다 오셨어요?"

"네, 시댁에……."

"시댁에서 맛있는 거 많이 드셨어요?"

"네……."

"자, 맛있는 거 안 드셨으면 오늘부터 드셔도 될 것 같은데요. 축하합니다, 완치되셨네요."

"네? 정말요?"

"치료를 계속해야 할지 중단해야 할지 솔직히 갈등했는데 끝까지 잘 버텨주셨어요. 무사히 끝나 다행입니다."

"네, 감사합니다."

"그래도 한 달에 한 번 병원에 오셔서 지속적으로 혈액 체크를 해야 하는 건 아시죠?"

"네, 알고 있어요."

"그리고 지난번에도 말씀드렸다시피 두 달 정도는 약 기운이 남아 있을 테니, 지금처럼 몸이 힘들 거예요. 그러니 잘 드시고 체력 보강에 힘써야 할 겁니다. 그럼, 다음 달에 살찐 모습으로 다시 만납시다."

"네, 정말 감사드려요."

정산 카운터에 앉아 순서를 기다리다가 또 생각에 빠졌다. 매주 채혈실에서 세 통의 혈액을 뽑아야 했던 시간들, 약물 투여의 부작용으로 구토가 심한 나를 주치의가 안쓰럽게 쳐다보던 날, 매주 간호사가 주사를 놓으며 치료가 끝날 때까지 며칠 남았다고 날짜를 세어주던 날, 빈혈이 심해져서 병원 입구에서 쓰러졌던 날, 탈모를 감추기 위해 썼던 모자가 잘 어울린다며 어디서 샀느냐고 농담이 오가던 날, 캄캄한 병원 소파에 앉아 한없이 눈물을 쏟던 어느 날도 있었다. 그 아픈 시간들이 있었기에 오늘 이 기쁨이 찾아온 것이다. 그저 매시간 모든 것에 감사하고 또 감사하며 살자고 다짐하며 병원문을 나오기가 바쁘게 동생에게 카톡을 보냈다. 내가 치료 중일 때 나를 위해 이것저것 챙겨서 잊지 않고 소포를 보내주던 동생이기에 제일 먼저 이 소식을 전하고 싶었다.

2014년 3월 5일, 나는 혈액암 진단을 받았었다. 깨달음과 함께 일 년에 한 번 받는 종합건강검진에서 이상이 발견되었고 조직 검사를 한 결과 림프종이라는 판정을 받았던 것이다. 다행히 초기 발견으로 항암 치료만으로도 완치될 수 있다고 했다.

담당의를 만나러 가던 날, 깨달음과 나는 머릿속을 최대한 비운 상태로 면담에 응했다. 완치율이 높으니 안심하라고 말하던 담당의가 제일 걱정스러워한 건 내 체력이었다. 내 체중으로 항암 치료를 버티기는 힘들 것 같다는 것이다. 부작용의 정도가 심하게 나타날 수 있기 때문에 환자의 건강 상태에 따라 치료를 중단할 수도 있다는 부연 설명을 했다. 잘 먹고 잘 자겠다는 약속을 하고 난 항암 치료에 들어갔다.

약물 투여가 시작되면서 모든 음식을 거부하는 구토 증세가 계속해서 나타났다. 입 안에 자꾸 고이는 침들을 삼키지 못한 채 위액까지 토해냈다. 어느 정도 각오하고 시작한 일이지만 상상을 초월할 만큼 정신적, 육체적인 고통과 인내를 요하는 과정이었다.

그 와중에 가장 견디기 힘들었던 건 약물 부작용으로 인한 무기력증이었다. 자꾸만 땅속으로 꺼져 들어가는 내 육체와 끝없는 권태감이 무겁게 짓누르는 날이면 며칠이고 하루 종일 시체처럼 침대에 누워 꼼짝도 할 수 없었다.

게다가 담당의가 가장 걱정했던 식욕 감퇴 현상이 나타나 음식을 거의 섭취하지 못했다. 그로 인해 급격히 체중이 감소하고 빈혈 수치가 심각하게 떨어졌다. 마치 임산부처럼 모든 음식 냄새가 역겨웠고, 조금만 입에 넣어도 바로 화장실로 달려가기 일쑤였다. 하지만 날마다 약을 복용하기 위해서는 어떻게든 밥을 먹어야 했기에 흰 쌀죽에 한국에서 사온 간장을 떠놓고 내 마음과 육신을 달래가며 천천히 아주 천천히 삼켜야 했다. 깨달음이 매일같이 사다 나른 과일들은 전혀 입에 댈 수 없었다.

그런데 이상하게도 한국에서 동생이 보내준 동치미와 새우젓은 그나마 먹을 수 있었다. 김치냉장고에 넣어두고 잊고 있던 동치미를 꺼내서 먹어봤더니 냄새도 견딜 만했고 내 몸도 아주 편하게 받아들이는 걸 느꼈다. 그렇게 매일 아침 동치미 무를 아삭아삭 씹어 먹고, 흰죽에 새우젓의 작은 새우를 한 마리씩 올려 먹었다. 어느 날은 동치미 국물에 밥을 말아 먹으며 버틸 수 있었다.

깨달음은 다른 음식들은 몸에서 거의 받지 않는데 어쩌면 동치미는 그렇게도 잘 먹는지 알다가도 모르겠다고 했다. 그랬다. 나도 잘 모르겠지만 치료를 시작하면서부터 한국 음식 이외에는 내 몸이 강하게 거부했다. 동치미가 떨어진 날은 깨달음이 어김없이 코리아타운에 가서 김치통에 한가득 사온 덕에 약물 치료를 계속할 수 있었다.

사회 활동은 모두 접은 채 오직 병마와 싸우던 기간 동안 깨달음은 극도로 예민해진 내 신경을 건드리지 않으려고 애썼다. 치료를 시작하고 육 개월이 지났을 무렵, 그날도 멍하니 침대에 누워 있는데 깨달음이 오늘이 당신 생일이라 케이크를 사왔다며 나를 불렀다. 그래도 생일인데 그냥 넘어갈 순 없다며 깨달음이 케이크에 촛불을 켜고 생일 축하송을 불렀다.

"생 추카하니다, 생 추카하니다, 사랑하는 케이에 생 추카하니다."

축하송을 마친 깨달음이 예쁘게 자른 케이크를 한 조각 건넸다.

"한 입 먹어볼래?"

"아니, 못 먹겠어."

"그럼 딸기라도 하나 먹어봐, 천천히."

나는 딸기를 받아 든 채 멍하니 케이크를 먹고 있는 깨달음을 바라보았다. 여러 생각들이 스쳐 지나갔다. 피골이 상접한 몰골을 하고 있는 아내 앞에서 해맑은 미소로 아이처럼 생일 축하송을 불러준 깨달음. 그동안 내가 그를 참 많이 힘들게 했다. 내 몸이 아프다는 이유로 이 사람에게 모든 걸 퍼붓고, 짜증 내고, 화내고…… 그랬는데도 이 사람은 늘 조용히 지켜보고만 있었다. 너무 아파서 모든 게 싫어졌다, 다 놓아버리고 싶다는 말도 자주 했다. 그래도 그는 잠자코 듣고만 있었다. 새벽에 일어나 미친 사람처럼 가방을 챙기며 한국으로 돌아가겠다고 악을 쓰며 몸부림쳤던 날도 있었다. 그래도 그는 그 자리에서 묵묵히 지켜보며 위로해주었다. 그도 많이 속상하고 불쾌하고 상처도 받았음에 분명한데, 지난 육 개월 동안은 내가 아픈 게 먼저였고, 내가 힘들어서 다른 이의 상처는 보이지 않았다. 하지만 아무 일도 없다는 듯 케이크를 먹고 있는 깨달음을 보면서 그도 나만큼 힘들었다는 걸 깨달았다.

그렇게 길게만 느껴졌던 일 년 삼 개월의 시간이 지나고 오늘 나는 완치 판정을 받았다. 내 투병을 뒤늦게 알게 된 가족들은 한국에서 치료를 받으라고 권했지만 병든 몸으로 귀국하는 못난 모습을 보여주고 싶지 않았었다. 하루에도 열두 번 한국으로 돌아가고 싶은 욕망을 억누르며 나는 그 시간을 버텼다. 그리고 이렇게 다시 일어설 수 있게 된 것은 내 나라의 음식과 또 그걸 열심히 구해다 준 깨달음이 있었기에 가능했다.

짧다면 짧고 길다면 길었던 그 기간 동안, 나는 살아온 지난 시간을 되돌아볼 수 있었고 앞으로 어떻게 살아야 할지도 명확히 알 수 있었다. 그리고 뭐니 뭐니 해도 내 몸이 기억하는 맛과 내 몸이 원하는 음식을 먹는 게 육체적으로나 정신적으로도 건강을 유지하는 원천이라는 진리도 깨닫게 되었다.

매년 열리는
한국 요리
홈파티

깨달음이 벌써 삼십 분이 넘도록 거실 탁자에 앉아 무언가를 썼다가 지웠다가 고심하는 눈치이기에 다가가 살펴봤더니 이번 집들이에 필요한 요리 메뉴를 적고 있었다.

새집으로 이사했으니 집들이 겸 매해 지인들과 함께하던 한식파티를 하기로 했는데 서로 바빠서 좀처럼 날을 잡지 못했었다. 그러다가 어렵사리 올 사람들의 스케줄을 조율해가며 파티 날을 결정한 게 한 달 전이었다. 하지만 이번 주에 있을 내 조직 검사 결과 여부에 따라 취소할 수도 있다는 단서가 붙었는데, 어젯밤 둘이서 이런저런 얘기를 나누다가 그냥 예정대로 밀고 나가기로 했었다. 바쁜데도 불구하고 우리 일정에 맞춰준 이들도 있어서 더 이상 미룰 수 없는 상황이기도 했다.

날짜가 정해졌으니 깨달음은 이제 식사 메뉴를 고민하고 있는 것이다. A4용지를 반으로 나눠 왼편에는 돼지갈비, 굴전, 육개장, 간장게장, 양념게장, 김치 3종, 나물 3종, 구절판, 김밥, 창란젓, 닭봉 조림, 채소 샐러드를 적고, 오른편에는 잡채, 부침개, 보쌈, 조기 구이, 갈치 조림, 냉면을 적어놓았다. 이 많은 메뉴들을 어쩌라는 소린지…… 자신이 알고 있는 한식 메뉴는 죄다 적어놓은 듯했다.

"누굴 죽일 생각이야? 도우미 언니라도 불러줄 거야?"

"파티 날이 주말이니까 내가 전날 장을 보고 웬만한 건 다 할게. 특히 오른쪽에 적은 잡채, 부침개, 조기 구이는 나 혼자서도 충분히 할 수 있을 것 같고 김밥이랑 굴전도 나한테 맡겨."

듣고 있자니 어이가 없어서 무엇을 기준으로 이 메뉴들을 정했느냐고 물어보았다.

"이제까지 우리 집에서 파티 했을 때 반응이 좋았던 음식들 위주로 정했지. 소고기, 돼지고기, 닭고기 그리고 해물류를 골고루 넣어서 육류와 해산물을 모두 즐길 수 있게 리스트를 뽑았어."

"……구절판은 누가 좋아했어?"

"내 절친 우치무라야. 지난번에 먹었을 때 정말 맛있다며 또 먹고 싶다고 했거든."

우치무라 씨는 나와도 친분이 두터운 사람이긴 하지만, 도대체 구절판이 얼마나 손이 많이 가는지 알고나 하는 소린지……. 메모지를 뚫어져라 쳐다보고 있자니 한숨이 절로 나왔다. 그런 나를 지켜보던 깨달음이 갑자기 벌떡 일어나 지금부터 바로 자기가 도와주겠다며 행동에 나섰다. 주방에서 마늘을 꺼내 와 껍질을 까기 시작한 것이다. 그러고는 자기가 도우미 역할을 최대한 충실히 하겠다면서 싱긋 웃었다.

다음 날 저녁 퇴근 길에 깨달음과 코리아타운 한국 식품점에 들러 당장 필요한 재료들을 사고 급하지 않은 것들은 택배로 부탁했다. 생막걸리 20병, 참이슬 소주 10병, 부침가루, 당면, 고추장, 된장, 액젓, 배추, 굵은 소금, 고춧가루, 무, 들깨가루 등…….

가게를 나오면서 쇼핑 봉투를 깨달음이 모두 들고 가려고 하기에 나눠 들자고 했더니 "아니야, 몸으로 때울 수 있는 건 내가 다 할게" 하면서 싱글벙글 천진난만하게 웃었다.

"집에 가면 뭘 먼저 해야 해?"

"일단 배추부터 절여야지."

"그건 나한테 맡겨. 지금까지 어깨너머로 봐왔기 때문에 잘할 수 있을 거야."

그러더니 쇼핑 봉투를 들어 올리며 엉덩이 춤을 췄다. 꼭 소풍 전날에 들떠 있는 초등학생 같았다.

집에 돌아온 나는 먼저 김치 세 종류를 담그는 것부터 시작했다. 배추 김치, 무 김치, 오이 김치. 늘 그렇듯이 파티가 끝나면 집으로 돌아갈 때 김치나 다른 음식들을 이것저것 싸가는 걸 좋아하는 아줌마 같은 아저씨들이 많아서 김치도 넉넉히 담가야 했다.

드디어 파티 날, 깨달음은 아침부터 청소하고 정리하느라 바빴고, 나는 요리하느라 정신이 없었다. 청소를 마친 깨달음이 자기가 할 수 있는 요리 레시피를 들고 종종걸음으로 바쁘게 오가며 정신을 쏙 빼놓기에 그냥 재료나 가지런히 썰어놓으라고 했더니, 자로 잰 것처럼 정확하게 땀까지 흘려가며 잘랐다.

이번 파티는 여러 가지 의미가 있었다. 초대한 사람들 중에는 깨달음의 친구뿐만 아니라 내 대학원 동기들도 있었다. 동기들은 일본에서도 꽤 알려진 작가들이어서 혹시 내가 갤러리를 오픈하게 되면 초대전도 미리 부탁할 겸해서 집들이 파티를 강행한 것이다.

청소를 끝낸 깨달음이 술과 음료로 테이블 세팅을 마친 뒤 팔짱을 끼고 한동안 테이블 주위를 왔다 갔다 하더니 방으로 뛰어가 자기가 아끼는 한국 과자들을 꺼내 왔다. 솔직히 아까워서 내놓기 싫지만 음식뿐만 아니라 한국 과자의 중독성에 관해서도 설명해주고 싶다는 것이었다.

그렇게 파티가 시작됐다. 나는 주방에서 계속 음식을 만들어 내놓고 깨달음은 연거푸 술을 주거니 받거니 하다가 마침내 모두 한자리에 앉았다.

"이 갈비, 정말 맛있네요. 뼈갈비를 구하기 힘들었을 텐데…… 살이 많이 붙어 있어서 뜯는 맛이 제대로네요."

남자 직원이 이렇게 한마디 하자 깨달음이 자기가 일주일 전에 이세탄 백화점에 주문했고 나머지 음식 재료들도 자기가 모두 구해 온 거라며 너스레를 떨었다.

"이 양념게장은 한국에서 가져온 거예요?"

"그렇지, 지난달 한국에서 우리 장모님이 가지고 오신 거야. 아주 귀한 거라고. 이건 본고장 전라도에 가지 않으면 절대로 맛볼 수 없으니까 여기서 많이들 먹고 가."

깨달음이 목에 힘을 주며 거만하게 말하는 모습에 난 피식 웃음이 터져 나왔다.

"나는 이 굴전이 맛있네요. 굴튀김은 일본에서도 많이 먹지만 이렇게 굴을 전으로 해서 먹는 건 처음 봐요. 굴 향이 아주 진하게 나서 정말 맛있네요."

여기저기서 맛있다는 음식 평가가 들려오자 깨달음은 덩달아 기분이 좋아져서 술잔을 비우고 또 비웠다. 그리고 우린 언제나처럼 음식 얘기부터 한국 여행, 일본의 추천 여행지 등 서로가 갖고 있는 지식과 정보를 총동원해서 이야기꽃을 피웠다.

우린 결혼하고 나서 매해 많게는 세 번, 적게는 한 번씩 꼭 집에서 파티를 해왔다. 깨달음의 친구들이 워낙 한국 음식을 좋아해서이기도 하지만, 무엇보다 한일 교류라는 다소 거창한 제목을 달고 음식 문화를 통해 서로를 알고 이해하는 토대를 쌓자는 취지였다.

해마다 모든 맴버들이 한자리에 다 모이기 힘들기 때문에 두 번으로 나눠서 파티를 해야 하지만, 우리 부부는 물론 함께 하는 친구들 모두에게 뜻깊은 시간이기에 우린 별일이 없는 한 내년에도 한식 홈파티를 할 것이다.

노후 계획과 죽음에 대한 대비

드디어 DNA 검사 결과가 나왔다. 깨달음과 함께 알츠하이머병(치매) 검사를 했던 결과 보고서다. 나는 아빠 쪽 집안에 알츠하이머병이 많아서 유전적으로 발병 확률이 높을 것 같아 걱정이 좀 됐다. 그래서 사전에 조금씩 질병에 대비하기 위해 유전자 검사를 받았던 것이다.

세 종류의 유전자 검사 결과, 난 치매를 유발하는 인자를 두 개나 가지고 있고 치매에 걸릴 확률도 40퍼센트 이상이었다. 깨달음은 유발인자가 하나도 없고 발병률도 10퍼센트 미만이었다. 어느 정도 예상했지만 막상 결과를 눈으로 확인하니 암담한 생각이 들었다. 깨달음은 자기가 만약 치매 증상을 보이면 시설에 보내달라고 했다. 그 대신 이틀에 한 번씩 얼굴을 보러 와줬으면 좋겠다고 했다. 나는 혹시 치매 증세를 보이면 내 정신이 온전할 때 한국으로 보내달라고 부탁했다.

그렇게 얘기하고 나서 한 달쯤 지난 어느 날 깨달음이 진지한 얼굴로 할 얘기가 있다며 내 방에 들어왔다. 그는 서류 파일을 내 책상에 올려놓더니 낮은 톤으로 얘기를 시작했다.

"앞으로 우리 부부가 남은 여생을 어떻게 하면 유익하고 즐겁게 보낼지에 대해서 그동안 생각을 좀 했어. 그리고 내 나름대로 정리해봤는데, 결론은 한국에 귀국하는 시기를 좀 앞당겼으면 좋겠다는 거야."

"왜 갑자기 그런 생각을 한 거야?"

"지난번 치매 검사 결과를 받고 나서부터 계속 생각은 했는데, 마침 우리가 서울에 사둔 아파트 재건축이 결정됐다기에 본격적으로 생각하게 됐지."

"나야 좋지. 나는 당신 일과 회사가 정리되고 어느 정도 한국에서의 노후 설계가 세워지면 언제든지 귀국할 거야."

"그런데 당신한테 꼭 부탁할 게 있어. 나는 한국에 가면 정말 아무것도 안 할 생각이야. 그래서 당신이 한국에서 나를 먹여 살릴 생각이 있는지 솔직한 얘기를 듣고 싶어."

"한국에서 우동집을 하겠다더니 그 계획은 없어진 거야?"

"우동집은 내가 한국어를 어느 정도 구사하게 되면 취미 삼아 할 거야. 그전에는 한국어 공부를 시작으로 여행도 다니고, 친구들도 사귈 생각이야. 많이 놀고, 많이 보고, 많이 먹고, 많이 즐긴 다음에 마음이 내키면 그때 우동집을 할 생각이야. 생계를 위해서가 아니라 그야말로 하고 싶어서 하는 거지."

"그게 당신 노후 계획이야?"

"응. 내가 노후를 한국에서 보내기로 결심한 것은 남은 여생을 즐기기 위한 게 목적이야. 그러니까 당신 도움이 필요해."

깨달음은 한국에 가면 먼저 평일에는 한국어학당을 다니면서 젊은 학생들과 한국어를 배울 것이고 주말이면 전통 민속무용이나 판소리 공연을 보며 문화생활을 즐기겠다고 했다. 또 한 달에 한 번은 각 지방을 돌아다니면서 특산물을 먹고, 옛 사찰, 민속촌 등을 탐방할 거라며 상당히 구체적인 계획을 세우고 있었다. 그러니 자기가 이렇게 자유롭게 생활할 수 있도록 경제적인 면이나 정신적인 면에서 내가 자기를 뒷받침해줄 수 있는지 확답을 해달라는 것이다.

"알았어. 한국에서는 생활비 전반, 아니 모든 생계를 내가 책임질 테니까 걱정하지 마!"

"당신이 그 약속을 지키겠다고 확답만 해주면, 우리가 한국에 들어갈 때까지 내가 이곳 일본에서 열심히 돈 많이 벌게."

그렇게 말하며 깨달음은 꽤 굳은 결의를 보였다.

그리고 마지막으로 죽음에 관한 얘길 꺼냈다. 파일에 넣어둔 유언장을 꺼내며 내용도 재확인하고 변동 사항이 있는 것은 증빙서류까지 첨부해두었으니 확인해보라며 내게 내밀었다. 그는 다시 진지한 표정으로 돌아와 내게 다음과 같은 얘기를 했다.

"혹시 한국에 가기 전에 내게 무슨 일이 생기면 당신은 모든 걸 정리해서 한국으로 돌아가. 아무 미련도 갖지 말고 모든 걸 잊고 한국으로 돌아가는 게 나아."

"알았어……. 그때 상황 봐서 내가 알아서 할 거야."

"그리고 한국에 돌아갈 때 내 뼈를 한 주먹만큼만 한국으로 가져가 달라고 했던 거 잊지 않았지?"

"당신 뜻은 알겠는데 예전에도 말했듯이 그건 몸이 둘로 나눠지는 거잖아. 그러면 죽어서도 불편하지 않을까?"

"아니야. 여기 일본에서는 남편이나 자식 유골의 일부를 목걸이로 만들어서 걸고 다니잖아."

"알아, 유골 목걸이. 그런데 이건 그것과 얘기가 달라. 목걸이는 잊지 않고 늘 함께 있겠다는 의미지만, 한국에 유골을 한 주먹 놓아두는 건 왠지 더 쓸쓸할 것 같아. 그래서 난 당신 의견에 찬성할 수 없어……."

"그냥 한국을 좋아했던 깨달음이라는 일본인이 있었다는 걸 잊지 말았으면 하는 바람이야. 죽어서도 살고 싶었던 한국 땅에서 쉴 수 있어 행복하다는데 뭐가 안 된다는 거야?"

"난 당신이 그냥 편하게 당신 조상님 계신 곳에 함께 있는 게 제일 좋을 것 같아……."

"아니야. 나에게 한국은 제2의 고향이나 마찬가지니까 꼭 그렇게 해줘. 그렇게 한국에 놔둬야 당신도 가끔 나를 만나러 오는 게 편할 거 아냐. 그리고 나를 아는 사람들도 언제든지 찾아올 수 있고……. 그럼 내가 덜 외롭잖아."

"결론은 당신 외롭지 않으려고 유골을 반반 나눠서 두란 소리잖아. 당신 마음은 충분히 이해해. 하지만 내 생각엔 당신처럼 토속 신앙이 강한 사람은 유골을 한곳에 두는 게 좋을 것 같아. 당신 조상들도 모두 불교식으로 장례를 치렀잖아. 불교에서도 유골은 나누고 그러는 게 아니래."

"그래도 난 한국에 묻히고 싶은 생각을 못 버리겠어. 조금이라도 데리고 가……. 내가 한국과 얼마나 인연이 깊은데, 그 인연을 끊어서는 안 되지."

매번 같은 대화를 나누지만 좀처럼 결론이 나지 않는다. 사후세계에서 인연의 유무가 무슨 의미가 있겠느냐만은 저렇게 깨달음의 고집은 한결같다. 나는 크리스천이기에 유골의 의미를 크게 생각하지 않지만 깨달음은 샤머니즘에 가까운 믿음을 갖고 있기 때문에 유골의 의미가 나와는 또 다를 것이다. 하지만 아무리 설득해도 자기는 원래 마음 가는 대로 믿는 사람이니까 괜찮다며 한사코 한국에 자기 뼈를 묻어달라고 한다. 죽고 나면 다 소용없는 한줌 재만 남을 뿐인데 깨달음은 죽어서도 한국과 인연의 끈을 놓지 않으려고 한다.

아무튼 우리 부부는 이렇게 노후와 죽음을 설계하는 시간을 자주 갖는다. 국제 커플이기에 노후의 삶을 어느 나라에서 보낼지부터 시작해 어느 나라에 묻힐 것인가까지 보통의 부부라면 하지 않을 고민도 많이 한다. 아무튼 깨달음의 계획대로 순조로운(?) 노후생활을 맞이하기만 바랄 뿐이다.

Welcome

일본에서 오래 살다보니 일본 사회에서 배워야 할 점과 배워서는 안 될 점도 나름대로 분별하게 되었고, 일본인들의 친절한 웃음 뒤에 숨겨진 이중성도, 진실을 품고 사는 보통의 일본인들의 모습도 알게 되었다. 이 책에는 내가 일본에서 살면서 느낀 희로애락, 늘 가슴 한구석에 자리 잡고 있는 고국에 대한 그리움, 그리고 일본인 남편과의 결혼생활을 통해 내가 직접 경험한 일본 사회에 대한 글들이 오롯이 담겨 있다.

깨달음은 일본 사람인데도 한국 음식이며 한국 과자를 무척 좋아한다. 밥상에 콩나물, 고사리나물, 동태전, 된장찌개가 오르는 걸 좋아하고, 주말이면 초코파이와 새우깡을 펼쳐놓고 하루 종일 한국의 예능 프로그램을 보면서 웃고 따라 한다. 코리아타운에 가면 매콤한 육개장을 자주 시켜 먹고 한국식 중화요리인 짜장면과 짬뽕, 탕수육도 곧잘 먹는다.

시부모님은 당신들이 자식들에게 신경 쓰이는 존재가 되는 걸 불편해한다. 있는 듯 없는 듯해야 서로 좋은 관계를 유지하지 않겠느냐며 연락도 자주 못 하게 한다. 두 분 모두 이미 80세가 훌쩍 넘은 고령이지만 언제나 집을 정갈하게 유지하려고 애쓰고 연금의 70퍼센트를 착실히 저축한다. 더욱이 외국인 며느리를 있는 그대로 받아들여주는 두 분을 존경하지 않을 수 없다.

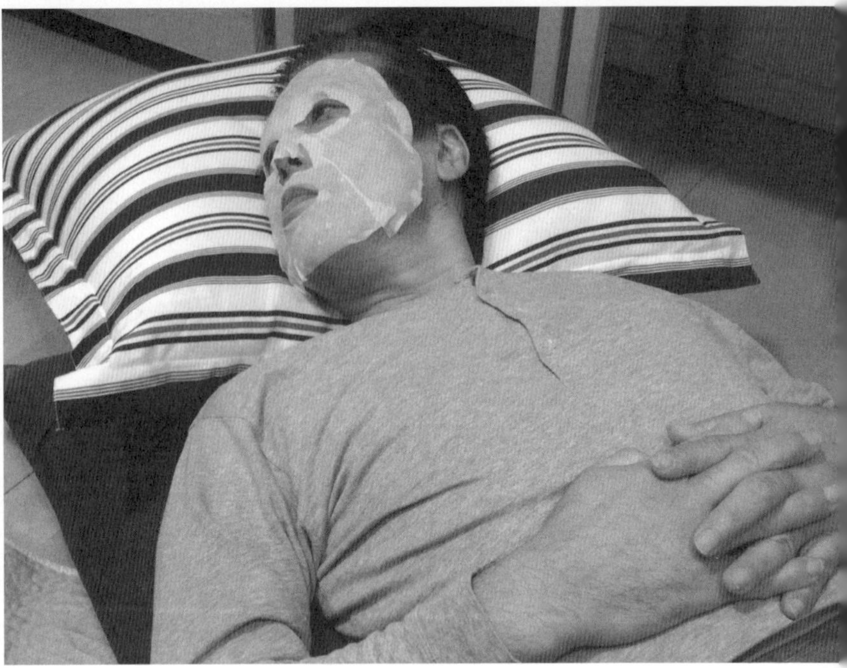

마치 아줌마처럼 아주 꼼꼼하게 마사지 팩을 붙인 깨달음.

나보고는 해보라는 말도 없이 과일 엑기스가 들어 있어서 냄새도 좋고 촉감도 부드럽다며 감탄사를 늘어놓았다. 역시 팩은 한국산이 최고라며 마사지 팩 봉투에 남아 있는 엑기스까지 손가락으로 긁어 손등에 부지런히 발랐다. 깨달음이 이렇게 욕심을 내는 건 한국 과자 이후로 처음이었다.

한국에서 보내온 소포를 받을 때면 늘 마음 한구석이 저려온다. 친구, 후배, 가족들……. 특히 엄마가 보내준 소포는 박스를 푸는 순간부터 가슴이 벅차오른다. 뭐가 들었을까, 고르느라 얼마나 신경을 썼을까, 함께 온 짤막한 메모를 읽고 또 읽는다. 깨달음에게 보낸 박스에는 주로 한국 과자가, 내 박스에는 간장, 쌈장, 액젓, 누룽지, 초고추장, 돌김 등이 들어 있다.

2부

일본, 일본인, 일본 사회

일본인들이 좋아하는 신년 선물

여행 가방을 거실 한쪽에 밀어 넣고 우린 곧장 택배 영업소로 향했다. 부재 중 소포 가운데 냉동 식품이 있어서 직접 찾으러 간 것이다. 받아보니 깨달음 회사의 거래처에서 보내온 신년 선물이었다.

거래처 사장이 깨달음에게 사모님, 즉 내가 좋아하는 음식에 관해 물어서 몇 번이나 사양했단다. 그런데도 그가 굳이 선물을 하려는 데는 사연이 있다. 그가 한국 음식을 유독 좋아해서 깨달음을 볼 때마다 김치를 먹고 싶다고 자주 말했다기에 작년에 내가 김치 3종 세트(배추, 무우, 오이)를 담가서 보냈는데 그에 대한 답례를 하려는 것이다. 깨달음은 그런 그가 성가셔서 좀 거리를 두려고 했지만 그는 막무가내였다. 할 수 없이 내가 생선 구이를 좋아한다고 했더니 연어를 큰 놈으로 한 마리 보낸 것이다. 살도 통통하고 유명 브랜드의 연어라서 받는 나는 고맙기만 한데 깨달음은 툭 한마디 한다.

"또 김치 담가달라고 할 거야. 그 사장이 김치가 먹고 싶어서 보낸 거니까 그렇게 알아."

"……."

그건 그렇고 최근 들어서 명절에 들어오는 인사 선물이 많이 달라졌음을 느낀다. 예전에는 술, 주스, 건강음료 등 음료류가 많았는데, 작년부터는 식재료가 늘어나더니 아예 직접 취향을 물어보고 원하는 선물을 보내는 경우도 흔해졌다. 물론 전통적인 선물인 장어구이 세트, 햄 세트, 마른 표고버섯, 우동 세트, 소바 세트, 술도 여전히 들어오긴 하지만, 선물 종류가 바뀌고 있다는 것은 대체로 경기가 좋아지고 있음을 의미하는 것 같다. 특히 일본의 건축계가 활성화되고 있어서인지 깨달음도 거래처에 보내는 올해 선물 단가를 천 엔씩 올렸었다.

일본에서는 신정과 추석 명절에 거래처와 친지에게 선물을 보내는 것이 일반화되어 있다. 매년 두 번씩 그리고 몇 년간 같은 이들에게 보내야 하기에 선물을 고르는 데 여간 신경을 쓰지 않을 수 없다. 더러 매번 같은 물건을 보내는 이도 있지만 그래도 나는 상대가 받아서 기분 좋아지는 선물로 보내려고 애쓴다.

일본인들이 명절에 받으면 좋아하는 선물 순위로는 상품권이 1위, 선물 책자(직접 물건을 고를 수 있는 카탈로그)가 2위, 그다음으로 가공식품(햄, 소시지 등), 양과자, 주류, 과일, 육류 순으로 나타났다. 수산물이나 어류는 10위로 별로 달가워하지 않는다. 자기 취향에 맞는 필요한 물건을 선택할 수 있어서 역시 상품권이 최고이긴 하나 내가 실제로 상품권을 받은 적은 그리 많지 않다.

특히 깨달음의 회사 관련 거래처에서 상품권은 돈과 같은 의미를 지니고 있기에 잘못하면 뇌물로 오해를 살 수 있어서 많이 꺼린다고 한다. 십 년 전만 해도 백만 원이나 2백만 원짜리 상품권을 흔하게 주고받았고 그 상품권을 현금화해서 사용하는 사람들도 꽤 많았다. 하지만 지금은 그렇게 하지 못하고 최근의 트렌드와 사회적 분위기를 고려해서 선물을 고르고 있다. 깨달음은 그래도 1위, 2위는 계속해서 변동이 없을 것이며, 이 년쯤 후에는 상품권이 다시 대량으로 오갈 것 같으니 기대해도 좋다고 덧붙인다. 역시 사람들이 돈과 제일 가까운 것을 좋아하는 건 어쩔 수 없는 모양이다. 일본인뿐만 아니라 세계 어느 나라 사람들에게도 상품권은 단연 1등이 아닐까 싶다.

명절 외에도 일본인들이 꼭 선물을 하는 날은 어머니날이다. 일본은 5월 8일이 어머니날母の日이다. 우리처럼 어버이날이 아니라 어머니날과 아버지날이 따로 있다. 2015년에 모 기업에서 부모가 자식에게 정말 받고 싶은 것이 무엇인지 앙케트를 실시한 적이 있다. 엄마나 아빠 양자 모두 첫 번째로 꼽은 것은 자식과 함께 외식하는 것이었다. 엄마들은 편지나 메시지가 담긴 카드를 두 번째로 갖고 싶어 했고, 아빠들은 주류를 받고 싶어 했다. 다음으로는 함께 여행을 가거나 외출하고 싶어 하는 엄마들과 옷, 의류를 받고 싶어 하는 아빠들이 뒤를 이었다. 그 외에도 꽃, 현금, 상품권, 집안일 해주기가 순위에 올랐다. 조사 결과를 보면 1위와 3위에 자식과 함께 시간을 보내고 싶은 소망이 올랐는데, 아마도 그건 세상 모든 부모의 바람이 아닐까 하는 생각이 든다. 비

록 한끼의 식사라도 자식과 함께 하는 게 부모에게는 가장 행복한 선물인 것이다. 전화 한 통 하고, 밥 한끼 같이 먹는 시간들…….

그런 아주 작은 일에 기뻐한다는 걸 알면서도 우린 바쁘다는 이유로 좀처럼 실천하지 못한다. 자식을 다섯이나 낳았는데도 늙으니 같이 밥 먹을 자식 하나 곁에 없다고 쓸쓸해하던 우리 엄마 말이 떠올라 가슴이 먹먹해진다.

이사 떡 대신
일본인들이 돌리는 것

아침 8시부터 시작된 이사가 11시가 되어서야 겨우 끝났다. 일단 짐들을 각자의 방에 적당히 배치하고 중요한 것과 귀중품만 먼저 제자리에 넣어두었다. 그러고 나니 배도 너무 고프고 이사 날도 기념해야 할 듯해서 집 근처의 레스토랑에 들어갔다.

깨달음도 나도 진이 빠진 터라 힘없이 건배하고, 허기진 배를 달래느라 허겁지겁 주문한 음식부터 먹었다. 이사 오기 일 년 전, 이 집이 마음에 들어서 계약을 결정했던 그날도 이 레스토랑에서 식사를 했었다. 그런데 오늘은 이사도 하고 이렇게 축하 건배까지 하고 나니 색다른 느낌이 들었다. 깨달음도 마찬가지라며 앞으로 이곳에서 잘 살아보자고 했다.

식사를 끝내고 옆집에 인사할 선물을 사기 위해 근처 쇼핑센터에 들렀다. 무엇이 좋을지 몰라서 매장을 왔다 갔다 하고 있자 깨달음이 수건으로 하는 게 좋다고 했다. 이사 인사를 하는데 웬 수건일까 의아해했더니 일본에서는 대부분 간단하게 수건을 많이 한다며 이사 선물 코너가 마련되어 있는 쪽으로 나를 데리고 갔다.

선물 코너엔 세제도 예쁘게 포장되어 있고 간단한 주방용품과 청소도구도 자리하고 있었다. 주부들은 수건보다 세제를 더 좋아하지 않겠느냐고 했더니 옆집에 주부가 아닌 사람이 살 수도 있으니 수건으로 하자고 우긴다. 그리고 요즘은 세제도 자기가 좋아하는 브랜드가 있고 알레르기가 있거나 피부가 약한 사람들은 사용하지 못하니까 수건이 가장 무난하다고 했다. 그러면서 중국산이 아닌 '메이드 인 재팬'으로 사야 한다며 수건의 감촉을 하나하나 체크하기 시작했다.

그래도 난 한국식으로 세제를 사고 싶어서 얼른 휴대폰으로 검색해 봤는데 이사 선물로 1위가 수건, 2위가 과자, 3위가 세제로 나오기에 그냥 아무 말 없이 수건을 골랐다. 그사이 깨달음은 과자 코너에 가서 앙금빵 세트를 하나 사왔다. 관리실 아저씨의 연세가 높은 듯해 수건보다 먹을거리가 좋을 것 같아 샀단다.

그렇게 쇼핑을 마치고 돌아와 먼저 관리실 아저씨에게 앞으로 잘 부탁드린다고 빵을 건넸더니 "아이고, 저한테는 인사 안 해도 되는데…… 죄송합니다"라고 하더니 머리를 깊이 숙여 인사했다. 그 후 옆집과 밑의 층에 사는 이들에게까지 인사하고 집에 들어오자 깨달음이 물었다.

"한국에서는 이사하면 이웃에게 무슨 선물을 해?"

"기본적으로는 떡을 돌리지."

"일본에서도 옛날에는 힛코시소바引越し蕎麦(이사 소바)라는 게 있었어. 소바처럼 가늘고 길게 이웃으로 잘 지내자는 뜻도 있고, 소바そば는 일본어로 곁, 옆을 의미하니까 옆으로 이사 왔다는 뜻으로 힛코시소

바를 돌렸던 거지. 그런데 요즘은 거의 소바를 돌리지 않아."

그러면서 한국에서 이사하면 떡을 돌린다는 건 처음 듣는 소리라며 왜 하필 떡이며 어떤 종류의 떡을 주느냐고 꼬치꼬치 물었다.

"팥 시루떡 아니면 꿀떡이었던 같아. 정확히는 기억이 나지 않는데, 아무튼 내가 어릴 적부터 이사하면 떡을 돌렸던 건 사실이야."

"정말 한국스럽고 재밌네. 그런데 빵이나 과자가 아니라 떡을 돌리는 이유는 뭐야?"

연이은 그의 질문에 내가 대답을 못 하고 얼렁뚱땅 넘어가려고 했더니 검색해서 찾아보란다. 분명 떡이어야만 하는 깊은 의미가 있을 테니 꼭 알고 싶다는 것이다.

그러고 보니 한국에서는 태어나서 백일을 맞이하면 백일떡을 하는 것부터 시작해 돌떡, 생일떡, 개업떡을 하고 결혼식이나 환갑잔치에도 빠짐없이 떡이 있었던 것 같아서 차분히 검색해보았다. 검색한 바에 따르면 이사떡은 주로 팥 시루떡을 하는데, 한국 풍습에 의하면 붉은색이 잡귀를 막아주기 때문에 이사하면 이웃 간에 함께 나눠 먹으며 집안의 잡귀와 액운을 쫓는다는 것이다. 하지만 요즘은 미신을 믿지 않는 사회 풍토 때문에 언젠가부터 팥 시루떡 대신 사람들이 좋아하는 케이크나 빵을 돌리는 경우도 늘었다고 한다. 그렇게 떡이나 빵을 돌리면서 한 번씩 얼굴을 익힐 기회를 만들어 같은 주거공간에 살면서 생기는 주차 문제나 소음 문제, 복잡한 인간 관계를 원활하게 풀어가고 싶은 것이다.

내 말을 곰곰이 듣고 있던 깨달음이 뉴욕에서는 이사하면 이웃들이 먼저 웰컴 비스킷이나 바나나빵을 가지고 와서 환영한다고 하는데 자기는 샤머니즘을 좋아하니까 꼭 시루떡을 먹어야겠다면서 코리아타운에 가면 잊지 말고 한 덩어리 사오자고 한다.

"내 생각에 한국에서 떡을 돌리는 이유는 떡처럼 착착 붙게 이웃하고도 사이좋게 지내라는 뜻인 것 같아. 일본처럼 수건이나 과자를 돌리는 것보다 훨씬 정이 느껴져서 좋은걸."

꿈보다 해몽이 더 좋았지만 깨달음의 논리도 일리가 있는 듯싶었다. 아무튼 우린 이사했고, 주변 사람들에게 해야 할 모든 인사도 끝냈다. 이젠 깨달음 말처럼 새로운 이웃들과 떡처럼 사이좋고 끈끈한 관계를 유지하도록 노력할 일만 남았다.

일본인에게
신기한
한국식
집들이 선물

바쁜 후배가 잠깐 우리 집에 놀러 왔다. 이사 후 첫 방문자였다. 집들이를 하기 위해 깨달음과 서로 스케줄을 조정하던 중이어서 누구에게도 아직 초대장을 보내지 않았는데 후배가 먼저 집 구경을 하고 싶다고 해서 들른 것이다.

짐을 내려놓기가 무섭게 깨달음이 망원경을 챙겨 베란다로 후배를 데리고 가서는 저기가 도쿄타워네, 사랑짱 집이 저기네, 불꽃축제도 눈앞에서 볼 수 있네 등등 초등학생처럼 자랑하듯 알려주었다. 그렇게 옆 건물까지 상세하게 소개한 다음 야경을 보면서 한 잔씩 해야 한다며 쏜살같이 주방으로 달려가 안주가 될 만한 것을 챙겨 왔다.

"이렇게 먹어야 제맛이지. 당신도 빨리 베란다로 와!"

"이 친구는 술도 별로 안 좋아하는데 웬 술이야? 베란다에서 그러지 말고 그냥 거실로 들어와!"

하지만 제대로 흥이 오른 깨달음은 내 말은 듣는 둥 마는 둥 왔다 갔다 하면서 안주가 아닌 반찬까지 접시에 예쁘게 담아서 베란다로 가져갔다. 가서 보니 큰 접시에 채소 조림, 오징어, 땅콩, 호두, 잣, 치즈 3종이 가지런히 담겨 있었다. 호두와 잣은 또 어디서 찾았는지…….

그렇게 깨달음의 기분에 맞춰 와인을 한 잔씩 하고 밤바람이 싸늘해지기에 다시 거실로 들어와 후배가 사 가지고 온 짐들을 풀었다. 후배가 두루마리 화장지를 꺼내자 깨달음이 정말 화장지를 사왔네, 하며 놀랐다. 그러고는 두루두루 일이 술술 잘 풀리라는 의미라는 건 이미 들어서 알고 있지만 꼭 화장실 휴지여야만 하느냐고 물었다. 후배는 그렇진 않고 티슈도 많이 사오는데 기본적으로 물에 넣으면 스르르 녹듯이 풀리니까 모든 일이 그렇게 잘 풀리라는 뜻에서 사온다며 다시 설명했다. 깨달음은 아주 흥미진진한 눈빛으로 계속되는 후배의 집들이 선물에 관한 얘기를 귀 기울여 들었다.

화장지 외에도 거품처럼 잘 일어나라는 뜻에서 비누나 세제를 사오기도 하고 사업이 활활 타오르듯 번창하라는 의미로 성냥을 선물하기도 한다고 하자 깨달음이 후배가 가지고 온 봉투를 잽싸게 펼쳐 뒤적이더니 왜 성냥하고 비누는 없느냐고 따지듯이 물었다.

당황한 후배가 "아, 죄송해요. 바빠 오느라 휴지밖에 못 샀어요"라고 대답하자 깨달음은 봉투 안에 들어 있던 냉면이랑 떡볶이를 꺼내면서 "성냥 대신 사온 거예요? 이것도 무슨 의미가 있는 거예요?" 하고 또 물었다.

"아니에요. 냉면을 좋아하신다고 해서 그냥 사온 거예요."

"집들이 선물이니까 이왕이면 비누하고 성냥도 사오지 그랬어요? 다음에 올 땐 꼭 사주세요!"

결국 우리는 어처구니없는 깨달음의 생떼에 크게 한바탕 웃고 말았다. 깨달음은 친하다고 생각하면 하고 싶은 말을 여과 없이 다 해버리는 통에 괜히 내가 미안하고 곤란할 때가 있다. 후배는 "정식으로 집들이하면 나머지 두 개도 꼭 준비해서 올게요" 하고 웃으면서 약속했고 일이 바쁘다며 서둘러 집으로 돌아갔다.

휴지를 화장실에 챙겨 넣으면서 깨달음이 "한국 문화를 모르는 일본인 집들이에 화장지를 사 들고 가면 아주 이상하게 생각할 거야. 그런데 그 뜻을 알고 나니 참 재밌고 의미가 깊은 선물인 것 같아"라며 좋아했다.

"아직 내가 모르는 한국 문화가 많은 것 같아. 일본에서 두루마리 화장지는 말 그대로 화장실에서만 쓰는데 한국에서는 여러 용도로 쓰잖아. 이렇게 이사 선물로도 쓰고 식당에서도 쓰잖아. 내가 처음 한국에 갔을 때 식당 테이블마다 두루마리 화장지가 놓여 있어서 좀 거북했거든. '한국에서는 화장실 용과 방 안에서 쓰는 휴지를 구별하지 않는가 보다'라고 생각했지."

"요즘은 한국도 티슈와 두루마리 화장지를 구별해서 사용하는 집이 많아. 식당에서도 냅킨이라는 티슈를 쓰고. 그런데 일본에서는 전통적인 집들이 선물이 없어?"

"보통 타월, 세제, 쿠키 같은 걸 가져가지. 하지만 한국처럼 무슨 특별한 의미를 담고 있는 물건은 없어. 한국 사람들이 이사한 집에 화장지, 성냥, 세제를 선물하는 건 각각 조금 다른 의미를 갖고 있지만 이사한 집에서 좋은 일이 생기길 바라는 마음은 같은 것 같아. 좋은 풍습이야. 그런데 왜 그 후배가 세 가지 모두 안 사오고 화장지만 가져왔는지 아무리 생각해도 궁금하네."

"……꼭 집들이 선물로 세 가지 모두 사오는 건 아니야. 그냥 대표적으로 집들이에는 화장지를 가져가기 때문에 그것만 준비했을 거야."

내가 한참 부연 설명을 했지만 깨달음은 성냥과 세제를 못 받은 게 못내 아쉬운 모양이었다.

"나는 그 세 가지를 모두 받으면 사용하지 않고 거실의 명당자리에 올려놓고 지누신地主神(땅의 주인을 의미하는 신)에게 감사의 인사를 하고 싶었어."

옛 미신이나 풍습을 그대로 따라 하는 걸 좋아하는 깨달음은 그런 나름의 이유로 한국식 집들이 선물 세트가 꼭 갖고 싶었던 것 같다.

아무튼 이사하고 나서 깨달음의 거래처 관계자에게 받은 건 큰 꽃다발과 주방기구, 쿠키 세트였다. 정식으로 집들이를 하지 않아서 아직 잘 모르겠지만 아마도 깨달음이 바라는 한국식 집들이 3종 세트는 받기 힘들 것 같다는 생각이 들었다.

미역국을
처음 먹어본
일본인
산모의 반응

출산 축하봉투를 사기 위해 문구점에 잠시 들렀다. 깨달음은 숟가락이 달린 봉투를 마음에 들어 했지만 난 병아리 모양의 봉투를 골랐다. 축하 메시지를 간략하게 적고 바로 음식을 만들기 시작했다. 산모에게 전화해 먹고 싶은 것을 물었더니 칼칼한 순두부를 원했었다.

열흘 전 깨달음의 사촌 조카가 여자아이를 낳았다. 결혼도 우리와 같은 해에 했고 조카의 아내가 재일 동포 3세이기도 해서 가깝게 지내는 사이이다. 조카 부부 모두 한국요리를 무척 좋아해서 우리가 한국 식당을 소개해주기도 하고 김치를 담그면 잊지 않고 보내주곤 한다.

먼저 김밥을 싸놓고, 미역국도 필요할 것 같아 미역국과 순두부를 동시에 끓였다. 그리고 산모가 특히 좋아했던 것들을 떠올리면서 나물도 무치고 창란젓 양념도 다시 하고 오징어채도 볶았다. 조카 집에 가서 데우기만 하면 바로 먹을 수 있도록 만반의 준비를 하다보니 쉴 틈이 없었다. 그래서 깨달음에게 말아둔 김밥을 잘라서 피크닉 도시락통에 담아달라고 부탁했다. 그는 즐겁게 흥얼거리며 김밥을 썰어 담기 시작했다. 이윽고 다했다기에 확인해보니 예쁘게 잘라서 담긴 했으나 김밥 위는 깨 범벅이고 김밥 꼬투리는 따로 담겨 있었다. 내가 묻기도 전에 그는 꼬투리를 좋아해서 자기 도시락용으로 따로 챙겼단다.

"……."

그렇게 준비한 음식들을 싸들고 시판용 삼계탕과 냉면까지 챙겨서 집을 나섰다. 전철로 삼십 분을 가는 내내 국물이 새어 흐를까봐 조바심이 났으나 다행히 별일 없이 조카 집에 도착했다. 이 년 전과는 집 안 분위기가 확연히 달랐다. 무엇보다 집 안 가득 아기 냄새가 풀풀 풍겼다. 뭐라고 형용할 수 없는 기분 좋은 냄새였다. 인간의 뇌를 맑게 해주는 듯한, 잡념을 제거해주는 듯한 밝은 냄새라고나 할까. 깨달음이 소파에 곱게 누워 있는 아기에게 냉큼 다가가더니 손가락을 만져보며 너무 작아 부서질 것 같다며 귀여워했다.

그동안 난 음식들을 꺼내 하나씩 주방으로 옮겼다. 산모가 다가와서 보더니 자기가 좋아하는 나물을 해왔다며 기뻐했다.

"순두부만 부탁드렸는데 미역국까지 해왔어요? 그런데 웬 미역국이에요?"

"한국에서는 산모가 한 달가량 미역국을 먹어. 피를 맑게 하고 모유를 잘 나오게 하기 위해서지."

"처음 들어요. 미역에 그런 효능이 있어요? 한국에는 산후조리원이 있다는 말은 들어봤는데 미역국을 먹는다는 건 처음 알았어요. 신기하네요."

미역국은 단백질과 미네랄이 풍부해서 지혈 작용이 뛰어나 피를 맑게 해주기 때문에 엄마와 아이에게 모두 좋고, 이 미역국에 굴과 홍합 등을 넣고 끓이면 빈혈이 있는 산모에게 특히 좋다고 알려주었더니 가만히 듣고 있던 남자 둘도 고개를 끄덕거렸다.

"그리고 한국에서는 가물치나 잉어탕을 먹기도 하는데 고인 혈액을 몸 밖으로 배출해주는 효과가 있어. 우리 엄마는 우리를 낳고 족발과 사골국을 많이 드셨는데 그걸 먹어야 뼈와 근육이 튼튼해진다고 믿으셨지."

"모든 음식이 정말 산모를 위해 준비되는 것 같네요. 한국 산모들이 부러워요."

드디어 따끈하게 데워진 미역국을 맛보고는 일본 미역과는 질이 다르고 씹는 맛이 있다며 감탄했다. 처음 느끼는 식감인 듯 입 안에서 천천히 음미하듯이 떠먹었다.

"미역이 원래 이런 맛인지 몰랐어요. 한국 식당에서 먹은 미역국과는 차원이 다르네요. 약간 다시마 같은 느낌이랄까. 일본 미역은 부드럽고 기본적으로 잘게 자르는데, 이 미역은 굵고 쫄깃하고 미역귀도 붙어 있네요."

그녀는 그간 삼십 년 넘게 먹어온 미역과는 달라도 너무 다르다면서 일본 미역보다 영양이 듬뿍 들어 있는 맛이라며 소고기와도 궁합이 잘 맞는 것 같다고 했다. 그리고 국 말고도 미역으로 다른 반찬은 어떻게 해서 먹는지도 궁금해했다.

"한국엔 미역의 종류가 많아서 국 전용도 있고 초무침해서 먹는 것도 있어. 볶아서 먹기도 하고, 냉국에 넣기도 하고, 쌈으로 먹기도 해."

"일본은 미역을 된장국 건더기로 많이 사용하잖아요. 한국에서도 된장국에 미역을 넣어 먹나요?"

"지역에 따라서는 넣는 곳도 있다고 들었어. 그런데 대부분 된장국에는 감자나 호박 등을 넣어 먹고, 미역은 미역국으로 따로 끓여 먹어."

"이렇게 뽀얀 국물을 내니까 된장국에 넣기는 어려울 수도 있겠네요. 한국은 음식 하나에도 참 많은 의미를 가지고 먹는 것 같아요. 저희도 한국 음식을 좋아해서 즐겨 먹는데 이런 오리지널 미역국은 처음 먹어봐요. 어쩐지 모유가 잘 나올 것 같은 예감이 드네요."

그러면서 그녀는 미역국 한 그릇을 깨끗이 비웠다.

그렇게 산모의 식사가 끝나고 조카 집을 나오면서 삼계탕도 산모에게 좋으니까 꼭 챙겨 먹으라는 말도 잊지 않았다.

저녁 무렵 집에 돌아왔을 때 산모에게서 문자가 왔다. 오늘 맛있는 음식을 해오셔서 고마웠다는 인사와 함께 비빔밥 사진을 첨부해 보내왔다. 조카 집을 나설 때 비빔밥을 좋아한다기에 내가 가져온 나물들을 넣고 한번 만들어보라고 했더니 저녁거리로 해본 모양이었다. 그 문자를 본 깨달음이 또 한마디 한다.

"산모가 재일 동포 3세여서 웬만한 한국 문화는 다 알고 있을 거라고 생각했는데 나보다 더 모르는 것 같아. 산모가 한국인이나 다름없으니까 한국식으로 먹고 쉬는 게 몸에 맞을 거야. 다음에 시간 나면 당신이 한국 음식 만드는 법도 좀 가르쳐주지그래."

"……."

나는 그녀에게 맛있게 잘 먹어줘서 나도 고마웠다고, 혹시 미역국이 더 먹고 싶으면 언제든지 말하라고 답장을 보냈다. 한국 미역국 덕분에 모유도 많이 나와서 아이가 튼튼하고 건강하게 잘 자라길 바라면서.

일본인들이 의외로 좋아하는 한국 음식

거의 10개월 만에 김치를 담그는 것 같다. 지난주 일본인 친구에게서 전화를 받고 어제 저녁부터 준비를 했다. 날이 추워져서 따끈한 김치찌개가 먹고 싶다는 친구……. 겸사겸사 깨달음 친구들에게도 좀 보내주고 싶어서 하나하나 포장하다가 문득 집 근처에 사는 일본 아줌마 키무라 상이 떠올랐다. 연락해보니 오늘 당장 만날 수 있다며 반가워했다.

약속장소에 도착해서 휘익 둘러보자 키무라 상의 뒷모습이 바로 눈에 띄었다. "언니~" 하고 부르자 손을 흔들며 "돈생~(동생)" 하며 환하게 맞이해준다. 자리에 앉자마자 김치를 건네주었다.

"김치 담그는 걸 왜 미리 말하지 않았어? 작년 김장 때처럼 같이 했으면 좋았을 텐데."

못내 아쉬워하는 그녀의 표정이 투정 반 기쁨 반이다. 하지만 이내 김치 봉투를 열어 코를 갖다대고 냄새를 맡으며 좋아한다.

키무라 상이 김치보다 더 좋아하는 건 한국에서 가져온 쥐포와 김가루다. 별도로 준비한 쥐포를 보더니 얼굴까지 빨개지며 "내가 이거 좋아하는 걸 어떻게 알았어? 역시 케이는 일본인 마음을 잘 알아"라면서 한국말로 "고마워요~ 정말 고마워요~"를 몇 번이나 되풀이했다.

한국산 쥐포냐고 재차 묻더니 코리아타운에서 파는 건 한국 맛이 나지 않는다고 했다. 달달하게 만든 고추장에 찍어 먹으면 밥 반찬도 되고 남편 술안주로도 좋더라면서 오늘 쥐포는 남편 모르게 자기 혼자만 먹겠단다. 김가루도 몇 번 냄새를 맡아보면서 한국 참기름을 바른 것이냐고 또 묻는다. 우리 엄마가 직접 짠 참기름으로 만든 김가루라고 했더니 밥에 뿌려 먹으면 금세 한 그릇을 뚝딱 먹어 치울 수 있다며 밥도둑이 따로 없다고 싱글벙글이다.

"한국 반찬 앞에선 다이어트를 할 수가 없어. 깻잎을 뜨거운 밥에 올려 먹으면 젓가락이 멈추질 않아."

"언니는 한국통이니까 잘 알겠지만 다른 일본인들은 나물이나 김 외에는 잘 모를 거예요."

"동생, 모르는 소리 말아. 내 주변의 친구들이 좋아하는 반찬이 주로 창란젓, 양념게장, 고추장 멸치 볶음, 두부 조림이야. 한국 사람들이 좋아하는 밑반찬은 일본 사람들 입맛에도 잘 맞아서 다 좋아해. 다들 한국에 자주 다니다보니 공짜로 나오는 반찬들을 먹어봐서 김치 말고 다른 반찬 맛도 잘 알고 있거든. 한국 반찬을 찾는 일본인이 많아졌는데 왜 그걸 몰라? 동생도 코리아타운 가서 공부 좀 하고 와야겠어."

"……"

일본인이 좋아하는 반찬 랭킹에 항상 김치가 오르는 건 알고 있었지만 이렇게 밑반찬까지 꿰뚫고 있을 줄은 미처 생각하지 못했다.

"김치 잘 먹을게. 다음 달에 더 추워지면 나도 김장을 하려고 해. 그

때 좀 도와줘. 아 참, 그날 한국식 달걀말이 하는 것도 가르쳐줄래? 채소가 듬뿍 들어간 달걀말이."

나는 그러마 하고 헤어져 돌아오는데 '달걀말이'라는 말에 깨달음을 보는 것 같아 피식 웃음이 나왔다. 이 언니도 늘 자기 몸엔 자신도 모르는 한국인의 피가 섞였을 거라고 농담처럼 말하곤 했다. 그러고 보면 내 주위엔 깨달음처럼 한국 음식에 관심이 많은 일본인들이 참 많다. 다음부터는 일본인 친구들에게 한국 반찬도 좀 만들어서 보내야 할 것 같다. 만나면 늘 사람을 유쾌하게 만드는 키무라 언니가 고맙다.

그날 저녁, 퇴근을 한 깨달음이 태블릿을 보여주며 당신은 알고 있었느냐고 물었다. 내용인즉 2015년 3월 한국관광공사가 페이스북을 통해 일본인 8만 명을 대상으로 일본인이 가장 좋아하는 한국 대중요리, 즉 한국의 B급 구루메 콘테스트를 열어 베스트 10을 공개했단다. 'B급 구루메グルメ'는 길거리 음식을 칭하는 말로 저렴한 가격으로 어디에서나 쉽게 접할 수 있는 대중음식을 뜻하는 신조어다. 그 결과 1위가 김밥, 2위가 닭강정, 3위가 호떡이었다. 나는 전혀 몰랐던 사실이라고 대답했다. 깨달음은 검색하다가 우연히 발견했다면서 달걀빵에 대해 물었다. 달걀빵은 4위에 올라와 있었다(그 다음으로는 주꾸미 볶음, 부대찌개, 곱창, 빈대떡, 짜장면, 떡볶이 순이었다).

"이건 먹어본 적이 없어. 왜 내가 먹어보지 못한 음식이 있는데 가르쳐주지 않았어?"

"……."

참 어이없는 투정이다. 닭강정도 먹어보지 못했다고 우는소리를 하기에 후배와 코리아타운에서 몇 번 먹은 게 바로 닭강정이라고 했더니 그건 양념 통닭이고 닭강정은 따로 있지 않느냐며 따지고 든다.

"내가 모른다고 해서 얼렁뚱땅 넘어가지 말고 제대로 알려줘."

눈을 가늘게 뜨고 날 흘겨보면서 호떡도 씨앗호떡이란 게 있다는데 그것도 못 먹어봤다고 투덜거린다.

나도 달갈빵이 뭔지 모르겠고, 닭강정이나 씨앗호떡도 먹어보지 못했다고 해도 자기가 안 먹어본 게 이렇게 많은 줄 몰랐다며 칭얼거리기 시작했다. 깨달음은 한번 이렇게 생떼를 부리기 시작하면 쉽게 그만두지 않는다. 아마도 무엇이든 해줘야 가라앉을 것 같았다.

"알았어. 원하는 걸 만들어줄 테니 말해봐."

"그럼 주꾸미 볶음!"

"주꾸미를 지금 어디서 구해. 코리아타운에 가도 냉동뿐이고 생물은 구하기 힘드니까 다른 걸로 해줄게."

"그럼 씨앗호떡!"

그것도 씨앗이 없어서 안 되니까 집에 있는 것으로 해결하자고 달래서 간신히 설득한 것이 짜왕이었다. 후배가 한국에서 지금 유행이라며 가져다준 인스턴트 라면이다. 라면을 끓이고 있는데 짜장면 가게처럼 건더기를 많이 올려달라고 또 까탈스런 주문을 한다.

"지금은 춘장이 없어서 그건 무리니까 일단 이걸 한번 드셔보고 말씀하세요, 네?"

이윽고 정성을 다해 끓인 짜왕을 갖다 바쳤다. 깨달음은 우선 냄새부터 깊게 들이마셨다. 짜장 냄새가 충분히 나서 좋다며 한 젓가락 떠먹더니 그다음은 말할 것도 없이 폭풍 흡입했다. 다 먹고 나서는 두 개를 끓여달라고 할걸 하며 아쉬워했다.

"짜장 특유의 불맛이 나는데다 면도 쫄깃해서 아주 맛있네. 연구를 많이 한 게 틀림없어. 간식으로 참 좋네."

또 심층 분석에 들어가는 듯해 난 한 귀로 듣고 한 귀로 흘려버렸다.

내가 간단히 저녁 식사를 준비하는 동안 깨달음은 웬일인지 자기 방에 들어가 나오지 않았는데, 부스럭거리는 소리가 들려서 들여다보니 몰래 과자를 먹고 있었다. 그는 잠시 내 눈치를 살피더니 엄지를 척 들어올리며 블로그 이웃이 보내준 이 과자는 처음 먹어보는 건데 진짜 맛있다며 "최고"란다. 저녁 먹기 전이니까 그만 먹으라고 잔소리했더니 내친김에 딸기 맛 빼빼로도 먹어야겠다며 꺼내 와서는 아예 떳떳하게 내놓고 먹었다. 포키(1966년 일본 글리코 사에서 출시한 빼빼로 모양의 과자)

가 한국에서도 인기 있네, 롯데는 빼빼로를 만들어서 한국에서 돈을 많이 벌었네 등 묻지도 않은 말을 해가면서 또 혼자 맛있게 먹었다. 내가 말없이 깨달음의 배를 위아래로 훑어보는데도 과자 먹는 손을 멈추지 않았다.

실컷 먹고 놀았던 추석 연휴가 끝나고 다시 일상으로 돌아왔지만 깨달음은 날마다 휴일처럼 즐겁고 행복하게 잘 먹었다. 살이 2킬로그램이나 쪘으면서도 나에겐 "살찐 게 아니라 좀 부었을 뿐이야"라고 거짓말을 했다. 체중계에 남은 기록을 내 눈으로 확인했는데도 강하게 부정했다. 저렇게 입을 쉬지 않고 있으니 살이 안 찔려야 안 찔 수가 없다. 나이 먹으면 살찌기는 쉽고 살 빼기는 힘들다고 자주 얘기하는데도 식욕이 넘치는지 조절을 못 하고 있다. 일본 사람인데 어쩌면 저렇게 한국 음식이며 한국 과자를 좋아하는지 참 알 수가 없다.

김밥, 닭강정, 호떡, 주꾸미 볶음, 부대찌개, 곱창, 빈대떡, 짜장면 등은 보통 한국인들이 많이 좋아하는 음식인데 일본인들도 좋아한다는 게 의아하다. 두 나라 사람들의 식성이 이제 비슷해지고 있는 걸까. 키무라 상처럼 한국 젓갈이며 나물을 매일 식탁에 올려놓고 먹는 일본인이 많진 않겠지만 한국 음식이 세계인의 입맛에 가깝게 다가가고 있음을 느낀다.

일본인이 김치를 먹는 다양한 방법

깨달음이 정말 좋아하는 대학 선배가 있다. 바로 자신에게 한국을 알게 해준 사람으로 대학 시절에 한국의 건축문화와 건축양식을 공부하면서 친해졌고 지금까지 절친으로 지내는 선배다. 그런데 이 선배가 이 년 전에 회사를 그만두고 90세가 넘은 홀아버지 병간호를 위해 시골생활을 시작했다. 도쿄에는 한 달에 한 번씩 지금까지 해오던 일들을 마무리하기 위해 들렀고 그 외 모든 시간은 아버지를 돌보는 데 쓰고 있다.

매일 병원에 가서 아버지를 지켜보고 남는 시간에는 책을 읽거나 잊어버린 한국어를 다시 공부한다고 했다. 깨달음은 연구 기간이 짧았지만 이 선배는 한국에서 이 년 가까이 살며 논문을 썼기 때문에 기본적인 한국어는 읽고 쓸 수 있다.

"시골생활이 아직 익숙하지 않지만 특별히 불편한 건 없어. 워낙 변두리다보니 변변한 슈퍼가 없어서 장을 보러 다니는 게 약간 귀찮은 정도랄까. 하지만 공기도 맑고 풀 냄새도 그윽해서 농촌생활도 그럭저럭 재밌어."

지난주에 나는 시험이 끝난 김에 미루고 있던 김치를 담갔다. 일본인 친구들에게도 나눠 주려고 꽤 많은 양의 김치를 담갔고, 이 선배에게는 김치와 창란젓, 깻잎장아찌와 마늘장아찌까지 조금씩 싸서 보내주었다. 깨달음보다 더 한국적인 입맛을 갖고 있는 분이기에 틀림없이 좋아할 터였다. 아니나 다를까, 맛있어서 눈물이 날 지경이라며 눈물 흘리는 이모티콘까지 덧붙여 카톡을 보내왔다.

실은 시골로 내려가고 나서 외롭다는 말을 깨달음에게 자주 했단다. 한 달 전 모임 총회에서 만났을 때는 술 한 잔 마시고 눈물을 보이더라는 선배……. 시골에 한번 놀러 오라고 몇 번 초대했는데도 우린 아직까지 가보지 못했다.

눈물 아이콘이 앙증맞으면서도 안쓰러운 생각이 들었다. 그래서 많이 먹고 힘내라고, 선배는 아직도 멋지니까 새로운 여자친구가 생기길 바란다는 메시지를 보내주었다.

이날 저녁, 퇴근 준비를 하고 있는 깨달음에게 선배로부터 전화가 걸려 왔단다.

김치가 너무 맛있어서 눈물 나게 행복했고 많이 고맙다면서 신세 한탄과 질투를 쏟아 놓더란다. 너는 매일 맛있는 한국 음식 먹어서 좋겠다, 나는 혼자 먹느라 입맛이 없었는데 깻잎장아찌를 뜨거운 밥에 올려 먹었더니 밥 한 그릇이 뚝딱 넘어가더라, 요리 잘하는 여자랑 사는 걸 행복한 줄 알아라, 매운 창란젓에 정종을 한 잔 마셨더니 입에 착 달라붙어 너무 좋았는데 같이 마셔줄 사람이 없어서 급 슬퍼졌다…… 그러면서 좋은 언니 있으면 자기에게 좀 소개해달라고 당부하면서 꼭 김치를 맛있게 잘 담그는 언니로 해달라고 하더란다.

김치 담그기가 그리 수월치는 않지만 이렇게 많이 좋아해주면 보내는 나도 보람 있고 즐겁다. 이 선배는 워낙 한국 음식을 좋아하니 더 많이 좋아했지만 김치는 다른 일본인들에게도 꽤 친숙하게 자리 잡고 있다. 작년에는 이를 확인할 수 있는 조사 결과가 나오기도 했다.

매해 쌀 소비량이 감소하고 있어서 밥을 찾지 않는 이유가 무엇인지 그 근본적인 문제점을 밝히고 대책을 마련하기 위해 2014년에 일본의 모기업에서 쌀 소비에 따른 행동 조사를 실시한 것이다.

먼저 '밥과 잘 어울리는 반찬ご飯のお供'의 인기도를 조사해 연령대별로 선호하는 반찬이 무엇인지부터 분석했다. 조사 대상은 하루 평균 두 끼를 밥으로 먹는 이들이었고 여기엔 도시락을 먹는 이들도 포함되었다.

그 결과, 좋아하는 밥 반찬 1위를 차지한 것은 시라스(잔멸치), 2위는 연어살 플레이크, 3위는 쓰쿠다니(물고기, 조개, 해조류 등의 조림), 4위는 김치, 5위는 젓갈, 6위는 돌김(김장아찌), 7위는 가쓰오부시, 8위는 나메타케(팽이버섯 조림)로 나왔다. 이 반찬들의 공통점은 모두가 간장이나 소금에 절인 저장식이라는 것이다. 그중에서 김치는 단신 여성, 즉 혼자 사는 여성들이 많이 먹는 것으로 나타났으며 연령대별로는 이십대, 삼십대, 그리고 오십대가 선호하는 것으로 나타났다.

의외로 젊은층이 김치를 좋아하는 이유 중의 하나는 술집이나 이자카야(선술집)에서 나오는 메뉴들 중에 김치 맛을 내는 음식들이 많다 보니 김치를 접할 기회가 늘었고, 맵고 자극적인 음식을 선호하는 경향이 강해지고 있는 것도 한몫했을 거라고 추측했다. 또한 김치를 선호하는 반찬으로 꼽은 많은 이들은 김치를 이용해 부침개, 찌개, 볶음, 만두까지 다양한 요리를 만들 수 있다는 장점도 선택 이유로 들었다.

김치 맛이나 김치를 주재료로 만든 음식 중에는 김치우동, 김치라면, 김치고로케, 김치참치덮밥, 김치샐러드, 달걀김치, 김치파스타, 낫토김치 등 김치를 토핑으로 올려 먹는 음식들이 의외로 많았다.

이 외에도 대학생들만을 대상으로 실시한, 절임음식 중에 어떤 음식을 가장 좋아하는지 묻는 앙케트에서는 1위가 김치, 2위가 단무지였다. 이들이 일본의 절임채소인 쓰케모노漬物를 제치고 김치를 1위로 택한 이유 중의 하나는, 예를 들어 단무지 하나로는 밥을 먹기 곤란한데 김치는 김치 하나만으로도 충분히 밥 한 그릇을 비울 수 있다는 것이었다.

우리나라를 대표하는 김치가 여러 형태로 다른 음식들과 콜라보레이션 되는 걸 보면 기분이 좋아진다. 특히 젊은층이 이렇게 적극적으로 좋아해주는 걸 보니 왠지 모를 안도감마저 든다.

그 선배는 요즘 매일 김치와 창란젓을 안주 삼아 술잔을 기울이고 있다고 한다. 퇴직하면 한국에 가서 깨달음과 우동집을 차리겠다는 말을 입버릇처럼 하는 선배인데……. 아무튼 힘내서 병간호도 잘 마쳤으면 한다.

여러모로 시끄러운 한일 관계가 지속되고 있지만 이처럼 음식 문화를 통해서나마 서로의 불편한 마음을 내려놓고, 먹을 때만이라도 순수하게 맛을 즐기고 음미하는 시간을 많이 가졌으면 하는 바람이다.

일본 직장 내 이지메의 실태

사무실 앞까지 날 찾아오는 걸 보니 꽤 급했던 모양이었다. 가게 안에 들어서자 중국요리 특유의 향신료가 후각을 자극했다. 입구 쪽에서 날 보고 얼른 손을 들어올리는 후배. 한국 식당이 눈에 띄지 않아서 아무 곳이나 들어왔다며 묻지도 않는데 애써 설명을 하고는 넋이 빠진 모습으로 테이블 가장자리를 응시했다. 그의 옆엔 남자친구(일본인)도 함께 앉아 있었다.

대학원 후배인 은정(가명, 30대 중반)은 졸업 후 바로 인쇄 관련 회사에 취직했었다. 은정의 남자친구가 적당히 음식을 주문하고 본격적인 대화를 나눴다. 그녀가 다닌 회사는 외국인 고용이 처음이었다. 원래는 외국인을 채용하지 않는데 그녀의 언어 실력(영어와 중국어 능통)이 우수하다는 이유로 채용되었다. 그런데 그녀가 근무하고 나서 2개월쯤 되었을 무렵부터 이지메가 시작되었다고 한다.

처음 이지메가 시작된 곳은 여자 화장실이었다. 그녀가 안에 있는 걸 알면서도 일부러 들으라는 듯이 밖에서 험담을 늘어놓았다. 머리 모양이 이상하다는 둥 웃음소리가 재수 없다는 둥. 그렇게 시작된 이지메가 점점 업무와 관련된 일로까지 확대되면서 힘든 상황이 계속되었다. 예를 들어 업무 처리에서 그녀의 실수가 아닌데도 모두가 그녀의 탓으로 돌리는 바람에 그녀는 아무 잘못이 없음에도 불구하고 대신 거래처에 사과해야 했던 일이 몇 번이나 있었다.

"그걸 왜 따지지 않았어? 잘못하지 않았으면 강하게 따져야지."

"물론 처음 한두 번은 내 실수가 아니라고 설명했죠. 그런데 옆에 있는 다른 부서 직원까지 와서 억지소리를 하며 분위기를 제 탓으로 몰고 가는 거예요. 그런데 그 분위기가 정말 빼도 박도 못하게 궁지로 몰아서는 아주 교묘하게 무언의 압력을 주더라고요."

그녀의 말에 따르면 그곳엔 리더 격의 여직원이 있어서 늘 분위기를 주도해 그런 상황을 만들어가곤 했다. 그녀가 견디다 못해 상사에게 사정을 얘기했더니 직원들끼리 커뮤니케이션을 원활히 하지 못한 건 그녀의 탓이라면서 일이 마무리됐으니 그냥 조용히 넘어가라고 했다는 것이다.

그녀가 잠시 한숨을 몰아쉬며 맥주를 연거푸 들이켜더니 맺힌 한을 풀어내기라도 하듯 또 그들에게 당했던 여러 얘기들을 쏟아냈다.

여러 동료들이 있는 가운데 일 처리를 이렇게밖에 못 하냐고 큰 목소리로 호통을 치지 않나, 대학을 어찌 나왔는지 모르겠다며 비아냥거리기 일쑤였다. 어느 날은 거래처 미팅이 지연되어서 회식 시간에 늦겠다고 분명히 말해두었는데도 일을 마치고 갔더니 시간 개념이 없다고 다들 한마디씩 했다. 또 어느 날은 밤샘 작업을 해야 한다고 해서 준비하고 갔는데 하나둘 퇴근하면서 그녀에게 "당신이 모두 마무리하고 가요. 마감 못 지키면 모두 당신 책임이야"라고 했다는 것이다. 올 봄에는 감기에 걸려서 한기가 들어 좀 두꺼운 옷을 입고 갔더니 날도 더운데 두꺼운 옷을 입고 다닌다면서 센스가 없네, 자기 관리를 못하네 하면서 감기가 나을 동안 되도록 가까이 오지 않았으면 한다고 타박을 주었다.

그녀는 그간에 있었던 일을 털어놓으면서 끝내 눈물을 보였다. 옆에서 듣고 있던 남자친구가 그녀의 어깨를 다독거리며 나에게 어렵게 말을 꺼냈다.

"한국은 어떤지 모르겠지만 일본에서는 너무 착하거나 너무 순종하면 더 당하는 경우가 많아요. 여사원들이 많은 회사는 같은 일본인끼리도 질투가 심해서 이지메를 가려내기가 힘들어요. 이를테면 내 앞에서 하는 행동과 여럿이 있을 때 하는 행동이 전혀 달라요. 그래서 적군인지 아군인지 알기 힘들고 상황에 따라서 바로 자기편을 바꾸기 때문에 더 가려내기 힘들죠. 혼네本音(본심)와 다테마에建前(명분, 가식)로만 상대하는 게 아니라 상대에 따라서 몇 개의 얼굴로도 변신하기 때문에 더 알기 어렵고 벗어나는 것도 쉽지 않아요. 그래서 제 생각에는 이렇게 된 이상 이지메를 막기 힘드니까 그녀가 이직했으면 좋겠어요."

그의 말을 가만히 듣고 있던 은정도 "다음 달 마감이 끝나면 사직서를 제출할 생각이에요"라고 말했다.

일본에서는 해를 거듭할수록 직장 내 이지메가 심각한 문제로 떠오르고 있고, 그 유형은 한국도 거의 비슷할 것이다. 가장 많은 이지메 형태는 언어 폭력으로 전체 이지메의 23퍼센트를 차지하고 있다. 그다음은 따돌림, 뒷담화, 무시, 책임 떠넘기기 등으로 사람을 괴롭히는 수법이다. 정신의학적 연구 결과에 따르면 남을 왕따시키는 사람들의 상당수는 질투심이 강하고 경쟁심이 과도하며, 자기 과실을 은폐하려는 비겁함과 피해의식이 강하다는 특징이 있다고 한다. 또한 전문가들은 이렇게 당한 피해자들의 대응에도 조금은 문제가 있다고 지적하고 있다.

실제로 조직사회에서 이지메를 당했던 당사자들에게 이지메에 대한 대처 방법에 관한 설문 조사를 실시한 적이 있다. 그 결과 아무런 반응을 보이지 않는다고 답한 사람이 전체의 40퍼센트를 차지했고, 그다음으로는 믿을 만한 친구에게 상담한다고 답했다. 그렇지만 우울증으로 휴직을 택한 사람들도 20퍼센트를 차지했다. 부모 형제나 상사에게 상담하기도 하지만 그런 사람들은 10퍼센트밖에 안 된다는 결과 보고가 있었다.

이렇게 당하고만 있는 피해자들을 위해 시민단체에서는 이지메 방지와 그 해결책을 마련하기 위해 먼저 이지메를 당한 증거를 아주 상세히 기록해두고, 일어났던 일들을 상사나 회사 간부에게 보고해서 흔적을 남겨야 한다고 지도하고 있다. 그래야만 노동청에 신고하거나 정신적인 피해 보상을 청구할 때 증거자료로 제출할 수 있다는 것이다. 하지만 실질적으로는 가해자들의 보복이 두렵기도 하고, 같은 업계에서 소문이 돌면 이직하기가 힘들다는 문제가 있어서 법적 대응이라는 해결 방안을 선뜻 선택할 수 없는 실정이다.

후배가 제일 힘들어했던 건 일본인 특유의 비야냥, 즉 칭찬인 듯하면서 사람을 얕잡아보는 말투였다. 그게 너무 너무 싫었단다. 그리고 집단으로 그룹을 만들어가면서 다른 부서의 직원들까지 하나가 되어서 몰아세우는 데는 빠져나갈 틈이 없었다고 한다.

그녀의 상처가 생각보다 많이 깊었다. 내 나라에 살아도 이지메는 있다. 하지만 이곳이 타국이라는 것과 상대가 같은 동성 동료들이라는 게 그녀의 마음에 더 깊은 생채기를 만들었던 것 같다.

나는 무엇보다 정신적인 케어가 우선일 것 같아서 내가 알고 있는 재일 동포가 원장인 신경정신과를 알려주었다. 전화번호를 받아 스마트폰에 입력하는 후배를 보면서 정작 내가 해줄 수 있는 게 실질적으로는 아무것도 없다는 무력감이 밀려왔다. 그냥 한국으로 귀국하는 것도 하나의 방법이라는 생각이 스쳐 지나가긴 했지만, 그것이 최선이고 최고의 선택이라고 어느 누구도 확신할 수 없기에 더 안타까웠다.

명쾌한 답을 못 찾고 있는 이 가슴 아픈 현실이 하루 종일 내 가슴을 답답하게 짓눌렀다.

일본 기업의 면접관이 보는 네 가지

대학원 동기였던 미경(가명)은 오늘도 나를 보자마자 밝게 웃었다. 열심히 취업을 준비하고 있는 그녀는 지금 일 년째 새로운 직장을 찾고 있다.

날이 너무 더워서 삼계탕으로 몸보신을 시켜줄 요량이었는데, 바쁘다고 해서 그냥 그녀가 사는 동네에서 만나 간단히 스파게티를 먹기로 했다. 미경은 스파게티를 한 입 넣어 오물오물 하더니 크게 한숨을 쉬었다. 대기업 광고회사에 합격하고도 마지막 임원 면접에서 떨어지기를 벌써 세 번째라고 했다. 3백 명이 넘는 응시자 가운데 최종 세 명까지 남아 이사장 면접까지 봤는데도 합격이라는 기쁜 결과를 얻지 못했다는 것이다.

그렇게 세 곳에서 고배를 마시고 나니 낙천적이던 그녀도 요즘 고민을 많이 하고 있다. 서류 전형에서부터 포트폴리오, 필기 시험, 실기 시험, 면접까지 자기보다 학력도 경력도 더 좋은 경쟁자들을 제치고 순조롭게 올라갔는데 왜 꼭 최종 면접에서 떨어지는지 알 수 없었다. 차라리 일찌감치 떨어지면 그러려니 하고 포기라도 하겠는데 마지막까지 남았다가 떨어지니 밤에 잠도 오지 않았다. 그래서 나름대로 원인을 철저히 분석했고 마침내 내린 결론은 '외모'였다.

"요샌 매일 잠자는 시간까지 줄여가며 마사지를 하고 있어. 내 얼굴의 어느 부분을 고쳐야 무난히 합격할지 거울을 보고 또 보면서 고민

중이야."

일본에서는 '얼굴 채용'이라는 말이 있다. 이력이나 경력보다는 외모를 보고 채용한다고 해서 생긴 단어다. 모 예능 프로그램에서는 이 얼굴 채용을 실제로 증명해 보인 적이 있다. 모델 출신 두 명과 대학생 두 명을 시켜 모 기업체에 면접을 보게 했다. 두 명의 모델은 신분을 숨긴 채 면접관의 질문에도 일부러 모르는 척하거나 엉뚱한 답변을 했다. 하지만 최종적으로 입사에 합격한 사람은 남녀 모두 모델들이었다.

사회 초년생의 취업활동을 지원해주는 모 인터넷 사이트에는 대기업 면접관이 눈여겨보는 네 가지 기본 항목을 제시하고 있어서 취업생들에게 많은 도움을 주고 있다. 그 첫 번째 요소는 역시 외견, 외모였다. 단순히 용모의 수려함만 보는 게 아니라 청결감이나 몸동작도 함께 본다고 한다.

두 번째는 말투였다. 말투를 통해 그 사람의 인성을 체크하는데 성질이 급한지 느긋한지, 협조성이 있는지, 자기중심적인지, 적극적인지, 소극적인지, 자기 자신에게 자신감을 갖고 있는지 등을 말투에서 알 수 있단다.

세 번째는 이력서와 ES Entry Sheet(입사지원서)의 필체였다. 글씨를 깨끗하게 쓰는 것보다 바르고 곱게 썼는지, 상대가 읽을 경우를 고려해서 썼는지, 글씨의 크기 및 표기가 올바른지를 확인하고 그 사람의 마음 씀씀이를 파악한다고 한다.

마지막으로 면접관이 보는 건 응시자의 표정이었다. 그 사람의 본심, 본연의 모습을 읽을 수 있는 건 표정뿐이기 때문에 질문을 던졌을 때 순간적으로 나타나는 표정을 놓치지 않는다고 한다. 대기업이든 흔한 아르바이트이든 최종 면접에 합격한 사람의 특징으로는 언제나 당당한 모습을 보이는 사람이었고 최종 면접에 불합격한 사람들의 특징은 옆사람에게도 긴장감을 느끼게 하는 사람이라고 했다.

미경도 일본에서 생활한 지 십 년째이고 대학 졸업 후 줄곧 디자인 계통의 회사에서 근무했기에 일본 사회가 원하는 면접자의 자세에 대해서는 충분히 파악하고 있었다. 그런데도 자꾸만 면접에서 떨어지니 자신감을 잃을 수밖에 없었다.

"최근에 떨어진 회사에서는 이런 얘길 들었어. 내 나이도 벌써 삼십 대 후반에 접어들었으니 그만큼 급료도 대우를 해줘야 하고, 또 내가 지금까지 다닌 회사가 디자이너라면 누구나 꿈꾸는 일류회사였기에 직책을 설정하는 데도 곤란한 점이 있다는 거야. 그래서 나를 쉽게 채용할 수 없다며 솔직하게 자기네 입장을 밝힌 거지. 그 얘길 들으니까 그나마 납득이 되더라고."

한국이나 일본 할 것 없이 취업이 너무 어렵다. 비정규직이라도 무난히 합격하기만을 바라는 미경에게 깨달음이 한마디 했다.

"성형하지 않아도 귀여운 얼굴이니까 걱정하지 말아요. 또 그만한 실력이면 어디든 합격할 수 있으니까 좀 느긋한 마음으로 면접에 임해 봐요. 조급하거나 초조한 기색을 보이는 건 절대 금물이에요. 당당하고 여유로운 모습을 보여주세요."

깨달음은 자기 회사의 직원 채용뿐만 아니라 다른 기업에서도 면접관을 해봐서인지 응시자가 면접장의 문을 열고 들어오면 느낌으로 바로 '이 사람이다'라는 걸 알 수 있다고 했다. 적당한 긴장도 필요하지만 조금은 여유로운 안정감을 보여주어야 면접관들도 마음이 편해져서 질문도 쉽고 간단한 걸 선택하게 된단다.

이번 달에도 면접이 두 건이나 잡혀 있다는 미경. 그녀가 얼른 자신감을 회복해서 당당히 합격할 수 있기를 마음속으로 응원했다.

일본 신입사원이 보내온
사죄 편지

우리가 지금의 이 집으로 이사오기 일 년 전의 일이다. 아침에 눈을 떠보니 내 책상에 새집 도면과 미니어처 사이즈로 자른 가구들이 놓여 있었다. 이사할 맨션의 가구 배치를 나더러 직접 해보라며 깨달음이 실물 사이즈를 축소한 미니어처를 만들어놓은 것이다.

깨달음은 그날 오후쯤엔 계약날을 확정 지을 수 있을 거라는 말을 남기고 출근했었다. 김치 냉장고, 더블침대, 장농, 책장 등 사이즈까지 적어놓은 작은 종이 모형이 귀여우면서도 레이아웃을 하기에 아주 편했다.

큰 방에 몇 가지 가구들을 끼워 맞춰보다가 나도 볼일을 보러 외출했다. 그런데 오후에 깨달음에게서 전화가 왔다. 상대편 부동산 측에서 집을 팔지 않겠다는 연락이 왔다는 것이다. 이해가 되지 않아서 차분히 설명해달라고 했더니 집주인이 마음이 변했는지 집을 팔 수도 있고 안 팔 수도 있다는 애매한 말을 꺼냈다고 한다. 그래서 지금 대출은행에서 상대편 부동산에 클레임 전화를 넣고 있으며 우리 측 부동산에서도 담당자와 미팅을 하고 있는 중이라고 했다. 당최 무슨 소리인지 머릿속이 혼란스러워 나중에 집에서 다시 얘기하자고 말하고 전화를 끊었다.

우리는 각자 하던 일을 서둘러 중단한 채 집으로 향했고, 나는 그동안의 일들을 되돌아보았다. 이사할 집을 보고 마음에 들어 우선 가계약서를 작성했고, 집주인이 대출이 확정돼야만 계약하겠다고 해서 삼 개월 전에 대출심사에서 통과된 금액을 인증서로 첨부했다. 대출심사 기간이 2주쯤 걸리는데 그동안 다른 사람이 그 집을 구입하지 못하도록 대출심사 기간 동안 기다려달라는 의미로 첨부한다는 말도 덧붙였다. 그런데도 집주인은 확실히 대출이 확정되지 않으면 계약할 수 없다고 강경한 태도를 보였다. 그래서 대출은행에서는 우리의 입장을 고려해 집주인의 요망에 따라 서류심사를 사흘 앞당겨 통과시켜주었고 그렇게 대출 확정을 받았다. 그런데 막상 계약을 하려고 하니까 집을 팔지 않겠다니, 말이 되는 소리인가.

집에 도착해서 일단 따끈한 홍차를 한 잔 준비했다. 불쾌한 생각이 자꾸만 머릿속을 맴돌았지만 눈을 감고 차분히 차를 마셨다. 깨달음이 집에 도착한 건 내 머그컵의 홍차가 바닥을 보일 무렵이었다. 서류들을 다시 정리할 요량으로 서둘러 꺼내고 있는데 전화가 계속해서 빗발쳤다. 우리 측 부동산 담당자와 장시간의 전화 통화를 끝내고 우린 이 집 계약을 포기하기로 마지막 결론을 내렸다. 그리고 각 부동산 측과 대출은행에 우리의 결정을 통보했다.

다음 날 깨달음은 각 부동산에 가서 사태의 원인을 추궁했고, 난 대출은행에 찾아가 고개를 숙여가며 사죄의 말을 수도 없이 하고 나왔다. 입구에서부터 은행문을 나올 때까지 정말 백 번은 했던 것 같다. 일부러 대출심사 기간도 단축시켜주었는데 너무 죄송하다는 말 이외는 뭐라 변명할 여지가 없었다.

다음 날 아침 우리 부동산 측 담당자에게서 사죄의 편지가 도착했다. 깊게 반성하고 있으며, 두 번 다시 이런 실수를 하지 않겠으니 너그럽게 용서해달라는 내용이었다. 실은 자기도 상대 부동산 측에서 그런 생각을 하고 있는 줄은 전혀 몰랐고, 제대로 파악하지 못한 채 일을 진행시킨 자신의 과실이 너무 크다는 등의 내용이 빽빽이 적혀 있었다. 우리에게 정신적으로 피해를 입힌 점, 귀한 시간을 헛되게 한 점, 여러 기관(대출기관)에 불편한 발걸음(사과)을 하게 만든 점 등 모두 너무 죄송하고 다시 심기일전해서 최선을 다하겠으니 자기 회사와 자기에게 다시 한 번 기회를 달라고 했다. 다시 기회를 준다면 두 번 다시 이런 어리석은 실수가 없도록 하겠다며 매우 간절하게 용서를 구했다.

우리 부동산 측 담당자는 구마모토 출신으로 도쿄 생활 이 년째를 맞이한다는 스물네 살의 사토(가명) 군이었다. 그는 몇 달 동안 우리에게 집을 소개하면서 거의 매주 만나다시피 해서인지 자기 얘기를 조금씩 했었다. 혼자 자취하는데 시골에서 어머니가 이것저것 보내준다는 말도 했고, 도쿄는 늘 사람을 긴장시키는 곳이라 아직은 도쿄 생활이 낯설다는 말도 했었다. 빵집에서 메론빵을 사서 하나 건네주자 겸연쩍게 받으며 따뜻한 미소를 짓던 그의 모습이 편지를 읽는 내내 떠올라서 왠지 짠한 생각도 들었다.

그렇지 않아도 어제 깨달음이 부동산 사무실에 찾아갔을 때 상사에게 엄청나게 야단맞고 있었다고 했다. 손해배상 청구도 가능한 사건이지만 사회 초년생의 실수이니 너그럽게 봐달라며 상사와 둘이서 무릎이라도 꿇을 자세로 반성하기에 그간의 자초지종을 다시 묻는 선에서 끝내고 돌아왔단다.

"사토 군 잘못은 별로 없지 않아?" 하고 내가 물었다.

"아니지. 상대 부동산 측에서 사토 군을 얕잡아봐서 이런 일이 발생한 측면도 있고, 아직 어리고 경험이 없어서 세밀하게 추궁해야 할 부분들을 파악하지 못한 것도 사토 군이 잘못한 점이지."

깨달음은 단호하게 말을 이어갔다.

"물론 제일 고약한 건 대출심사까지 다 받게 해놓고 막상 대출이 되니까 안 팔겠다는 그 집주인이야. 그렇지만 양측 부동산의 잘잘못을 따져보면, 그런 집주인의 심경 변화를 파악하고 일이 진행되기 전에 미리 알려주지 않은 상대편 부동산이 70퍼센트 잘못했고, 또 그걸 철저하게 파악하지 못한 우리 쪽 부동산도 30퍼센트 정도는 과실이 있다고 봐야지. 그러니까 사토 군이 야단맞는 건 어쩌면 당연해."

그래도 그간에 보여준 상대 부동산 측의 태도와 집주인의 심경 변화를 하나하나 떠올리면 떠올릴수록 속상하다고 하소연했더니, 깨달음은 이 집마저 없었으면 정말 고소라도 해서 어떻게든 이사했을 텐데 이 집이 있는 게 얼마나 다행이냐며, 그 집과는 인연이 아니라고 생각하고 잊어버리자고 위로해주었다. 깨달음에게 내 책상에 놓아두었던 도면과 미니어처들을 건네면서 바[bar] 같은 집이 콘셉트네, 집들이를 하네 마네 하면서 김칫국을 너무 마셔서 이렇게 된 것 같다고 투덜댔다. 하지만 깨달음은 아주 해맑은 얼굴로 "그냥 한국에서 살라는 운명인 것 같은데 한국으로 갈까?"라고 엉뚱한 소리를 했다. 도대체 이 남자의 이런 긍정적인 발상은 어디에서 나오는 걸까. 그러면서 그는 능청스럽게 이런 말도 덧붙였다.

"당신, 교회 갈 때마다 기도하면서 예수사마에게 한번 물어봐."

나는 또 무슨 소리인가 싶어 빤히 쳐다봤더니 깨달음이 두 손을 모으고 "예수사마, 한국 가요?"라고 한국말로 말했다.

"……."

아무튼 사토 군의 진심 어린 사과 편지에 모든 걸 접어버릴 수밖에 없었지만, 우린 또 그렇게 이사할 기회를 놓치고 말았다.

그런데 이 개월이 지난 어느 날 사토 군에게서 전화가 왔다. 다시 그 집을 팔겠다고 그쪽에서 연락이 왔는데 이래저래 사과하는 뜻으로 약간의 배상을 하겠으니 괜찮다면 우리 부부에게 팔고 싶다는 것이었다. 그래서 깨달음이 다시 집주인과 부동산 업자를 만나 처음부터 자초지종을 들었고 인연이 아니라 생각했던 지금의 이 집이 끝내는 운명적인 인연으로 우리 집이 되었다. 뒤늦게 안 사실이지만 사토 군은 상대측 부동산 업자를 몇 번이고 찾아가 진상을 파악하고자 애썼고 다시 원활하게 매매가 성사될 수 있도록 부단한 노력을 기울였다고 한다. 아직 사회 초년생이었던 사토 군의 반성과 열성이 낳은 성과 덕분에 우린 새롭게 마음을 다지며 이 집으로 이사할 수 있었다. 우여곡절이 많았지만 사죄 편지에 적힌 대로 사토 군은 고객과의 믿음을 회복하기 위해 최선을 다해주었던 것이다.

그렇게 사연이 깊은 집이어서인지 난 이 집이 참 마음에 든다.

한국과 다른
일본의
장례문화

새벽 5시에 깨달음이 집을 나섰다. 아침 바람은 을씨년스러울 정도로 차가웠다. 오전 내내 신경이 쓰였지만 나는 애써 할 일을 했다. 깨달음에게서 고별식이 끝났다고 연락이 온 것은 정오가 설핏 지났을 무렵이었다.

시고모님이 갑자기 돌아가셨다. 86세 생신을 이틀 앞둔 아침이었다. 어릴 적 깨달음을 아들처럼 귀여워했다지만 나는 한 번도 뵌 적이 없었다. 나도 장례식에 가야 하지 않느냐고 몇 번 물었지만 그는 자기 혼자 가도 충분하다고 했다. 전철을 두 번이나 갈아타야 하는 먼 곳에서 장례식이 치러지기 때문에 힘들게 둘 다 갈 필요는 없다는 것이었다. 혼자 보내는 게 영 마음이 편치 않아서 누차 깨달음에게 "한국이었으면 무슨 일이 있어도 가봐야 할 가까운 관계야. 안 가봐서 괜스레 욕 먹는 거 아냐?"라고 또 물었지만, 깨달음은 "일본에서는 결혼식이나 장례식이나 초대하는 사람들이 거의 정해져 있으니까 신경 안 써도 돼. 실은 나도 굳이 안 가도 되는데 어릴 때 나를 많이 귀여워해주셨기 때문에 마지막 가시는 얼굴이라도 뵙고 싶어서 가는 거야"라고 했다.

저녁 8시가 넘어 초인종이 짧게 한 번 울리고 문 여는 소리가 들렸다. 검은 양복과 검은 넥타이를 맨 깨달음이 현관에 우두커니 서서 날 불렀다. 그러고는 들고 있던 쇼핑백에서 소금을 꺼내 나더러 뿌려달라고 했다. 소금을 머리부터 발끝까지 뿌리고 나서야 거실에 들어와서는 양손 가득 들고 있던 쇼핑백을 건네주었다. 녹차, 김 세트, 화과자, 새우 센베, 마른 생선, 카탈로그까지 선물이 한가득이었다.

오랜만에 본 친척들이 깨달음에게 이것저것 싸주었단다. 카탈로그는 뭐냐고 물었더니 장례식 답례품 목록이 정리된 것이니까 마음에 드는 게 있으면 골라서 상품번호와 집주소를 적어 보내란다. 온천 이용권, 피부 마사지권, 주방용품, 건강식품, 아기용품, 욕실용품까지 선택의 폭이 다양했다.

"결혼 답례품으로만 이런 카탈로그를 사용하는 줄 알았는데……."

"요즘은 장례식 답례품으로도 사용하는 것 같아."

그러더니 깨달음이 주문 엽서를 쓰고 있는 나에게 "우리도 부모님이 돌아가시면 답례품으로 뭘 준비하는 게 좋을까?" 하고 물었다. 한 번도 생각해보지 않아서 퍼뜩 떠오르는 건 없었지만 "보통 우리가 받은 답례품이 녹차, 김 같은 것이니까 그런 게 좋지 않을까"라고 대답했다. 그러고는 "친척들이 나는 왜 안 왔느냐고 물어보지 않았어?"라고 또 물었다.

"당신을 왜 물어봐? 그런 소린 전혀 없었어."

내가 계속 신경 쓰는 걸 느낀 깨달음이 일본 장례식 문화에 대해 설명해주었다. 일본 역시 부모님의 장례를 가장 크게 생각하고, 부모님이 돌아가셨을 경우 자식들, 친척들, 그리고 부모님이 살았던 동네에서 친하게 지낸 분들만 장례식에 참석한다. 하지만 한국처럼 자식의 친구, 직장 동료, 지인들까지 오는 경우는 극히 드물다. 이번의 고모님 장례식에는 조카로는 자기만 참석했더라며 정말 가까운 친인척이 아니면 참석하지 않는다고 했다. 특히 얼굴도 한 번 본 적 없는 고모님의 장례식에 내가 오지 않았다고 누구 하나 이상하게 생각하는 사람도 없었다고 했다.

삼 년 전, 우리 아빠 장례식 때 서울에서 친구, 후배, 동료들이 밤길에도 광주까지 내려오는 걸 보고 자기는 솔직히 많이 놀랐단다. 일본도 아주 옛날에는 그렇게 각지에 있는 친인척과 친구들이 찾아왔지만 지금은 그런 일이 거의 없단다. 아니 찾아오지 않는단다. 멀리서 오면 여비도 들고, 직장생활에도 지장이 있어서 민폐를 끼치는 일이니 부음을 알리지도 않고, 오고 가지도 않는 거란다.

"그러면 조의금은 따로 하는 거야?"

"아주 친한, 정말 친한 사이가 아니면 친척간에도 하지 않는 경우가 많아. 특히 친구 부모님의 장례식 조의금은 일반적으로 내지 않아."

그리고 이어서 말하길, 우리 아빠 장례식 때 친척, 동료, 학교 선후배, 교회 사람들 등 조문객이 5일장 내내 끊이지 않은 것도 놀라웠지만 모두가 조의금을 내는 것엔 문화적 충격을 받았다고 했다. 게다가 돈 세는 기계로 조의금을 세는 걸 보고는 역시 한국은 레벨이 다르다는 생각이 들었단다.

"한국은 장례식에 직접 못 가더라도 조의금은 꼭 내야 해. 멀리 있어도 되도록 찾아가려고 하고. 그게 아직까진 한국의 정서야."

"이제 일본은 그런 경조사에 예의를 차리는 문화는 거의 사라진 것 같아. 서로 바쁘기도 하고, 친인척 관계도 소원해졌고, 뭐니 뭐니 해도 경제적으로 부담을 주는 게 싫은 거지. 일본에서는 받으면 또 갚아야 하니까 그런 관계를 맺는 것조차 꺼리는 사회가 돼버린 거야."

깨달음의 얘기를 듣고 보니 마지막 가는 날까지 주변 사람들에게 폐를 끼치지 않으려는 일본식 정서가 묻어나는 듯해 마음이 썰렁했다. 아마도 가는 자보다 남은 자를 위해서 이것저것 생략하다보니 이렇게 간소화되어버렸을 것이다. 물론 한국은 경조사가 많아서 경제적으로 부담이 될 때가 많다. 일본 스타일이 꽤 합리적이고 현실적이라는 생각이 들면서도 장례식이란 고인이 된 이와 그를 알던 모든 이들이 마지막으로 인사를 나누는 의식이라고 생각했던 나의 관념과는 사뭇 달라서 당혹스러웠다. 간소화라는 게 가는 사람보다 남은 사람을 위한 배려인데도 왠지 모를 쓸쓸함은 어쩔 수 없었다.

일본의
신개념
부부론

나와 동갑인 미호짱은 올 초에 재혼했다. 전남편과 십오 년간의 결혼 생활을 청산하고 두 살 연하인 지금의 남편과 재혼한 것이다. 오늘은 미호짱에게 축하 선물도 주고 그동안의 근황도 듣고 싶어서 만나기로 했다. 깨달음도 동행했다.

예약해둔 테이블에 앉자마자 깨달음이 결혼을 축하한다면서 한국에서 사온 '인삼정'을 내밀었다. "이 환을 먹으면 힘이 넘쳐나서 신혼을 즐길 수 있을 거예요. 늦둥이도 낳을 수 있을지 몰라요"라고 깨달음이 쓸데없는 소리를 하자 미호짱이 "성질도 급하시네요"라며 깔깔깔 웃었다.

미호짱은 전남편과의 사이에 딸이 하나 있었다. 시험관시술을 통해 어렵게 얻은 딸이었는데, 다섯 살 때 그만 교통사고로 잃고 말았다. 그 후론 아이가 생기지 않았고 전남편은 아이를 갖는 데 썩 협조적이지 않았다. 미호짱은 그래서 이혼을 더 쉽게 할 수 있었다고 나중에서야 내게 말해주었다.

우리는 다시 한 번 결혼을 축하한다며 크게 건배했고 자연스럽게 자식, 부모 그리고 결혼에 관한 화제를 이어갔다. 짓궂은 깨달음이 이번에 결혼한 남편은 어디가 좋았는지, 무엇이 마음에 들었는지, 신혼을 만끽하고 있는지…… 동네 아줌마처럼 구구절절 물어보았는데, 미호짱은 전혀 싫은 기색 없이 하나하나 답변해주었다.

"친구들은 모두 이 결혼을 말렸어요. 하지만 저는 제2의 인생을 새롭게 살고 싶은 욕망이 컸기 때문에 과감히 선택했어요. 전남편과는 햇수로 십오 년을 살았지만 '가정 내 별거 시간'이 십 년 이상이나 지속됐거든요. 지금 와서 생각해보면 참 귀한 시간을 헛되이 보냈다는 생각이 들어요."

미호짱은 이제 쉰을 바라보는 나이지만 마지막으로 정말 재밌는 결혼생활을 해보고 싶어서 재혼을 택했다며 마치 득도한 사람처럼 아주 덤덤하게 말했다. 난 오늘에서야 그녀가 '가정 내 별거'를 했다는 걸 알았다. 깨달음도 놀랐는지 "그럼 '가면부부'처럼 살았던 거예요?"라고 또 물었다.

'가정 내 별거'는 '가면부부'와는 전혀 다른 개념이라고 한다. '가정 내 별거'는 같은 집에서 살고 있지만 생활은 각자 따로 하기 때문에 기본적으로 둘이 같이 있는 상황은 거의 발생하지 않아서 남들 앞에서 사이가 좋다는 걸 보일 필요가 없지만, '가면부부'는 사람들 앞에서는 잉꼬부부 같은 모습을 연기하다가 둘만 남으면 전혀 태도가 바뀌는 부부를 뜻한다고 한다.

난 미호짱에게 왜 그 긴 시간 동안 별거가 아니라 이혼을 택하지 않았느냐고 조심스레 물었다. 그녀는 잠시 생각하는 듯하더니 이렇게 말했다.

"한국인은 예스와 노를 확실히 하려는 성향이 있어서 이런 경우 이혼을 선택할지 모르겠지만 일본인들은 서로에게 피해가 되지 않는다면 두리뭉실하게 관계를 유지하려는 성향이 있는 것 같아. 내가 이혼하지 않았던 건 군이 이혼하지 않아도 각자 하고 싶은 걸 하고 사니까 전혀 불편함이 없었기 때문이야. 이혼하려고 얼굴을 맞대고 얘기하는 것도, 서로의 재산 분할이나 주변 정리 같은 그런 절차조차도 귀찮았거든."

"아, 그렇구나……."

2015년도 국민생활기초조사에 따르면 현재 일본은 세 쌍 중에 한 쌍이 이혼하고 있는 실정이며 인구동태조사에서는 십 년 전부터 이십 년 이상 함께 산 부부의 이혼율이 증가하고 있다는 결과가 나왔다. 그리고 새로운 형태의 이혼 방식으로 부부 간의 여러 문제로 인해 서로 마음이 떠난 상태라 이혼하고 싶지만 아이 때문에, 혹은 여러 사정상 이혼을 못 하는 경우 '가정 내 별거'의 형태를 취하는 부부가 늘고 있다는 보고가 있었다.

이혼하고 싶은 상대와 동거생활을 하는 건 스트레스가 크지만 '가정 내 별거'를 택할 수밖에 없는 가장 큰 이유로 꼽은 건 경제적 안정이었다. 이혼해서 따로 살게 되면 금전적인 타격이 크기 때문에 경제적인 측면을 무시할 수 없다는 것이다. 그다음으로는 아이의 양육권을 포기하지 않아도 되고, 양육비, 교육비 등의 경비를 줄일 수 있기 때문이라고 답했다. 그리고 회사 및 주위 사람들에게 이혼녀, 이혼남이라는 따가운 시선을 받지 않고 사회적 체면을 그대로 유지할 수 있다는 것도 이유 중 하나였다.

한집에서 같이 살긴 하지만 서로가 필요한 룰을 정해 가정 내에서도 철저히 지키기 때문에 평화롭게 생활할 수 있고, 이혼하려면 상당한 에너지가 필요하지만 '가정 내 별거'는 조금만 참으면 되는 문제라고 생각하고 있었다. 하지만 역시나 불편한 점은 아이에게 심적인 부담을 준다는 것과 같은 공간에서 같은 공기를 맡는 것조차 싫은 상대와 함께 있어야 한다는 것이 의외로 견디기 힘들다는 의견도 있었다. 그리고 좋아하는 사람이 생겨도 서류가 정리되지 않아서 복잡한 일이 발생하는 경우도 있다고 한다. 하지만 이미 부부로서의 관계는 끝났지만, 남편은 예전과 똑같이 생활비를 주고 아내는 집안일을 착실히 하는 상태를 유지하는 게 '가정 내 별거'의 가장 큰 장점이라고 한다.

이혼은 하지 않은 채 부부라는 형태를 유지하며 산다는 것…… 뭔가 확실한 것을 좋아하는 내 스타일과는 맞지 않지만 개개인마다 견해가 다를 테고 부부가 처한 상황도 다를 테니 선택은 각자의 몫일 것이다. 무엇보다 부부생활은 그 둘만이 아는 문제이니 남이 간여할 수는 없다. 하지만 이미 부부가 아닌 거나 다를 바 없는데도 한집에서 같이 살면서 서로가 필요한 룰을 정해놓고 철저하게 지킨다는 발상 자체가 과연 일본인답다는 생각을 떨쳐버릴 수 없다.

미호짱도 '가정 내 별거' 생활을 하며 누구에게도 말하지 못한 많은 고민과 갈등이 있었을 것이다. 그럼에도 용기를 내어 과감한 선택을 한 그녀에게 박수를 보내고 싶다.

일본인들의
남다른
저축 습관

"케이짱, 이사한다면서? 어디로 가? 맨션(아파트)이야? 주택이야?"

스포츠센터에서 만난 우에노 상이 나를 보자마자 물었다.

"응, 언니, 맨션이에요."

"위치가 어디야?"

"○○구예요."

"거긴 연예인들이 많이 사는 곳이잖아. 타워 맨션이야? 케이짱 역시 부자네…… 남편 수입이 진짜 좋은가봐. 부럽다. 나도 거기서 살고 싶어지네. 근데 케이짱, 지금 결혼해서 오 년쯤 됐지? 어떻게 그렇게 돈을 많이 모았어?"

"어휴, 아니에요. 대출 받아서 가는 거예요."

"그래도…… 거기는 평당 가격이 다르잖아. 이사하면 집 구경시켜줄 거지?"

"그럼요, 꼭 놀러 오세요. 그런데 대출 받기 정말 힘들더라고요."

우에노 상은 계속해서 대출 금액, 평수와 집값, 연예인들의 집사정까지 상세하게 물었다. 그녀는 나보다 두 살 위이고 샐러리맨인 지금의 남편과 재혼한 지 십 년째로 아이는 없다. 이 언니는 내가 부럽다고 말하고 있지만, 사실 그녀는 지금 살고 있는 집이 엘리베이터까지 있는 5층 단독 주택인데다 20동이 넘는 아파트의 임대비가 주 수입원인 일본의 알부자 중 한 명이다. 그런데도 일주일 내내 돈가스 집에서 아르바이트를 하고 주말이면 자격증을 이용해 집에서 피부숍을 운영한다. 내가 본 어느 일본 여성보다 절약 정신이 투철하고 부지런한 사람이다.

처음 일본에 왔을 때는 교수나 의사의 부인도 아르바이트를 하는 걸 보고 많이 놀랐었다. 그런데 그보다 더 놀라운 건 우에노 상을 포함한 일본인들의 저축 습관이었다. 저축을 열심히 하는 이들의 특성을 보면, 우선 절대로 시간을 허투루 보내지 않는다. 또한 시급이 높은 알바가 나오면 주저 없이 바로 자리를 옮기고 고액 알바가 있으면 빠지지 않고 악착같이 한다. 그리고 그렇게 모은 돈을 모두 저축한다.

"난 언니한테 저축하는 방법을 배우고 싶은데……."

"케이짱, 간단해. 잔돈푼은 빼고 나머지는 모두 은행에 넣어두면 돼. 잔돈을 아끼지 않으면 절대로 부자가 될 수 없어. 케이짱은 잘 하고 있잖아. 돈을 모으는 방법은 그것뿐이야."

우에노 상은 재혼하기 전에는 전업주부로 살았지만 재혼하고 나서는 알바를 시작했다. 업소 측에서 제공해주는 교통비와 식대를 고스란히 남기기 위해 늘 도시락을 지참했고 자전거로 출퇴근했다. 그리고 물건을 살 때면 뭐든지 시급으로 계산하는 습관을 들였다. 예를 들어 5천 엔(약 52,000원)짜리 옷을 사려다가도 5천 엔이면 다섯 시간 접시를 닦아야 한다고 계산하다보니 정말 필요한 물건 외에는 쉽게 사지 않게 되더라는 것이다.

"백 엔을 천 엔처럼, 천 엔을 만 엔처럼 생각하고 썼고, 수입의 60퍼센트는 무슨 일이 있어도 저축했어. 돈을 모으는 것도 중요하지만 얼마나 쓰지 않고 살아가는가가 관건이야. 돈이라는 게 있으면 쓰기 마련이고, 또 없으면 없는 대로 얼마든지 살아가게 되거든. 부자가 되겠다는 의지가 강하면 강할수록 저축액도 늘어날 거야."

우에노 상뿐만 아니라 우리 시부모님 댁에서도 저축 때문에 놀란 기억이 있다. 어느 날 집 안 청소를 하다가 우연히 통장 묶음을 발견했는데, 깨달음이 유심히 살펴보다가 조용히 내게 보여주었다. 우리 둘은 너무 놀라서 얼굴만 멀뚱멀뚱 쳐다볼 뿐 할 말을 잃고 말았다. 연금생활을 하는 두 분이 연금의 70퍼센트를 정기적금으로 넣고 있었던 것이다. 예순 살부터 받아온 연금을 지금 여든 살이 넘은 두 분이 한 달도 빠지지 않고 착실히 모으고 있다는 게 놀라울 따름이었다.

2011년 동일본 대지진이 발생했을 때 이와테, 미야기, 후쿠시마 현에서 4개월 만에 수습한 금고가 약 5천7백여 개였고 여기에 들어 있던 현금이 23억 엔(약 330억 원)이었다고 한다. 금고뿐만 아니라 수천 개에 달하는 지갑과 가방 안에서 발견된 현금도 40억 엔(약 580억 원)에 달했다. 그중에서 90퍼센트 이상은 모두 소유자를 찾아 돌려줬지만 실제로 동일본 대지진으로 소실된 금고와 현금은 우리의 상상을 초월하는 금액일 거라고 했다. 그래서 지금까지 어디선가 주인을 기다리고 있는 금고가 상당할 거라는 추측이 난무하고 있다. 이렇게 일본인들이 집에 현금을 보관하는 이유는 은행의 금리가 아주 낮기 때문이지만, 아직까지 일본인들은 연 0.02~0.03퍼센트의 낮은 금리에도 불구하고 안심하고 맡길 수 있는 금융기관에 월급의 절반 이상을 저축하고 있다.

2015년에 총무성의 가계조사보고(저축과 부채 편)에서 2인 세대 가정을 중심으로 평균 저축액을 알아본바 1인당 1,805만 엔이라는 결과가 나왔다. 전해에 비해 7만 엔(0.4퍼센트)이 증가했고 삼 년 연속 전년 대비 최고치를 갱신했다고 한다. 한 가정의 평균 저축액이 한화로 2억 원이 넘으니 참 대단한 민족이라 할 수 있다.

장성한 남자들이 식당에서 돈 계산(더치페이)을 할 때 1엔짜리 하나도 칼같이 챙겨 받는 걸 종종 보는데, 그때마다 단 1엔도 헛되이 쓰지 않으려는 강한 집착에 놀라게 된다. 흔히 부자들은 1엔이 10억 엔이 될 수 있다고 믿고 있지만 가난한 사람은 1엔은 돈이 아니라고 생각하는 경향이 짙다고 한다. 1엔을 대하는 그 사람의 마음가짐과 태도가 모든 걸 결정한다고 해도 과언이 아닌 것이다. 10엔을 쓸 때와 1,000엔을 쓸 때의 감각이 확연히 다른 일본인들의 절약정신……. 그들의 경제 관념이 세계적으로 인정받는 데는 충분한 이유가 있었다.

혼네와 다테마에의 이중성

난 어릴 적부터 미니어처를 아주 좋아했다. 어떤 장르이건 상관없이 아주 작은 크기의 물건을 좋아해서 어른이 되면 맘껏 사 모으겠다는 꿈을 꾸기도 했다. 그래서 일본에 유학 와서는 길거리 어디에서나 쉽게 만날 수 있고 구입이 가능한 미니어처들을 보면서 무척 행복했었다. 특히 생활용품 미니어처들은 하루 종일 만지작거리며 소꿉놀이를 해도 질리지 않는 오롯한 나만의 세계였고, 그 속에서만큼은 내가 주인공이 된 듯한 기분에 빠져들 수 있었다. 결혼하기 전부터 차곡차곡 모아온 미니어처들이 지금은 박스에 고이 담긴 채 제자리를 못 찾고 있긴 하지만 여전히 그 작은 세계에 대한 애정은 변함없다.

일본에는 이처럼 어느 특정 분야의 취미에 심취한 사람들을 가리키는 '오타쿠'라는 말이 1980년대에 신조어*로 등장했다. 오타쿠라는 말에는 자신이 흥미를 갖고 있는 것에 모든 정열을 쏟아붓는다는 뜻이 내포되어 있고, 전철 오타쿠, 영화 오타쿠, 게임 오타쿠 식으로 앞에 대상을 가리키는 수식어가 붙기도 한다. 원래 오타구お宅는 일본어로 당신, 댁宅을 의미하는 이인칭 대명사이다. 접두사 '오お'는 미화어로서 정중한 표현을 위해 붙이는데 오뎅, 오카네(돈), 오미즈(물), 오사케(술)

* 오타쿠라는 말은 1983년 6월에 문화평론가 나카모리 아키오(中森明夫)가 『만화브릿코(漫画 ブリッコ)』라는 잡지에서 코믹 마켓 같은 모임에 나오는 젊은이들을 가리켜 '오타쿠'라고 지칭한 데서 시작되었다.

처럼 한 단어로 굳어진 경우가 많다.

원래 자기 집에서 자기가 좋아하는 것에 심취해 사는 사람들을 뜻하던 오타쿠가 부정적인 이미지로 변한 건 1989년에 발생한 여아 유괴 연쇄살인 사건과 관련이 있다. 이 사건의 범인으로 지목된 미야자키 쓰토무는 자신이 살해한 아이를 비디오로 찍어 감상했고, 3~4평 남짓한 그의 방에서는 6천 개가 넘는 공포 영화와 야동 영상이 발견되어 일본인들을 경악케 했다. 이때부터 오타쿠가 미디어에 갇힌 자폐적 존재, 경쟁에서 탈락한 사회적 패자라는 어두운 이미지로 바뀐 것이다.

나는 오타쿠 문화가 일본인 특유의 배려 문화, 그리고 혼네(본심)와 다테마에(명분, 가식)의 이중성이 만들어낸 산물이라고 생각한다. 일본이라는 나라는 섬나라라는 지리적인 특징 때문에 전통적으로 거의 외부와의 접촉 없이 지역 공동체를 이루며 인간 관계를 형성해왔다. 그들은 '와和'라는 자기들만의 독특한 문화를 만들어 하나의 조직 속에서 함께 행동하고 함께 지혜를 모으며 살아왔기에 서로 논쟁하거나 다투는 것을 피하는 성향이 짙어졌다. 그러다보니 조직 내에서 돌출된 행동이나 눈에 띄는 행동은 하지 않으려고 애썼고, 남과 맞춰가며 살고 남에게 피해를 끼치지 말아야 한다는 메이와쿠迷惑(민폐) 문화가 자리 잡았다. 자신보다는 타인을 먼저 생각하고 폐를 끼치지 않으려고 참다보니 혼네와 다테마에의 구별이 생기게 되고, 자기 기분을 자유롭게 표현하지 못하고 참고 또 참다보니 자기 혼자만의 세계에 빠지기 쉬웠던 것이다.

보통 혼네를 보이지 않기 때문에 다테마에에 대해 나쁜 쪽의 인상을 갖기 쉽지만 다테마에는 속마음을 감추는 것 외에도 넓게 보면 배려한다는 의미도 포함하고 있다. 예부터 개인의 주장은 최대한 억제하고 집단 내의 대립을 피하며 개인의 욕구와 감정을 희생해 원만한 인간 관계를 유지하는 데도 다테마에는 아주 중요한 역할을 해왔다. 진심을 털어놓지 않고 모두를 따라가는 것도 미덕이라 여겼기 때문이다.

나도 일본에 살면서 혼네를 드러내지 않는 일본인 때문에 여러 번 당황한 적이 있다.

오 년간 대학원 동기로 지낸 여학생과 오랜만에 식사를 같이 하던 날이었다. 샐러드에 나온 토마토를 평소처럼 각자의 접시에 나눴는데 그날따라 그녀가 질색을 했다. 실은 토마토를 아주 싫어한다고 그제서야 얘기하는 것이었다.

"우리가 같이 술 마실 때도 여러 번 토마토 요리를 주문했었는데 그동안 어떻게 참았어?"

"네가 토마토를 아주 좋아하니까 그냥 말하지 않았을 뿐이야. 맛있게 먹는 사람 앞에서 굳이 싫어한다고 얘기할 필요는 없잖아."

오 년간 그토록 자주 함께 식사를 했으면서도 참 잘도 참았다 싶었다. 한편으로는 나를 위한 배려였다고는 하지만 그런 줄도 모르고 매번 토마토를 주문한 나는 얼마나 눈치가 없는 사람이었던가 하는 생각도 들었다.

한국 사람들은 옳고 그름을 가르고, 자기 감정과 기분에 솔직해서 직설적인 표현을 많이 하는 편이다. 하지만 일본인들은 그렇게 있는 그대로를 상대에게 털어놓는 것도 실례가 될 수 있다고 생각하기 때문에 자기 마음에 들지 않는 일도 그냥 넘어가거나 굳이 문제 삼지 않는다. 혼네와 다테마에를 좀 더 깊숙이 파고들면 알다가도 모를, 아니 너무 잘 알아서 겁이 나고 싫어지는 부분들이 있다. 하지만 그것도 일본인들이 이웃들과 나누는 커뮤니케이션의 한 방법이라고 받아들이면 훨씬 자유로워진다.

일본에는 "냄새나는 것에 뚜껑을 덮는다臭い物に蓋をする"라는 속담이 있다. 냄새나는 일, 더러운 일, 귀찮은 일을 굳이 들출 필요가 없다는 뜻이다. 문제는 그게 바로 추문이나 큰 소란이 될 만한 사건들을 그냥 덮어두고 넘어가려는 풍조와 연계된다는 것이다. 냄새나는 곳을 막아둔 채 겉으로는 웃고 있는 것, 이건 아마도 일본인만이 취할 수 있는 행동 양식이자 삶의 방식이 아닐까 싶다.

이처럼 혼네와 다테마에의 구별은 오랫동안 일본인들이 자신들의 삶의 방식으로서 유지해온 잠재적인 성격들이 복합적으로 얽혀 나타나는 문화다. 그러니 혼네를 드러내지 않는다고 해서 일본인들을 이중적이라고만 여길 게 아니라 왜 그런 모습을 보이는지 이해할 필요가 있다. 이들은 상대가 속내를 보이건, 가식으로 대하건 간에 그에 맞춰 적절히 대처하고 관계를 이어가는 데 익숙하다. 그러니 모든 인간 관계가 그렇듯이 너무 가깝지도 너무 멀지도 않은 난로 같은 관계를 유지하는 게 서로 부담없이 오랜 시간을 함께할 수 있는 방법일 것이다.

선택의 폭이 넓은 일본의 종교 문화

시댁에서 한 시간쯤 떨어진 곳에 이세진구伊勢神宮라는 신사神社가 있다. 이세진구는 일본인들이 자기 왕실의 조상이라고 주장하는 아마테라스 오미카미照大御神, 즉 하늘을 비추는 태양을 뜻하는 여신의 제사를 지내는 곳이다. 2천 년 전부터 많은 사람들이 기도하러 가는 신사이며 연간 8백만 명이 넘는 참배객들이 방문하는 곳으로 일본인들에겐 가장 존경받는 신궁이다. 지금까지도 일본인들의 마음의 고향이라 불리는 곳이기에 죽기 전에 꼭 한 번은 가봐야 할 신사로 손꼽히기도 한다.

결혼하기 위해 인사를 드리러 갔을 때부터 시작해 매해 시댁에 갈 때마다 깨달음은 이 신사를 방문하고 싶어 했지만 난 관광지 이외의 의미를 두고 있지 않기에 굳이 가려고 하지 않았다. 그래도 깨달음의 성화에 못 이겨 어쩔 수 없이 가게 되면 난 근처 커피숍에서 책을 읽고 깨달음은 혼자서 참배하러 갔다. 그런데 갔다 오면 꼭 오마모리お守り• 를 내 몫까지 사와서 가방에 넣고 다니라며 슬며시 내밀곤 했다.

"이게 무슨 효과가 있는 거야?"

"건강과 가정 내 평안을 지켜주는 거야."

"뭔가 영적인 기운이 있는 거야?"

• '지킴이'라는 뜻의 부적. 액운을 막아준다는 의미.

"그렇지. 여긴 유명한 신사니까 신들도 파워가 엄청 세거든. 그래서 효과가 클 거라고 난 믿어. 그리고 의심하는 마음을 가져서는 안 돼. 무조건 좋은 기운이 있다고 믿으면 돼."

"내 것은 필요 없으니까 사오지 말라는데 왜 꼭 사오고 그래?"

"그냥 마스코트나 장식품이라고 생각하면 되잖아."

깨달음은 늘 이런 식이다. 종교가 뭐냐고 물으면 불교라고 대답하면서도 일상생활에서 하는 행동을 보면 불교와는 다른 면모를 보일 때가 많다.

일본 전역에는 약 8만 5천 개의 신사가 있다. 그 신사에 들어가기 위해서는 한국의 홍문과 같은 역할을 하는 도리이鳥居라는 진한 주홍색 칠이 된 나무 기둥을 지나야 한다. 일본의 신사를 사전에서 찾아보면 일본의 토착 종교인 신도神道의 제사 시설이라 풀이하고 있다. 일본의 종교는 크게 신도, 불교, 기독교, 신흥종교 등으로 분류된다. 신도는 일본 고유의 토착 신앙으로 자연에 대한 숭배심이 종교로 발전한 애니미즘의 일종이며 조상 숭배 사상도 포함되어 있다. 예를 들어 건강을 기원하기 위해서는 건강신을 모시고 있는 신사에 가고, 아이를 원할 때는 아이신을 모시고 있는 신사를 찾아가는 식이다.

어느 조사에 따르면 자신의 종교를 무종교라 답한 일본인이 70퍼센트를 차지하면서도 응답자의 75퍼센트는 살아가는 데 신앙이 아주 중요하다는 답변을 하기도 했다. 무종교라고 답한 응답자들에게 토착 신앙인 신도는 종교라기보다 전통이나 민속의 한 부분이라고 생각하는 경향이 짙다는 걸 알 수 있다.

일본인 가정에서는 신사에서 조상신을 모시는 신단과 불교에서 조상신을 모시는 불단이 함께 있는 경우가 많다. 우리 시댁 역시 그렇다. 아침이면 불단에 갓 지은 흰 쌀밥과 물을 떠다 올리고 간단히 목례하는 시어머니를 자주 목격했다. 이처럼 일본인들은 종교에 관대하고 여러 종교를 상황에 따라 적극적으로 수용하는 특색을 보인다.

예를 들면 일본인들은 결혼 전엔 좋은 인연을 만나게 해달라고 인연의 신縁結び이 있는 신사에 가서 기도하고, 결혼식은 성스러운 채플에서 목사님의 주례하에 혼인 서약을 한다. 결혼식이 끝난 다음에는 행복하고 잘 살게 해달라고 가정원만家庭円満을 기원하는 신사에 가서 결혼을 보고한다. 정월 초하루에는 신사에 가서 하쓰모데初詣(새해 첫 참배)를 하며 신년을 기원하고, 오봉お盆(추석)에는 절에 가서 감사를 올리고, 크리스마스엔 예수님의 탄생을 축하하며 집집마다 케이크를 나눠 먹는다. 그리고 마지막 가는 장례식은 조용히 불교식으로 치른다. 이렇듯 거의 모든 일본인들은 자기 필요에 따라 신사를 택하기도 하고 절에 가기도 하며 교회를 찾기도 한다. 깨달음도 예외는 아니어서 그 역시 예수님도 하나의 신이기 때문에 절대적일 수 없다는 생각을 갖고 있다.

깨달음과 함께 여행하다보면 그곳이 어디든 해외에서도 신사가 보이면 꼭 인사하러 간다. 자신의 지갑 속, 가방 속, 그리고 책상에도 알 수 없는 오마모리를 붙여놓는다.

내가 교회에 다녀오면 가끔 오늘은 뭘 빌었느냐고 묻곤 한다. 지난 일주일을 뒤돌아보며 반성하고, 앞으로도 지켜주십사 기도했다고 답하면 예수사마가 너무 바빠서 다 못 들어주면 어떡하느냐고 되묻는다.

"예수사마 혼자서 그 많은 신도의 기도를 들어주기엔 벅차지 않을까? 분명 일본의 신사처럼 성도의 기도에 맞게 결혼, 출산, 사업 번창, 건강, 면학 등으로 나뉘어져 있을 거야."

"……."

아직까지 우리는 서로 종교가 달라서 트러블이 생긴 적은 없다. 아마도 서로의 종교를 강요하지 않기에 한 집안에 다른 종교가 공존해도 아무 일이 없는 것 같다. 하지만 아주 가끔은 깨달음을 포함한 대다수의 일본인들이 자기 필요에 따라 신사를 찾아 기도하는 걸 볼 때면 역시 종교도 현실적으로 실용화시키는 게 과연 일본인답다라는 생각이 절로 든다.

초식남자와

일본의 인구 감소

'초식남자草食男子'는 2006년 일본의 칼럼니스트 후카자와 마키深澤眞紀가 자신의 칼럼에서 처음 사용한 용어다. 그런데 이 용어가 2008년에는 유행처럼 퍼져 각종 미디어와 잡지에 단골로 등장하게 되었다. 저마다 초식남을 주제로 특집을 내보내는가 하면 그와 관련된 책자들이 줄줄이 발행되었다.

초식남자는 양처럼 온순하게 여성에게 접근하는 스타일의 남자를 일컫는다. 점잖은 모습으로 아주 소극적인 태도를 보이는 이 남자들은 무슨 생각을 하는지 몰라 답답하다는 이미지와 함께 가부장적이지 않고 남녀 평등의 수평적인 관계를 좋아한다는 특성도 가지고 있다.• 그런데 이 초식남자들이 섹스리스sexless를 만든다는 연구 결과가 나와 주목을 끌고 있다. 또한 최근 몇 년 사이 젊은층에서 광범위하게 나타나는 섹스리스가 인구 감소를 초래하고 있다는 조사 결과도 발표되었다. 실제로 모 결혼정보회사의 조사에 따르면 결혼하지 않은 성인 남성의 80퍼센트가 여자친구가 없고, 그중 세 명 가운데 한 명은 여자친구가 필요 없다고 대답했다. 그 이유로는 독신으로 사는 게 좋고, 시간과 돈을 이성이 아닌 다른 곳에 쓰고 싶기 때문이라고 답했다.

• 초식남자와는 반대로 성적인 욕망이나 소유욕이 강해서 남성다움을 강조하고 리더십이 있는 남자는 '육식남자(肉食男子)'라고 일컫는다.

일본 가족계획협회의 설문조사에 따르면 데이트는 물론 섹스마저도 그리 달가워하지 않는 남성이 25퍼센트에 달했고, 여성은 45퍼센트가 섹스에 관심이 없거나 성적 접촉에 강한 거부감을 느낀다고 답했다. 조사 결과에 따르면 이들 남성은 집에 있기를 좋아하고, 혼자서 여행, 쇼핑, 취미생활을 하는 게 여성과 함께 다니는 것보다 더 편하고 좋다고 했다. 또한 이성을 위해 돈을 쓰기보다 자신을 위해 옷을 사고 취미생활을 하는 데 돈을 쓰는 경향이 강했다. 그래서 연애 자체에 적극적이지 않고 섹스, 성행위에 관심이 거의 없으며 그 에너지를 자신을 위해 오롯이 쏟아붓는 현상이 일어나고 있는 것이다. 단적인 예로 여성과 단둘이 같은 침대에서 자도 아무런 일이 생기지 않는다는 것이다.

그 결과 미혼 남성 열 명 중의 네 명이 섹스 경험이 없고, 중년이 될 때까지 동정인 남성들도 27퍼센트나 된다고 한다. 이처럼 확산되고 있는 섹스리스는 저출산으로 이어져 잠재적인 성장률을 저하시키는 심각한 사회문제로 대두되고 있다. 실제로 2012년 일본의 신생아 수는 103만여 명으로 전년보다 1만 3,705명이 줄었다.

2011년 프랑스 공영방송에서는 성에 관대하다고 할 만큼 개방적인 에로 문화를 갖고 있는 일본에서 왜 섹스리스가 확산되고 있는지에 의문을 나타내며 초식남자와 섹스리스 부부를 다룬 다큐멘터리를 방영했다. 다큐멘터리에서는 이런 사회적 현상을 일으키는 원인 중 하나가 남성이 사회나 가정에서 위축된 위치에 서게 되었기 때문이며, 이들이 본능에 충실할 기력을 뺏기고 있기 때문이라는 분석을 내놓기도 했다.

내가 알고 지내는 주변의 일본인들과 가끔 부부생활에 관한 얘기를 나눌 때가 있는데 그들의 과반수 이상이 섹스리스라고 밝혔다. 이유로는 아이를 낳고 나니 자연스럽게 그렇게 되더라는 의견이 많았다. 실제로 가족계획연구센터가 2004년부터 실시한 '남녀 생활과 의식에 관한 조사' 결과에 따르면 최근 한 달간 한 번도 섹스를 하지 않았다고 응답한 부부는 2014년도에 접어들어 41.3퍼센트를 차지해 첫해 조사 때보다 10퍼센트 늘어난 결과를 얻었다.

연령대별로는 35~39세가 47퍼센트로 가장 높았는데, 섹스리스의 이유로 남성은 일에 지쳐서라는 응답이 28퍼센트로 가장 많았고, 여성은 귀찮아서가 24퍼센트로 가장 많은 의견을 차지했다. 섹스리스의 계기가 된 시기는 역시 출산 후가 남성 18퍼센트, 여성 21퍼센트로 가장 높았다.

일본은 결혼하고 삼 년이 지나면 각방을 쓰기 시작하고 특히 아이가 태어나면 자연스럽게 각방을 택하는 경우가 많다. 사실 우리 부부도 각방을 쓴 지 오래되었다. 한국처럼 한 이불을 덮고 자야 한다는 부부의 철칙 같은 게 이곳엔 없다. 그래서 일본에서는 부부가 각방을 쓴다고 해도 형식적인 부부, 가면부부라고 보지 않고, 서로 살아온 생활습관과 방식을 존중해서 각방을 선택했다고 생각한다. 어찌 보면 결혼을 통해 하나의 공동체가 된 부부 사이에도 '개인주의'가 그대로 남아 있다고 할 수 있을 것이다.

하지만 각자의 공간에 있다고 해도 부부간에 공감대를 형성하거나 의사소통을 하는 데는 별 문제가 없다. 꼭 육체관계를 통하지 않더라도 다정한 눈빛, 손잡기, 가벼운 입맞춤, 포옹만으로도 충분히 행복하다고 느끼기 때문이다.

전문가들은 어릴 때 스킨십을 자주 하지 못한 사람일수록 초식남자가 될 확률이 높고, 성장 과정에서 충분히 사랑받지 못한 사람들이 사랑을 베푸는 게 서툴러서 대인 관계나 이성 관계에도 별 흥미를 갖지 못하는 경향이 있다고 분석한다. 또한 굳이 이성을 찾을 필요를 느끼지 못할 만큼 이성을 대신하는 '물질적인 풍요로움'이 초식남자를 증가시키는 데 일조했다고도 분석하고 있다.

하지만 재미있는 건 요 몇 년 사이 초식남자들이 넘쳐나는 가운데 한편에서 육식녀들이 새롭게 등장하고 있다는 것이다. 초식남들이 출산율을 떨어뜨리는 데 일조하고 있다면, 육식녀들이 이를 상쇄하면서 어느 정도 밸런스를 유지하고 있는 게 요즘 일본 젊은이들의 세태다.

매일 밤
자살을 꿈꾸는
일본의
청년들

임상미술치료는 미술이라는 도구를 통해 의술과 미술을 접목하는 새로운 형태의 치료법이다. 이는 환자의 심신 상태를 평가하거나 질병의 치료 및 증상의 호전을 도모하는 보완대체요법의 한 분야로, 의학적인 치료 과정에 시너지 효과를 가져오고 긍정적인 에너지를 발견해 삶의 질을 높이는 역할을 담당한다. 또한 심리적인 불안, 두려움, 우울감 등 다양한 정서 변화에서 오는 스트레스를 완화하고 심리적인 안정을 찾는 데도 많은 도움을 주고 있다.

임상미술사의 기본적인 치료활동은 환자들로 하여금 그림을 그리거나 뭔가를 만들게 하면서 인간의 오감을 이용해 마음이 가는 대로 손이 가는 대로 표현하게 하는 것이다. 환자들은 그런 과정을 통해 마음의 안정을 되찾게 된다. 일단, 임상미술에 참여해 미술 작품에 몰두하다보면 신체에는 긍정적인 변화가 만들어지고 스트레스는 줄어들며 감정 전달 능력이 향상되기도 한다.

내가 임상미술사로 활동하면서 만난 사람들은 청소년 쉼터의 학생들, 장애인들, 실버센터의 어르신들 그리고 개인적으로 신경정신과에 다니는 일반 환자들이 대다수였다. 그중에서도 지금까지 지속적으로 내 수업을 듣는 이들이 바로 자살 미수자들이다. 이들은 우연히 자신들의 얘기를 털어놓다가 수강생 중 절반 이상이 자신과 같은 갈등을 겪고 자살을 시도했다는 것에 적잖은 충격을 받았다.

일본은 2011년부터 사 년 연속 연간 자살인구 3만 명 돌파라는 괴로운 기록을 세우고 있다. 하루에 74.5명이 자살을 택하고 있고 자살미수도 그 열 배로 늘어나고 있다. 한 명의 자살자는 주변의 5~7명에게 심각한 심리적 후유증을 안겨주며 매해 2백만 명이 자살 문제로 힘들어하고 있다는 조사 결과도 있다. 이렇다보니 자살율이 OECD 1위인 한국이나 그 뒤를 잇는 일본, 이 두 사회가 '자살공화국'이라 불리는 것도 과장된 표현이 아닌 것이다.

2016년 여름, 이십대 이상의 남녀 4만여 명을 대상으로 통계 분석을 한 결과 응답자의 25.4퍼센트인 네 명 중 한 명이 '심각하게 자살을 생각해본 적이 있다'는 통계가 나왔다. 젊은 세대일수록 자살을 생각하는 경향이 강하고 여성이 남성보다 22.6퍼센트나 더 자살 충동이 높았으며 실제 자살자는 40~60대가 많았다.

하지만 최근 오 년 전부터 일본에서는 선진 7개국 가운데 최고의 자살률을 기록하고 있다는 오명을 씻기 위해 자살종합대책센터를 설치해 지역별로 자살 우려가 있는 대상자들을 직접 관리하는 데 힘을 쏟고 있다. 또한 전국의 민간단체 550여 개가 자살 방지 활동과 자원 봉사 활동을 통해 전화 상담과 대면 상담을 할 수 있는 곳을 마련했다. 또한 자살을 개인의 문제로 보지 않고 사회적인 문제로 받아들여 국가가 적극적으로 예산을 지원해 2011년 134억 엔(약 1,444억 원)에서 2013년에는 287억 엔(약 3,091억 원)으로 두 배 이상 증가했다. 그 결과 2015년에 일본 전국에서 자살한 사람은 2만 5천374명으로 2013년 대비 7퍼센트(1천909명)가 감소하는 효과를 얻었다.

이렇게 자살을 미연에 방지하기 위해서는 자살이라는 실천에 옮기기 전의 상태를 파악하는 것이 중요하다. 예를 들어 건강 문제, 경제 문제, 실업, 채무, 범죄 피해, 따돌림, 피로, 해고, 육아 스트레스, 실연, 가정 폭력 등 자살의 계기가 되는 세세한 이유와 문제점들을 분석해 지속적인 관심을 갖고 상담해야 한다.

또한 자살을 방지하는 데는 그들을 둘러싼 주변 사람들의 역할도 중요하다. 우리들은 누구나 자살자의 지인이거나 주변 사람들일 수 있다. 그러므로 가족과 이웃, 지인들에게 늘 관심을 갖고 따뜻한 말 한마디, 따스한 눈길을 보낼 수 있는 마음의 여유를 가져야 한다. 중국 속담 중에 "차가운 차와 차가운 밥은 참을 수 있지만 냉정한 말과 차가운 이야기는 참을 수 없다"라는 말이 있다. 사람들은 흔히 입에 칼을 물고 사는 것도 아닌데 상대를 아픈 말로 찌르고, 걸레를 물고 사는 것도 아닌데 상대를 불쾌하게 만든다. 그런 세상이 싫어서 혼자 밥 먹고, 혼자 놀고, 혼자 자고, 혼자 생각하고, 혼자 결정하고, 혼자 울고, 혼자 아파하고…… 그러다보니 떠날 때도 혼자 떠나고 만다. 그들이 특별하거나 충동적이어서 자살하는 게 아니라는 걸 우리 모두가 인식할 필요가 있다. 그리고 따뜻한 시선과 따뜻한 말 한마디로 자살을 멈출 수 있게 해야 한다.

"괜찮다면 얘기 들어줄게요."

"당신은 소중한 사람이에요."

"좀 서툴면 어때요?"

"아직 좋은 일이 많이 남아 있어요."

"제가 도와드릴까요?"

"괜찮아요, 이젠 괜찮아요."

"당신은 혼자가 아니에요."

주변 사람이 평소와 달리 조금 이상하다 싶으면 먼저 다가가는 게 자살을 막을 수 있는 첫걸음이다. 말 한마디뿐만 아니라 조용히 손을 잡아주거나 말없이 어깨를 쓰다듬어주는 것도 좋다.

"당신의 엄마는 아니지만 힘들면 전화주세요. 가슴이 터질 듯 아플 때, 눈앞이 캄캄할 때, 더 이상 눈물조차 나오지 않을 때 내가 당신의 누군가는 아니지만 얘기를 들어줄게요."

신주쿠 역의 동쪽 출구 광고판에 붙어 있는 자살 방지 캠페인 포스터에 적혀 있는 문구다. 마음속에서 죽음을 의식하며 살고 있는 사람들을 치료해줄 수 있는 사회 구조를 만들기 위해서는 우리부터 서로를 외면하지 않고 사는 길뿐이다.

동일본 대지진이 발생하던 날

2011년 3월 11일 오후 2시 46분, 규모 9.0의 초대형 지진이 일본 도호쿠東北 지역을 강타한 지 벌써 오 년이 지났다. 매해 이날이 오면 일본 곳곳에서 희생자들을 기리며 묵념하는 사이렌이 울려 퍼진다. 특히 지진 피해가 가장 컸던 후쿠시마福島, 미야기宮城, 이와테岩手 등을 중심으로 전국 각지에서 추모 행사가 이어진다. 그리고 매해 공영방송 NHK는 지진과 원전 사고에 대한 문제점과 개선 사항들을 특집 방송으로 내보낸다.

그해 동일본 대지진이 일어나던 날, 나는 도쿄의 집에 있었다. 늦은 점심을 먹고 세미나 자료를 준비하기 위해 노트북을 펼쳐놓고 있던 참이었다. 갑자기 아파트 전체가 심하게 흔들리더니 장식장 위의 텔레비전이 격렬하게 떨리기 시작했다. 얼른 텔레비전을 벽 쪽으로 붙여놓고 수조 쪽을 봤더니 수조 속의 물이 열대어들과 함께 출렁거리며 밖으로 넘쳐흐르고 있었다. 무서워서 책상 밑으로 몸을 숨긴 채 바로 텔레비전을 켰다. 속보 방송과 함께 센다이 공항에 쓰나미가 밀려오는 장면을 생방송으로 내보내고 있었다. 밖에서는 방공防空을 알리는 알람과 사이렌 소리가 요란하게 울렸다. 바로 깨달음에게 전화했지만 통화가 되지 않았다. 문자를 보내도 답장이 없었다. 회사 전화도 물론 연결되지 않았다. 불안에 떨며 텔레비전 채널을 여기저기 돌려보는데 아나운서들이 한결같은 멘트를 내보냈다.

"시민 여러분, 일단 몸을 안전한 곳으로 피하고 저지대에 살고 있는 분들은 속히 높은 곳으로 피난하기 바랍니다."

약 이십 분가량 웅크린 채 깨달음에게 계속 전화를 해보았지만 여전히 불통이었고 한 시간쯤 지났을 무렵에는 아예 전파도 잡히지 않아 전화기가 먹통이 되어버렸다. 어떻게 해서든 그와 통화하고 싶어서 집 앞 공중전화 부스를 내다봤더니 그 앞에는 사람들이 서른 명 이상 줄을 서 있었고, 수많은 인파들이 어딘가를 향해 한 방향으로 바삐 걸어가고 있었다. 전파가 끊긴 전화기를 붙잡고 텔레비전에서 눈을 떼지 못한 채 깨달음이 오기를 얼마나 기다렸던지…….

그렇게 애를 태우며 시간은 속절없이 흘러갔다. 어느새 사위는 깜깜해졌고, 밤 11시가 넘어서야 깨달음이 집에 돌아왔다. 교통수단 마비로 회사에서부터 집까지 걸어왔다며 까맣게 그을린 얼굴로 나타났다. 그의 얼굴을 보자 안도감과 함께 다리에 힘이 풀렸다. 하지만 그것도 잠시, 깨달음이 필요한 것들을 좀 사둬야 한다고 해서 함께 24시간 슈퍼를 찾아갔다. 그런데 영업을 하지 않았고 편의점들은 마치 도둑맞은 가게처럼 텅 빈 진열대만 놓여 있는 곳이 많았다.

그날 이후 가장 구하기 힘들었던 것은 바로 컵라면 같은 인스턴트 식품과 휴지 용품이었다. 판매를 하더라도 한 사람당 한 개로 엄격히 규제하고 있어서 쉽게 손에 넣을 수 없었다. 제일 황당했던 건 식수였다.

대형 슈퍼에서부터 편의점까지 집에 아이가 있다는 증거를 대거나 실제로 아이를 데리고 가지 않으면 아예 판매를 하지 않는 곳이 많았다. 그래서 식수를 구하기 위해 자전거를 타고 세 정거장이 넘는 곳까지 가서야 겨우 한두 병을 살 수 있었다. 티슈, 손전등, 건전지, 물통, 초 같은 비상용품은 거의 찾아볼 수 없었고 방사능 비가 내릴지도 모른다는 유언비어가 돌면서 너나 할 것 없이 비옷을 사려고 혈안이 되었다. 깨달음도 신주쿠 일대의 슈퍼를 죄다 뒤져서 겨우겨우 비옷 두 벌을 구했는데, 지금까지 아주 귀하게 보관하고 있다.

피해가 거의 없었던 시댁에서는 휴대용 라디오와 건전지, 휴대용품을 보내주었고, 한국의 가족 친지들은 당장 한국으로 들어오라고 열을 냈지만 깨달음을 혼자 두고 갈 수는 없는 노릇이었다.

그렇게 큰 지진이 있은 후 사람들의 일상생활에도 큰 변화가 찾아왔다. 먼저 각 가정에서는 그릇 수납장이나 서랍장 등은 물론이고 각 가전 제품에도 미끄럼 방지, 넘어짐 방지를 위해 압축봉을 사용해 최대한 움직임을 저지하는 장치들을 설치했다. 서랍식이 아닌 오픈식 장식장은 S자형 쇠걸이로 문을 걸어놓아 열리지 않게 고정시켜놓았다. 그리고 수납장을 판매하는 가구점이나 홈센터에서 부속품으로 L자 모양의 고정 도구를 적극적으로 판매해 모든 가구들을 벽이나 마루에 고정시킬 수 있도록 했고, 피아노줄을 이용해 큰 가구들이 넘어지지 않도록 설치했다. 또 비상용품들을 배낭에 넣어두어 재해에 대비하는 습관을 들이는 등 집에서부터 철저하게 대비하기 시작했다.

일본에서는 언제 일어날지 모를 지진에 대처하기 위해 유치원과 초등학교에서도 피난 방법과 기본적인 메뉴얼을 인지할 수 있게 반복적으로 교육하고 있다. 그중 가장 기본이 되는 메뉴얼 몇 가지는 다음과 같다.

1. 집 안에 있는 경우

유리창이나 창문 가까이에 가지 말고 현관문을 열어둔 다음 탁자 밑에 일단 몸을 숨기는 게 우선이다. 요리 중일 때는 얼른 가스 불을 끄고 가급적이면 머리를 보호하기 위해 쿠션, 방석, 잡지 등으로 감싸는 게 좋다. 진동이 조금 잠잠해지면 '물'을 확보하는 게 좋은데 욕조에 물을 받아두거나, 커다란 양푼 등 모든 용기에 최대한 많은 물을 담아두는 게 좋다.

2. 밖에 있는 경우

전신주나 담벼락, 자동판매기는 쓰러질 위험성이 있으니 가까이 가지 말고 고층 빌딩의 창문, 간판 등도 떨어질 가능성이 높으니 머리 위를 항상 조심해야 한다. 피난 시에는 가방이나 핸드백으로 머리를 감싸고 상업 빌딩에 있는 경우는 출입구에 사람들이 집중적으로 몰려 압사하거나 넘어질 위험성이 있으므로 질서를 지켜 출입구로 빠져나가야 한다.

3. 차 안에 있는 경우

지진이 발생하면 속도를 줄여 차를 도로 오른편에 세운 다음, 시동을 끄고 진동이 잠잠해질 때까지 밖으로 나오지 말아야 하며 라디오에 귀를 기울인다. 피난해야 할 경우에는 창문을 열고 차 키는 꽂아놓은 채 밖으로 나온다. 차 키를 그대로 두는 건 긴급 차량의 통행을 막게 될 경우 차를 이동시킬 수 있게 하기 위해서다. 피난처로 떠나기 전, 검사증과 귀중품을 꺼낸 후 연락처를 차에 적어놓는다. 고속도로인 경우 약 1킬로미터마다 비상구가 있으므로 지상으로 빠져나올 수 있다.

4. 전철이나 지하철에 있는 경우

낮은 자세로 앉아 머리를 보호하고 전철이 탈선할 시에는 출입구로 사람들이 몰려 계단에서 압사당하는 경우가 많으니 인솔자의 지시에 따라 질서정연하게 움직인다. 특히 지하철일 경우 선로 밖에 고압 전선이 설치되어 있으니 혼자서 함부로 선로로 뛰쳐나가서는 안 된다.

5. 엘리베이터 안에 있는 경우

모든 층의 버튼을 전부 누른 다음, 비상용 벨 버튼을 눌러 연락을 취하고 현재 위치와 엘리베이터 안에 있는 인명 수, 탑승자의 상태 등을 차분히 설명한다.

이 외에 영화관이나 공연장에 있을 경우에는 가방 등으로 머리를 보호하고 유도등이나 비상등 불빛을 따라 천천히 움직이는 게 좋다.

그리고 무엇보다 중요한 비상용품으로는 물, 전등, 건전지, 비상식(쿠키, 초콜릿, 캔류), 비옷, 귀중품, 장갑, 수동식 라디오, 랩(보온, 상처 보호, 식기 커버 등), 호일(돗자리 대용, 식기 대용, 보온 등), 응급치료 세트, 마스크, 휴지, 등산용 나이프, 물티슈 등인데, 배낭에 넣어서 현관 쪽에 놓아두는 게 좋다.*

오늘 아침 8시 50분경, 이와타 현에서 3도 지진이 있었다. 지난주에는 관동 지역에 3도 지진이 있었는데 발생 지역만 다를 뿐 기본적으로 이렇게 한 달에 한두 번은 크고 작은 지진이 일본 각지에서 발생하고 있다. 진동이 감지되면 바로 각 텔레비전 방송사에서 속보로 지진의 강

* 이상의 메뉴얼은 일본 소방청 지진대책 메뉴얼과 동경 재해방지 홈페이지를 참조했다.

도와 발생 지역, 여진과 쓰나미 우려에 관한 정보를 자막으로 흘려보내준다. 물론 지금은 스마트폰으로도 지진이 발생했음을 즉시 알려주고 있다.

일본에서 오래 살다보니 솔직히 3도가량의 진도는 무덤덤하게 넘어가고 있지만 지진의 공포와 자연재해 앞에서 인간은 무능할 수밖에 없는 미약한 존재라는 걸 뼈저리게 느꼈다.

2012년 도쿄 대학교 지질연구소 연구팀이 수도권에서 규모 7 이상의 강진이 발생할 가능성이 사 년 내에 70퍼센트라는 연구 결과를 발표했다. 그것도 상하로 흔들려 엄청난 파괴력을 가진 직하형 지진이라고 했다. 동일본 대지진 이후 수도권의 지진 활동이 활발해지면서 하루 평균 지진 발생량이 대지진 이전보다 약 다섯 배 증가했다고 한다. 매일매일 약진이긴 해도 곳곳에서 지진이 발생하고 있는 것이다.

동일본 대지진 이후 일본인들은 참 많은 아픔을 겪었고 지금도 정신적인 상실감과 경제적인 피해에 시달리고 있다. 지진은 자연재해이기에 쉽게 예측할 수 없다. 하지만 일본인들은 그동안의 경험과 훈련을 바탕으로 앞으로 닥쳐올 재해에 침착하게 대처하며 차분히 이겨나갈 것이다.

일본 부동산
매입 시
필수 조건은
단 한 가지

우리 부부가 집을 사기 위해 부동산을 찾아다닐 무렵부터 블로그 이웃들이 많은 관심을 보여주었다. 일본의 부동산 경기를 궁금해하기도 하고, 내 집을 마련할 때 중요시되는 사항들, 일본의 집값 실정 등을 알고 싶어 하는 질문들이 쏟아졌다. 한국은 집값 폭락과 인구 감소로 인해 내 집 마련의 필요성부터 흔들리고 있다고 털어놓기도 했다. 부동산 쪽으론 문외한인 나와 달리 깨달음의 동기들 중에는 그쪽 방면에서 프로로 활약하고 있는 이들이 많기에 몇 가지 조언을 얻었다.

일본 국토교통성은 2015년 5월 26일 '빈집 등 대책의 추진에 관한 특별조치법'을 시행했다. 이에 따라 강제 철거 대상이 되는 빈집의 기준 및 규정에 대한 지침서를 작성해서 공개했다. 저출산과 고령화의 영향으로 빈집이 급증하자 일본 정부가 빈집 철거 강제 조치에 들어간 것이다. 이 특별조치법은 지방자치단체가 붕괴 위험이 있는 빈집을 발견할 경우 소유자에게 철거를 명령할 수 있도록 한 규정이다. 이를 따르지 않을 경우 강제 철거도 가능하다.

1980년대 말 이후 버블경제가 꺼진 일본은 이십 년에 가까운 장기 침체에 빠졌고 지금도 경기가 회복되었다고 볼 수 없는 상황이다. 부동산도 마찬가지로 매매가 현저하게 줄어들었다. 도쿄 도심에서 한 시간 거리에 있는 곳곳에서는 빈집을 쉽게 찾아볼 수 있다.

역과 가까운 곳에는 대형 백화점, 호텔, 각종 전문점이 즐비하게 들어서 있지만 역에서 십 분 이상 벗어나면 주변 분위기가 확연히 달라진다. 인적도 드문데다 저녁이면 불 꺼진 2, 3층 임대주택용 건물이나 밖에서 봐도 한눈에 알 수 있는 빈집(단독주택)들이 흔히 눈에 띈다.

2013년 일본 총무성의 주택·토지통계조사에 따르면 일본의 빈집은 약 820만 가구로 5년 전에 비해 63만 가구가 증가했다. 이것은 전체 주택의 13.5퍼센트를 차지하는 것으로, 일곱 가구 중에 한 가구는 빈집임을 의미한다. 저출산, 단신 세대의 증가로 주택 가격의 추가 하락이 계속되고 있으며 도심과 거리가 먼 신도시 등 교외 지역에는 빈집이 속출하고 있다. 반면 지금도 가격 변동이 거의 없이 매매가 이루어지고 있는 곳은 야마노테센山手線이 다니는 곳이다. 야마노테센은 도쿄 23구 중앙부를 달리는 순환선으로 서울의 2호선 같은 역할을 하며 여러 정차역에서 JR 계열과 신칸센 노선들, 그리고 사철, 도쿄 지하철 노선들과 환승이 이루어지는 전철이다. 한 바퀴를 도는 데 한 시간을 약간 웃도는 야마노테센 각 역이 지나는 동네는 365일 부동산 매매가 활발하다.

깨달음은 일본(도쿄)에서 부동산 매입 시 맨션(아파트)일 경우 가장 중요한 것은 한 가지뿐이라고 말한다. 그건 뭐니 뭐니 해도 입지다! 먼저, 야마노테센 안에 있는 물건을 찾을 것(29개 역 중에서 고를 것). 역과 가까우면 가까울수록 가격 변동이 없다(도보 5분 이내). 그리고 맨션을 고를 때는 큰 도로에 접해 있거나 남쪽 방향에 바다나 강, 공원 등이 있는 곳을 찾아보는 게 좋다. 즉 골목 안에 있는 물건은 피하라는 뜻이다. 만약 야마노테센이 지나는 곳이 아닐 경우, 해당 역에서 몇 개의 노선을 이용할 수 있는지를 확인하고 세 개 이상의 노선을 이용할 수 있는 곳을 선택하는 것이 좋다. 그리고 마지막으로 건물의 연식이 조금 오래됐더라도(일본에는 신축한 지 30년, 40년이 지난 맨션이 의외로 많다) 제대로 된 건축회사에서 지은 것인지를 살펴보고 외관 상태가 고급스럽고 세련된 건물을 선택해야 한다는 것이다.

부수적으로 챙겨봐야 할 것들은 생활 환경, 교육 시설 등인데 주변에 학교나 슈퍼, 편의 시설, 휴식 공간 등이 있는지의 여부에 따라 가격도 약간씩 차이가 난다고 한다. 실제로 지금 계속해서 가격이 오르고 있는 곳은 아카사카赤坂, 니시신주쿠西新宿, 아오야마青山, 요요기代々木, 아자부주반麻布十番 등이다. 이곳들은 원래부터 알부자들이 사는 곳이라 꾸준한 상승세를 보이고 있다. 한국의 일부에서는 이미 빈집으로 인한 문제가 대두되면서 일본과 비교 연구를 하고 집값 하락세를 염려하고 있지만, 일본은 2020년 도쿄 올림픽 개최를 앞두고 입지가 좋은 곳은 가격이 꽤 많이 상승하고 있는 실정이다.

실제로 우리가 지금 세놓은 맨션도 야마노테센에 위치해서인지 팔 년 전의 매입가보다 조금 상승한 가격이 책정되었고 임대를 내놓자 바로 세입자와 계약할 수 있었다. 요컨대 입지가 좋으면 세입자도 금방 들어오고 매매 시 가격 변동도 별로 없다는 것이다. 사실 새로 이사한 맨션을 구입할 때 가장 먼저 고려한 것도 맨션 바로 앞에 역이 있고, 집까지 도보로 채 일 분이 걸리지 않는 '입지'였다. 물론 주변 환경도 참고했지만 깨달음이 부동산업을 하는 친구에게 직접 보여주고 앞으로의 전망을 물어본 뒤 최종 결정했었다.

지금 일본에서는 각국의 해외 투자자들이 맨션을 매입하기 위해 분주한 게 사실이고 엔 하락세가 지속되다보니 투자자들이 싼 가격으로 긴자(도쿄에서 땅값이 가장 비싼 곳)의 건물들을 집중 매입하기도 한다. 한국의 부동산 현황은 잘 모르지만 깨달음의 생각으로는 일본과 상황이 비슷하기 때문에 한국에서도 역시 입지 조건을 부동산 선택에서 최우선으로 하는 게 후회가 없을 거라고 장담하고 있다.

혹시 일본(도쿄)에서 내 집 마련을 생각하고 있다면 집값 폭락의 위험을 줄일 수 있도록 가격이 좀 비싸더라도 팔 때의 매매가를 생각해서 입지를 우선적으로 고려하고, 역과의 거리가 최대한 가까운 곳으로 알아보는 게 좋다고 한다. 정말 매입을 원한다면 되도록 주택을 피하고 매입 시기는 지금이 최적기(2015년~2017년까지)라는 말도 덧붙였다.

그리고 일본에서 내 집을 마련하면 한국과 다르게 꼭 들어야 할 보험이 있다. 바로 지진보험이다. 보상액이 그리 많지는 않지만 동일본 대지진 이후 지진보험 가입율이 6배나 증가했고, 요즘은 대부분 기본적으로 지진보험에 가입하고 있다.

이 지진보험은 정부와 민간 보험사가 출자한 재보험 회사가 부담을 공동으로 나누는 정책성 보험이며 가계 보험과 기업 보험으로 나뉜다. 여기서 한 가지 중요한 팁은 여러 할인 혜택이 많은 화재보험 특약 형태로 가입하면 거주용 주택, 건물, 가재도구의 손해를 보상 받을 수 있다는 것이다.

이번에 이사하면서 일본의 부동산에 대해 새롭게 알게 된 사실들이 꽤 많았다. 저출산, 고령화가 급속히 진행되고 있는 한국 역시 일본과 상황이 크게 다르지 않을 것이다. 한국이나 일본이나 집은 재산의 가장 큰 부분을 차지하는 만큼 선택에서도 신중을 기할 수밖에 없다. 우리의 솔직한 경험과 직업상 부동산을 가까이하는 깨달음의 조언이 정말 내 집을 마련하려는 이들에게 조금이라도 도움이 되었으면 한다.

한국인이 일본에서 방을 구하기 힘든 이유

블로그를 통해 삼 년 전에 은하님(가명)을 알게 됐다. 그녀의 직장은 내가 예전에 살던 곳과 가까웠고, 남편과 살고 있는 그녀의 집은 내가 처음으로 기숙사 생활을 한 곳이기도 했다. 그게 인연이 되어 몇 번 남편분(일본인)과 함께 식사를 하기도 했다.

그런데 부동산 회사에 근무하는 은하님이 요즘 고민이 많다. 한국인인 본인이 부동산 회사에 다니는데도 한국인에게 방을 쉽게 구해주지 못하고 있기 때문이다. 왜 그렇게 집주인들이 한국인을 거부하는지는 그녀의 블로그를 통해 알 수 있었다.

최근에 일어난 일은 일본 명문대를 졸업하고 스타벅스에서 멋들어지게 알바를 하던 한국인 남성 세입자가 퇴실을 하면서 집을 엉망으로 만들어놓고 한국으로 도망간 사건이었다. 퇴실 체크를 하기로 약속한 날, 퇴실 담당자가 집에 찾아갔더니 문을 열어주지 않았다. 인터폰 너머로 몸이 안 좋으니 지금 퇴실 체크를 못 한다는 답변만 할 뿐이었다. 퇴실 체크 시간은 본인이 정한 것인데도 아침부터 찾아간 담당자에게 얼굴도 비치지 않고 집에 들이지 않는 건 실례였다. 퇴실 담당자가 예감이 별로 안 좋다며 은하님께 사무실과 가까운 곳이니 한 번 가봐달라고 부탁했고, 사무실 직원과 함께 도착했을 때는 이미 그 집엔 아무도 없었다. 인터폰을 수없이 누르고 문을 두드려도 아무 대답이 없었다.

그날 저녁 비상키로 문을 열고 들어갔는데 문을 여는 순간 경악을 금치 못했다. 은하님은 입에서 자기도 모르게 욕설이 튀어나왔다고 한다. 집 안에 살림살이를 그대로 두고 간데다 온통 쓰레기투성이었다. 큰 가구들에는 스티커가 붙어 있기에 구약소에 연락해보니 금시초문이라는 대답만 돌아왔다. 일본에서 대형 쓰레기나 재활용 쓰레기를 버리기 위해서는 구약소에 미리 연락해서 쓰레기의 크기에 따라 스티커를 구입해 붙인 다음 지정해준 날짜와 지정 장소에 내놓아야 한다. 그런데 그 한국인 세입자는 단지 스티커만 사다가 덕지덕지 붙여놓은 것이었다. '될 대로 되라, 나는 몰라, 나는 한국에 가면 그만이야, 다시 일본에 오더라도 이 부동산만 아니면 돼'라는 생각으로 떠나버린 게 틀림없었다.

퇴실이란, 퇴실하기 위해 청소를 하라는 게 아니라 원상 복구를 해놓고 나가라는 것이다. 즉 처음 집에 들어왔을 때 아무것도 없었듯이 나갈 때도 아무것도 남겨두지 말고 퇴실을 하라는 것이다. 그게 그리도 힘들었을까. 게다가 더 가관인 것은 퇴실신청서에 작성한 연락처가 모두 거짓이었다는 것이다. 이름, 전화번호 모두 거짓이었다.

은하님은 세상의 모든 육두문자를 입 안에서 곱씹어가며 이 학생의 연락처를 찾아내느라 전력을 다했고 어찌어찌하여 그를 페이스북에서 찾아냈다. 명문대 스타벅스 알바생이라는 걸 자랑하며 송년파티도 하면서 무척 즐거워 보이는 사진으로 가득한 페이스북에 가장 최근 업

데이트된 댓글이 "사요나라 일본~"이었고 장소는 나리타 공항이었다. 점장을 포함해 사무실 직원들이 공항으로 쫓아가서 잡아오자고 농담 반 진담 반으로 말했지만, 분위기는 심각했다. 성격 좋기로 소문난 점장도 짜증을 내며 "도대체 왜? 왜 이러는 거냐?"고 싫은 소리를 했다. 십 분이면 할 수 있는 퇴실 체크를 몸이 안 좋아서 못하겠다고 얼굴도 내비치지 않은 학생이 공항에서 환하게 웃는 사진을 찍어 올린 걸 보고 있으려니 은하님은 속이 또 부글부글 끓고 괘씸해서 한국 사람으로서 부끄러웠다. 자신이 잘못한 일도 아닌데, 마치 죄인처럼 그저 죄송하다는 말만 되풀이했다.

그런데 더 큰 문제는 이 맨션의 집주인이 근처에 살고 있다는 것이었다. 행여나 오가는 길에 집주인이 그 꼴을 볼까봐 그날 퇴근 시간도 훌쩍 넘긴 저녁까지 사무실의 남자 직원들이 모두 출동해서 밖에 내놓은 짐들을 다시 안으로 들여놓았다. 이 집이 외국인 입주 금지가 되는 걸 막기 위한 노력이었다. 하지만 이런 노력에도 불구하고 결국 다음 날 집주인이 사정을 알게 되었고, 아니나 다를까 노발대발했다. 그 바람에 회사 관리부 직원들까지 나서서 그 막대한 쓰레기를 치우고 닦느라 중노동을 해야만 했다. 결국 이 집은 외국인 전체 입주 금지가 아닌 한국인만 절대 입주 불가가 되어버렸다.

본인이야 한국으로 가버리면 그만이지만 한국인들에 대한 이미지를 나쁘게 만들어서 일본에 유학 온 학생들, 일본 주재원으로 온 한국인들이 한국인이라는 이유만으로 집을 구하기 어려운 상황을 만들어 버린 것이다. 은하님이 다니는 부동산 회사는 관리 물건이 풍부해서 고객들이 많은 편이지만, 대부분 이런 이유로 집주인이 외국인 금지, 한국인 금지령을 내리기 때문에 점점 소개 가능한 물건들이 없어져 슬프고 속상하다고 했다.

은하님은 그 일이 있고 나서 얼마 되지 않아 그 명문대 유학생의 페이스북에 메시지를 남겼다고 한다. 어설픈 변명이라도 하길 바라는 마음이었는데 아무런 답변이 없었단다. 한국인들 중에는 유학생뿐만 아니라 가정을 꾸린 이들도 가끔 이런 행태를 보인다고 한다. 명문대면 뭣하고 석사, 박사면 무엇하겠는가. 그 유학생은 자신의 행동이 내 부모를 욕되게 하는 것이고, 나아가 내 나라를 욕되게 하는 것이라는 걸 언제쯤 알게 될지 궁금하다.

여전히 사과할 기색이 없는 그 유학생이 해외생활을 하면서 내 행동, 내 언행, 내 모습 하나하나가 바로 한국을 평가하는 잣대가 된다는 걸 조금이라도 인식하며 살아가길 간절히 바란다.

일본 엄마들은
어떻게
아이를 키울까

"선생님, 어쩌죠? 제가 급한 용무가 생겨서 그 시간에 집을 비울 것 같아요."

"아, 그러세요? 그럼 오늘 수업은 안 되겠네요."

"아니에요. 애미짱은 집에 있을 거예요. 다만 제가 없어도 잘할지 걱정이 돼서요."

"걱정 마세요. 잘할 거예요."

"죄송합니다. 갑자기 일이 생겨서…… 그럼, 잘 부탁드립니다."

"네, 알겠습니다."

내가 디자인을 가르치는 애미짱의 엄마에게서 온 전화였다.

나는 대학원 시절 우연한 기회에 초등학생을 대상으로 미술이 아닌 디자인을 가르칠 기회가 있었다. 대학교 1학년생들이 수강하는 기초 디자인을 초등학생의 감성에 맞춰 재구성한 수업이었는데, 아이들이 대학생만큼이나 신선한 아이디어를 내서 놀랐던 기억이 있다. 수업은 이 주일에 한 번씩 정해진 시간에 우리 집에서 하기도 하고, 가끔 상황에 따라서는 학생들의 집에서 개별 수업을 하기도 했다. 이날은 애미짱 집에서 개별 수업을 하는 날이었다. 애미짱 엄마는 유아교육을 전공했는데 미술에 관심이 많아서 공동 수업을 자기 집에서 하자고 제의했고, 수업을 할 때면 옆에서 늘 가만히 듣고 있다가 같이 따라 하곤 했다.

애미짱은 초등학교 2학년으로 여섯 살 터울인 세 살짜리 남동생이 하나 있다. 난 이날 애미짱의 집에 가서 많이 놀랐다. 초인종을 누르자 애미짱이 얼른 문을 열어주고 나서 슬리퍼를 꺼내 가지런히 내게 놓아 주었다. 슬리퍼를 신고 애미짱 방으로 향하자 애미짱은 주방에서 차와 화과자가 담겨 있는 쟁반을 가져와 자기 책상 위에 올려놓은 뒤, 지난 번 숙제와 오늘 해야 할 준비물들이 놓여 있는 공부 테이블 앞에 무릎을 꿇고 앉았다. 이것은 엄마가 있을 때와 똑같은 행동이었다.

"애미짱, 엄마 어디 가신 거야?"

"동생 때문에 병원에 가셨어요."

"많이 아파?"

"아뇨. 열이 난다고 해서 식구들에게 감기 옮기면 안 되니까 미리 병원에 데리고 가신다고 했어요."

"아, 그랬구나."

지난 수업 때는 애미짱이 학교에서 늦게 오는 바람에 십 분 정도 기다린 적이 있었다. 학교에서 돌아온 애미짱이 나를 향해 늦어서 죄송한데 오 분만 더 기다려달라고 인사하고는 먼저 세면대에서 손발을 깨끗이 씻고 가글을 했다. 그리고 책가방과 교복을 가지런히 정리해둔 다음 양말과 손수건을 세탁기에 넣었다.

내가 참 대단하다고 칭찬했더니 옆에 있던 엄마가 다른 애들도 초등학교에 들어가면 모두 저렇게 한다며, 원래는 유치원 때부터 가르친다고 했다. 한국은 어떻게 키우는지 궁금하다면서 자기는 아이의 독립심을 키우기 위해 네 살 때부터 혼자 심부름도 보내고 혼자 집보기도 시켰다고 했다. 그날 애미짱이 지각한 이유는 집에서 좀 먼 거리에 있는 서예학원에 다녀왔기 때문이었다. 여자아이니까 좀 차분하게 성장했으면 해서 서예학원에 보낸다고 했다. 도道와 관련된 유도, 검도, 서예, 꽃꽂이, 다도 등 예와 매너를 중시하는 일본의 전통문화를 하나쯤 체험하면 어릴 적부터 그런 습관이 몸에 밸 것 같다는 것이다.

애미짱 방이 늘 정리 정돈이 잘 돼 있어서 놀랍다고 했더니 대체로 일본 부모들은 아이의 방이 더러워도 치워주지 않고 스스로 정리하게 하고, 책가방을 챙겨주거나 숙제를 대신해주는 일도 거의 없다고 했다. 초등학생 때부터 지켜야 할 규율과 예의를 엄격하게 가르치지 않으면 커서 민폐를 끼치게 되니까 지금이 가장 중요한 시기라는 것이다.

일본에는 쇼와 시대부터 초등학생에게 가르치는 '오아시스' 운동이란 게 있다. 오는 오하요 고자이마스[おはようございます(안녕하세요), お疲れ様でした(수고하셨습니다)], 아는 아리가토 고자이마스[ありがとうございます(감사합니다)], 시는 시츠레 시마스[失礼します(실례합니다)], 스는 스미마셍[すみません(죄송합니다)]을 의미한다. 이 운동은 서로에게 인사를 잘 하자는 취지에서 나온 것인데 미안함과 감사함을 늘 입으로, 말로 표현하라는 뜻도 담겨 있다.

일본의 교육은 자기 일은 스스로 하며 남을 배려하고 남에게 폐를 끼치지 말라는 원칙을 몸에 익히는 데서부터 시작된다. 어릴 적부터 단체나 집단의 규율과 규칙에 순응하도록 가르치는 가정과 학교의 엄격한 교육이 지금의 일본을 만든 것이다.

수업을 시작하기 전에 무릎을 꿇고 기다리는 애미짱에게 물었다.

"애미짱, 선생님이랑 있을 때는 다리 편하게 앉아도 돼. 안 아파?"

"괜찮아요. 익숙해져서……. 다른 사람과 함께 있을 때 더 자세를 바르게 하라고 엄마가 말씀하셨기 때문에 전 그냥 이대로 있을래요."

다리를 풀라고 한 내가 왠지 부끄럽게 느껴진 순간이었다.

장애아를 키우는 일본 엄마의 마음 자세

창밖엔 장대비가 쏟아지기 시작했다. 화정(가명) 씨를 만나기 위해 들어선 커피숍에선 은은한 커피 향과 흙냄새가 뒤섞여 초가을 분위기를 풍겼다. 실내는 늦여름을 잠재우려는 에어컨 바람으로 썰렁함마저 느껴졌다.

그녀가 만나자고 전화한 건 한 달 전이었다. 만나서 무슨 말을 할지 짐작이 되었지만 내가 먼저 말을 꺼낼 수는 없었다. 그녀는 호주 유학 중에 일본인 남자친구를 만나 결혼해 지금은 일본에서 살고 있다. 그리고 첫아이를 낳았는데 복합 장애를 안고 태어났다.

어느새 일곱 살이 된 아들 현우(가명)는 일주일에 세 번 물리치료를 받으러 다니는 것 외에는 집에서만 생활하는데, 항상 그녀가 돌보고 있다. 그녀는 내가 자원봉사를 하고 있는 장애인협회에 와서도 아이 걱정을 많이 했었다.

잠시 후 그녀가 카페 문을 열고 들어왔다. 따끈한 커피와 도넛을 주문한 다음 그녀와 그간 못다 한 이야기들을 나눴다. 어떻게 사는지, 요즘 협회 상황은 어떤지 등 이런저런 얘기를 나누다가 그녀가 본론을 꺼낸 건 만나고 나서 삼십 분이나 지나서였다.

"우리 현우를 앞으로 어찌해야 할지 모르겠어요. 초등학교에 들어갈 나이인데 남편은 특수학교에 보내자고 하고……. 하지만 저는 엄두가 나지 않네요."

“왜? 특수학교도 꽤 좋은데…… 커리큘럼도 잘 되어 있고…….”

“알잖아요. 잘할지도 걱정이고…….”

“무슨 말이야? 현우는 아주 양호한 편인데…… 더 심한 애들이 얼마나 많다고.”

“내가 지은 죄가 많아서…… 현우만 생각하면 한숨만 나오고……. 안 그러려고 하는데 자꾸만 못난 생각이 들 때가 많아요. 내가 아직도 우리 현우의 모습을 못 받아들이고 있는 것 같고……. 앞으로 나와 우리 아들 인생이 어떻게 될지 답을 못 찾겠어요.”

“화정 씨, 이곳 엄마들은 아주 당당하잖아. 아니, 부모가 당당하지 않으면 안 되니까 더 열심히 하는 거잖아. 애들에게 여러 세상을 보여주고 경험하게 하려고 얼마나 많은 프로그램에 참여하고 있는지 알잖아. 많이 힘들겠지만 현우를 있는 그대로 받아들이는 게 우선일 것 같아. 그리고 화정 씨…… 더 이상 죄스러워하지 마. 부끄러워하지도 말고. 장애가 무슨 죄야? 우리 작년에 아웃렛 갔을 때 옆 테이블에서 우동 먹던 가족 기억나지? 서른은 훌쩍 넘은 듯한 아들을 특수 휠체어에 태워서 비틀어진 양손을 붕대로 예쁘게 감아놓고 우동을 숟가락으로 차분히 먹여주는 거 봤잖아. 그렇게 사람들이 북적되는 푸드코트에서도 남의 시선을 전혀 의식하지 않고 얼마나 자연스러웠어……. 꼬마들이 신기한 듯 쳐다보며 지나가도 눈도 꿈쩍 하지 않고 도리어 말을 걸면서 자기 아들의 장애를 설명했잖아. 화정 씨도 그거 보고 현우 생각난다고 그랬잖아. 자신감을 가져. 그리고 이젠 현우의 장애를 온전히 받아들여. 그리고 죄값이네 천벌이네 뭐 그런 터무니없는 말은 그만하자."

일본 엄마들은 장애를 감추려 하지 않는다. 그리고 세상 사람들이 만들어놓은 기준과 다르게 살아가야 할 자신의 아이가 소외감과 고립감을 맛보지 않도록 하기 위해 애쓴다. 아이가 부족한 부분을 감추는 게 아니라 그 부족한 부분을 채워줄 무언가를 부모가 끄집어내서 훈련시켜주고 이끌어준다.

예를 들면 다운증후군을 갖고 태어난 딸을 유명한 서예가(가나자와 쇼코金澤翔子)로 키우기도 하고, 양다리가 없는 아이에게 보드를 끼워 킥보드 선수로 성장시키기도 한다. 최근에는 성격 장애와 자폐증이 심한 아들을 일러스트레이터(마쓰모토 신노스케松元伸乃介)로 성장시켜 세계 각국을 돌며 개인전을 할 수 있게 이끈 부모도 있었다.

그러기 위해서 부모들은 어릴 적부터 아이를 주의 깊게 관찰해 아이의 작은 움직임과 반응을 예민하게 관찰한다. 아이가 만지는 것, 움직이는 것, 보는 것, 듣는 것, 냄새에 반응하는 것들을 잘 분석해서 유난히 민감하게 반응하는 감각을 알아차리는 것이다. 그런 다음 아이가 흥미롭게 반응하고 강하게 욕구를 나타내는 것이 무엇인지 놓치지 않는다. 그리고 마지막엔 아낌없이 칭찬한다. 과하다고 할 만큼 끝없이 칭찬해주며 키운다. 그 아이가 장애를 갖고 태어난 건 마치 또 다른 행운인 것처럼 여기며 좌절하거나 움츠러들지 않는다. 오히려 슬퍼하며 우는 시간이 아깝다고 느낀다.

물론 장애아를 낳았다는 것에 처음엔 충격을 받지만 거기에서 멈추지 않고 아이들의 성장을 본인들 눈으로 확인하고 아이의 미래를 위해 계획을 세우고 방향을 모색한다. 즉 아이가 누려야 할 권리를 제대로 누릴 수 있도록 엄마가 인도하는 것이다.

내가 협회에서 봐왔던 장애아를 가진 한국 부모들, 특히 엄마들은 대체적으로 아이가 장애를 갖고 태어난 것에 대해 죄책감을 크게 느낀다. 그렇게 아이에 대해 미안한 마음이 앞서다보니 보호하고 숨기려 하고 부끄러워하는 경향이 강하다. 아이를 바라보면 가엾고 가슴이 아픈 것과 동시에 자신의 인생도 끝났다는 절망감을 느끼는 이들도 꽤 있다.

자녀의 장애를 처음 접하는 부모는 정신적으로 충격을 받고 부정하고 싶은 마음이 드는 게 사실이다. 특히 자녀의 성장을 보면서 학교 진학 시기, 취업 시기, 결혼 적령기에 들 때마다 부모는 고통에 가까운 아픔을 반복적으로 느끼게 된다. 하지만 아이가 가지고 있는 장점을 자원으로 삼아 적절한 치료 교육을 시키면서 부모와 아이가 함께 성장해

가야 한다.

화정 씨를 만난 그날도 자꾸만 작아지고 자신감을 잃어가는 그녀에게 엄마의 결정이 아이의 장래에 얼마나 중요한 영향을 끼치는지를 거듭 강조했다. 그렇게 화정 씨와 오랜 시간 얘기를 나누면서 우리는 힘들지만 함께 걸어가자고 약속했다. 화정 씨가 마음을 다잡고 함께 거리로 나왔을 때도 여전히 비가 내리고 있었다. 나는 빗속을 걸으며 그녀가 앞으로 걸어가야 할 길이 순탄치는 않겠지만, 현우를 위해서 또 그녀 자신을 위해서 힘을 내주기를 간절히 바랐다.

변해가는
일본의
노숙 형태,
홈리스 아저씨

어제부터 기온이 뚝 떨어졌다. 겨울 한파가 본격적으로 닥칠 거라는 기상청 뉴스가 아침저녁으로 보도되고 있다. 오늘 아침엔 거실에 설치된 가스히터를 켜야 할 정도로 냉기가 돌았다.

저녁 메뉴는 따끈따끈한 국물 요리를 할 요량으로 마트로 나서는데 바람이 생각보다 훨씬 매섭게 불어왔다. 매해 겨울이면 느끼는 이 바람은 섬나라인 탓인지 무척 차갑고 거칠고 쓸쓸하기까지 하다. 마트로 가는 길가엔 늘 같은 자리에서 박스 집을 짓고 사는 홈리스 아저씨가 있는데 오늘은 보이지 않는다. 짐만 놓인 채……. 실은 오늘까지 벌써 나흘째 모습이 보이지 않는다. 짐이 그대로인 걸 보면 멀리 가진 않은 것 같은데…….

괜한 오지랖이 발동하기 시작한 건 두 달 전, 어느 화창한 가을날 오후였다.

흔히 노숙자들은 유통기한을 넘긴 편의점 음식이나 누군가가 먹다 남긴 도시락을 먹는데, 이 아저씨는 그와 달리 끼니때마다 밥과 반찬을 깨끗한 그릇에 덜어서 먹었다. 어디에서 공수해 오는지는 알 수 없지만 내가 지켜본 바로는 일반 가정집의 음식들이었다. 게다가 이 노숙자는 외모도 상당히 깔끔한 편이었고 홈리스들 특유의 악취도 풍기지 않았다. 아침 출근길에 슬쩍 엿보면 세수와 면도를 말끔히 한 모습으로 신문을 읽고 있었고, 휴일 낮엔 역 근처에서 무언가를 열심히 줍고 밤이면 소형 라디오에서 흘러나오는 작은 소리를 놓치지 않으려고 라디오를 귀에 가까이 대고 있는 걸 자주 목격했다. 하루에도 몇 번이고 같은 길에서 마주쳐서 그랬는지 어느 날인가 그가 먼저 내게 인사를 건넸다.

그날 이후로 몇 번쯤 짤막한 대화를 나눴는데 언젠가부터 아저씨가 조금씩 조금씩 자신의 얘기를 털어놓기 시작했다. 마침 그날은 늦은 점심을 먹는 그에게 음식이 맛있어 보이는데 혹시 집이 가까우냐고 묻고 말았다. 아저씨는 뭔가를 들킨 사람처럼 흠칫 놀라면서 어떻게 알았느냐고 쑥스러워했다. 그런데 왜 나와 사느냐고까지 물을 뻔했지만 그날은 묻지 못했다. 최근 들어 이렇게 본가를 두고도 노숙을 택하는 이들이 눈에 많이 띄어서 늘 궁금했었다. 무슨 사연으로 나와 있을까…… 스쳐 지날 때마다 궁금증이 꼬리를 물었지만 꾹 참았다. 그러다가 다음번에 만났을 때 그가 읽고 버릴 만한 책이 있으면 자기에게 좀 달라고 부탁을 했다. 다음 날 나는 잡지와 함께 몇 권의 책을 그에게 주었다. 어딘가에 내다 팔 모양이라고 짐작했는데, 내가 지나갈 때마다 잘 읽고 있다며 책을 번쩍 들어 흔들어 보여주곤 했다.

그렇게 조금씩 친해지던 어느 날 저녁, 깨달음과 함께 빵을 몇 가지 사서 건네주었더니, 마침내 그가 집을 나오게 된 사연을 털어놓았다.

샐러리맨이던 그는 쉰 살이 넘어 퇴출을 당했다. 그뒤로 아르바이트와 일용직 일들을 몇 달간 하면서 집에 생활비를 얼마씩 보탰는데 원래 체력이 약한 탓에 꾸준히 일을 하지 못했고, 더 이상 생활비를 주지 못하는 상황이 되자 가족들이 눈총 아닌 눈총을 주었다. 애들 엄마와 아이들이 하나가 되어 자기를 무능한 자로 취급하며 무언의 구박을 주는데 자기가 쉴 만한 공간이 이제 없어졌다는 걸 느꼈다. 가족들 중 어느 누구도 자기를 직접적으로 탓하진 않았지만 그 침묵과 무관심이 그를 더 힘들게 했다.

일본에서도 홈리스는 흔하게 볼 수 있다. 내가 사는 곳의 역 앞에도 고정적인 터를 잡고 살고 있는 사람이 네 명이나 된다. 두꺼운 법학 책을 읽으며 하루 종일 중얼거리는 아저씨, 배가 남산만큼 나온 아저씨, 손에 늘 정종을 들고 있는 아저씨, 사시사철 어깨에 담요를 걸치고 돌아다니는 아저씨까지 밤거리를 잠자리 삼아 하루하루를 버티고 있는 것이다.

요즘 일본은 이들과 다른 형태의 노숙자가 늘고 있어서 사회적인 문제로 부각되고 있다. 젊디 젊지만 일하기 싫어서 빈둥거리는 이십대, 월세를 아끼기 위해 절약 차원에서 노숙을 택한 삼십대, 집보다는 노숙이 마음 편하다는 오십대까지 다양한 이유로 스스로 노숙자 생활을 선택하는 경우가 늘고 있기 때문이다.

2012년도 후생노동성이 실시한 도쿄 23구 홈리스 생활실태조사에 따르면 전체 홈리스의 평균 연령은 59.3세로, 연령층 분포도를 보면 삼십대 이하가 3.7퍼센트, 사십대가 11.8퍼센트, 오십대가 29.2퍼센트, 육십대 이상이 55.2퍼센트를 차지했다. 특히 오십대는 조기 퇴직을 권고당한 이들이 대다수를 차지했다. 몇 년 전부터는 넷토카페ネットカフェ(피시방)라 불리는 한 평 남짓의 개인 공간에서 생활하는 젊은층이 눈에 띄게 증가했다. 이 젊은 홈리스를 총칭하는 '넷토난민'이라는 신조어가 생길 정도로 이들의 사회적인 문제가 심각하다. 그들이 넷토난민이 된 가장 큰 이유로는 실직이 30퍼센트 이상을 차지했고 파산, 실업 상태가 26퍼센트, 질환이나 장애, 고령으로 인한 일자리 부족 등의 이유가 19퍼센트를 차지했다. 하지만 이렇게 통계적으로 드러나는 이유들뿐만 아니라 가정 안에서 밀려나와 어쩔 수 없이 홈리스가 될 수밖에 없는 상황도 우리가 살펴야 할 사회의 한 단면이 아닐까 싶다.

깨달음한테 아저씨가 어디에 갔을 것 같으냐고 물어보았다.

"아마도 추워서 바람을 막아줄 새로운 터전을 찾으러 다니는 게 아닐까? 아무리 추워도 본가에는 절대로 들어가지 않았을 거야."

나 역시 그가 집으로 돌아가진 않았을 거라고 생각했다. 아저씨에겐 가족의 침묵이 세상의 찬바람보다 더 매섭고 아팠기에 차라리 길거리의 삶을 택했으리라고 감히 짐작해본다. 크리스마스를 앞두고 추위가 점차 기승을 부리고 있다. 아저씨가 이 추위를 막아줄 따뜻한 곳에서 잃어버린 몸과 마음의 건강을 되찾았으면 한다.

일본인 친구 집에서 듣게 된 일본인의 뿌리

깨달음의 대학 동창인 가네코 상이 나를 자기 집으로 초대하고 싶다고 연락을 해왔다. 가네코 상은 모 대학 교수로 내 논문에 필요한 서적을 구해주기도 하며 늘 멀리서 응원해준 분이다. 그런데 갑자기 왜 나를 초대하는지 궁금해서 깨달음에게 이유를 물어보았다.

"글쎄…… 매년 우리 집에서 열리는 한국 요리 홈파티에 불러줘서 고맙고, 또 잊지 않고 김치를 보내주는 것도 감사하다며 당신을 초대하고 싶다던데?"

그분의 집은 도쿄에서 전철로 사십 분 거리에 있는 단독주택이었다. 건축과 출신답게 집 안의 인테리어가 색달랐다. 손님을 맞는 거실은 서재처럼 책장으로 장식되어 있고 그 책장은 위층으로 연결되는 사다리 역할을 겸했다. 또 가장자리엔 휴식을 취할 수 있는 일인용 소파가 편하게 자리 잡고 있어서 아이디어가 돋보였다. 주방 쪽 식탁 테이블에는 그의 부인이 준비한 음식들이 잔뜩 차려져 있었고, 그는 시원한 맥주와 잔을 챙기며 우리들에게 빨리 앉으라고 재촉했다.

술을 무척 좋아하는 그는 친구들에게 선물 받은 각국의 맥주를 우리들 잔에 따라주면서 어느 나라 맥주가 제일 맛있는지 시음해보라고 권했다. 그렇게 맥주를 한 잔씩 마시고 나니 이번에는 등뒤에 숨겨둔 청주 됫병을 꺼냈다. 그걸 본 부인이 "술 좋아하는 그이는 못 말린다니까요. 오늘은 집에서 마시는 거니까 맘껏 마셔보세요"라고 했다. 요리

하는 아내에게도 같이 한잔 하자고 잔을 들고 주방으로 가서 아내의 기분을 맞춰주는 모습이 참 보기 좋았다.

우리 부부 외에도 다른 동창생 부부도 뒤늦게 합류했고 드디어 본격적인 식사와 음주가 시작되었다. 늘 그렇듯이 현재의 정치와 경제 상황 그리고 건축계의 흐름에 대한 얘기가 오갔다. 서로 열띤 대화를 나누고 있는데, 가네코 상의 부인이 안주로 김치와 오이소박이를 내왔다.

"케이 씨가 오신다고 해서 슈퍼에서 샀는데 맛이 별로예요. 매번 얻어 먹다가 사서 먹어보니 케이 씨 김치가 얼마나 맛있는지 알겠더라고요. 케이 씨에게 절로 감사한 마음이 들었어요."

부인의 말을 듣고 있던 남편이 "여름철에 입맛 없을 때는 김치가 최고지!" 하며 거들었고, "다음에 김치 담그면 또 조금만 보내주세요" 하면서 얼굴 가득 미소를 띠고 술잔이 넘치도록 내게 술을 따라주었다.

그렇게 한국 음식에 관한 얘기가 화제에 올랐고, 한국 드라마 특히 사극을 보면 한일 관계의 역사가 그대로 보인다는 얘기가 이어졌다. 그러다가 어느덧 일본인의 핏줄로 주제가 바뀌었다. 가네코 상이 작년에 도쿄대와 종합연구대학원 측이 발표한 일본인 뿌리 찾기의 DNA 분석 결과 일본의 선조는 현대의 한국인과 DNA가 일치한다는 결과를 얻었다며 학생들에게 강의하듯이 차분히 설명하기 시작했다.

2003년에도 돗토리 대학 의학부 교수가 야요이 시대(기원전 3세기~

기원후 3세기)의 절터에서 발견된 야요이인의 유골로 미토콘드리아와 DNA 염기서열을 확인하는 과정에서 현대 한국인과 혼슈(본섬)의 일본인이 동일한 집단에 속한다는 결과를 얻었단다. 이 분석 결과는 중국 전국시대의 혼란을 피해 중국 대륙과 한반도에서 많은 사람들이 일본으로 옮겨와 야요이 시대가 시작되었다는 학설을 뒷받침한다고 했다.

또 도쿄대 의학부 인류유전학 교수가 인간유전자(게놈) 정보를 비교한 결과 일본 본토인과 가장 가까운 집단이 한국인과 중국에 거주하는 조선족으로 추정된다는 결론을 내리기도 했단다. 일본 본토인은 오키나와沖縄인이나 홋카이도北海道의 아이누족보다 한반도에 사는 한국인과 중국의 조선족과 더 가까우니 이 사실을 바탕으로 추정해보면 몽골과 중국 동북부에서 한반도를 거쳐 일본 열도 중앙부에 진출한 집단이 현재 일본 본토인의 뿌리라는 것이다. 지금의 일본인은 일본 열도의 토착민인 죠몬인縄文人과 한반도에서 건너온 야요이인 사이에 혼혈을 거듭해 생겨났으며 이 '혼혈설'을 뒷받침하는 것 중의 하나로 한국인과 일본인의 DNA 유사성이 입증되었다며 열변을 토했다.

그러면서 그는 우리들의 얼굴을 유심히 바라보더니 아이누족처럼 윤곽이 뚜렷한 서양인 쪽 얼굴이 아니라 남방계 얼굴이니 분명 우리는 한국 피를 더 많이 받았다며 지금부터라도 한국에 관심을 갖고 이번 기회에 한국어도 배워야 하지 않겠느냐며 농담 반 진담 반으로 얘기했다. 또 자기 성이 김으로 시작되는 가네코金子인 걸 보면 자기 조상은 김씨 성을 가진 한국인이었을 거라고 확신하게 된다고 했다. 그들이 한국인의 성을 그대로 갖고 살 수 없어서 김씨 성에 한 글자를 더 붙여 일본식으로 사용하지 않았을까 추측한단다. 가네코金子, 가나모리金森, 가네다金田, 가네가미金上처럼 '김'으로 시작되는 성씨는 모두 한국의 김씨 성에서 온 것이 분명하다는 것이다.

그래서인지 자기는 한국 음식을 먹을 때마다 알 수 없는 따뜻함이 느껴지고 특히 된장찌개를 먹으면 마치 어릴 적부터 먹어왔던 음식처럼 몸과 마음이 포근해진다고 했다. 그리고 아마도 그건 은연중에 자기 선조는 한국인이라는 생각을 갖고 있기 때문에 그런 마음이 든 것이 아니겠느냐며 말끝을 흐렸다.

잠시 침묵이 흘렀다. 그때 조용히 듣고 있던 깨달음이 자기가 공부했던 한국어 교재와 테이프, CD를 줄 테니 한번 공부해보라고 권유하자 가네코 상이 꼭 보내달라며 활짝 웃었다.

아마도 가네코 상이 나를 초대한 건 이런저런 자기 얘기를 하고 싶어서가 아니었을까 하는 생각이 들었다. 자기에게도 한국인의 피가 흐르고 있다는 것을 한국인인 내 앞에서 말하고 싶었던 건 아닐까. 우린 청주 됫병이 모두 비워질 때까지 술잔을 연거푸 비우며 그 뒤로도 오랫동안 이야기꽃을 피웠다.

일본이 잃어가고 있는 것

닭꼬치가 유명한 곳을 찾았다. 닭꼬치 외에도 메뉴가 풍부해서 남녀노소 불문하고 인기가 많은 곳이다. 유명한 만큼 예약하기도 힘들었는데 이른 시간이면 예약이 가능하다고 해서 깨달음이 일부러 일찍 퇴근하고 와 즐거운 마음으로 가게에 들어섰다.

우리의 예약석은 바로 입구 쪽 자리였다. 손님들이 계속해서 들어오고 우리 옆자리에서는 아빠, 엄마와 다섯 살가량의 딸아이가 한창 식사를 하고 있었다. 음식을 주문하고 먼저 시원한 생맥주로 목을 축이는데 자리에 앉을 때부터 조금 걱정했던 게 현실로 다가오기 시작했다. 옆자리의 꼬마가 의자에 반쯤 누운 상태로 두 발을 유리문에 대고 두들기며 장난치고 있었기 때문이다.

꼬마는 유치원 재롱잔치를 하는 듯 큰 소리로 노래를 부르기 시작하더니 발바닥으로 장단을 맞췄다. 원피스를 입었는데도 다리를 올린 채 속옷을 다 드러내고 "아빠, 이것 봐. 다리가 여기까지 닿아" 하면서 깔깔 웃었다. 그걸 본 아빠는 "스고이네(대단해)" 하면서 꼬마의 사기를 북돋아주었다. 지나가는 손님들이 쳐다보며 인상을 찌푸렸지만 그들은 아랑곳하지 않았다. 아이는 쉬지 않고 노래를 불렀고, 가게 안은 온통 아이의 노랫소리로 쩌렁쩌렁 울렸다.

내가 점점 거슬려하자 깨달음이 작은 목소리로 "이상하게 당신 옆에 아이들이 붙네. 비행기를 타도 그렇고, 전철을 타도 꼭 당신 주위에 애들이 있는 것 같아. 당신이 아이를 좋아해서 아이들이 당신만 따라다니는 거 아냐?"라고 했다. 그러고 보면 유난히 내 주변에는 아이들이 많았던 것 같다. 하지만 지금은 그런 소리에 웃고 넘어갈 계제가 아니었다. 나는 "아이들을 무지무지 좋아하는데 저렇게 부모가 아무 생각 없이 키운 아이는 이 세상에서 제일 싫어"라고 좀 격하게 말해버렸다.

그 뒤로도 아이의 노래와 발장난은 계속되었고, 이번에는 엄마 쪽으로 오더니 들고 있던 풍선으로 입구에 오가는 손님들을 툭툭 건드리면서 하나, 둘, 셋 하며 숫자를 셌다. 그런데도 엄마 아빠는 아이에게 하지 말라는 소리 한마디 하지 않았고, 음식을 남기면 아까우니까 다 먹고 가야 한다면서 남은 음식들을 서로 한 점씩 권하며 식사에 열중할 뿐이었다. 나는 자기 아이가 손님들에게 민폐를 끼치고 있는 걸 뻔히 알면서도 저렇게 내버려두고 있는 게 도무지 이해되지 않았다. 두 사람 모두 일본인인데 왜 이렇게 나 몰라라 하는 건지 신기하기까지 했다. 보다 못한 깨달음이 옆눈길로 계속해서 부모에게 신호를 줬지만 전혀 변함이 없었다.

일본에서 생활한 지 십오 년을 넘기고 보니 여러 모습들을 볼 수 있었다. 십 년이면 강산도 변하듯 일본도 변해가고 있음을 새삼 느끼고 있다. 예전엔 조금만 부딪혀도 서로가 먼저 "고멘나사이(미안합니다)"

하고 사과했는데 몇 년 전부터 그런 사과도 많이 줄어들고 있다. 버스나 전철 안은 늘 이상할 만큼 조용했는데 이제는 큰 목소리로 옆사람과 잡담하거나 이어폰에서 새어 나오는 노랫소리를 자주 들을 수 있다.

일본에서는 백화점, 레스토랑, 술집을 비롯해 어느 서비스업에 종사하든 종업원들이 과하다 싶을 정도로 친절하고 늘 손님 입장에서 배려하는 이미지가 강한데 최근에는 종업원들이 손님에게 싫은 소리를 하거나 손님의 요구에도 귀찮은 기색을 노골적으로 드러낼 때가 있다. 외국 관광객이 늘어나서 거기서 오는 스트레스가 서비스의 질을 떨어뜨리는 한 요인이 되고 있다는 어느 심리분석가의 해석도 있었다. 하지만 아직까지 유치원에서 아이들에게 철저하게 가르치는 것이 배려하는 마음과 남에게 민폐를 끼쳐서는 안 된다는 것이다. 그런데도 저렇게 엉망인 아이들이 요즘 부쩍 눈에 띄는 것은 교육의 문제라기보다는 부모가 제대로 자신의 역할을 못 하고 있기 때문이라는 생각이 들었다.

특히 공공장소에서는 철저하리만큼 지켜졌던 '민폐 끼치지 않기'가 조금씩 흐트러지고 있는 걸 자주 느낀다. 전철, 식당, 영화관, 온천, 병원 등 어딜 가나 큰 소리를 지르며 뛰어다니는 아이가 있다. 그런 아이가 보이면 일본인들은 그 아이의 부모부터 먼저 살핀다. 자기 아이가 떠드는 것에 대해 주위 사람들에게 미안해하는 기색을 보이는지 아니면 아이니까 당연하다는 듯 내버려두는지를 보는 것이다. 이렇게 부모의 태도를 살피는 건 아이니까 어쩔 수 없는 부분도 있겠지만 부모가 조금은 미안해하기를 바라기 때문이다.

올 초에는 전철 안의 베이비카 문제가 사회적인 이슈가 되기도 했다. 예전엔 전철을 탈 때 아이를 안고 베이비카는 따로 들고 탔는데 요즘엔 아이를 태운 채 타거나 베이비카니까 좀 양보하라는 듯한 태도를 보이기도 한다. 또 베이비카는 방치해둔 채 엄마들끼리 잡담하거나 휴대폰을 만지작거리는 경우도 많아서 승객들의 눈살을 찌푸리게 하기도 한다. 저출산으로 인해 일본도 인구 감소가 심각해지다보니 자식이 귀하고 귀하다. 물론 그것이 이유의 전부는 아니겠지만 '민폐 끼치지 않기' 개념이 조금씩 희박해지고 있는 것만은 분명해 보인다.

지난주에는 전철 안에서 여섯 살가량의 남자아이가 깨달음의 발을 밟고서도 그저 얼굴만 한 번 쳐다보자 아이의 엄마가 먼저 죄송하다고 말했다. 그러고 나서 "전철에서 남의 발을 밟거나 부딪혔을 땐 미안합니다"라고 말하는 거라고 엄하게 꾸짖으니 아이가 "고멘나사이" 하고 고개를 숙였다. 이처럼 아이들에게 변함없이 예절 교육을 시키는 이들이 있는 반면 남의 눈을 의식하지 않고 자유롭게 아이를 키우는 이들도 조금씩 늘어가고 있다. 어느 나라보다 남의 눈을 의식하고 조심하며 살아온 일본인들의 의식이 점차 변해가고 있는 것이다.

닭꼬치 가게를 나오면서 깨달음이 한마디 했다.

"부모가 문제야. 유치원과 레스토랑을 구별할 수 있게 가르쳐야 하고 해야 할 일과 해서는 안 될 일을 분별시켜야 하는데 요즘 부모들은 그 교육을 잘 시키지 않는 것 같아. 세상이 변하니 부모들도 변하는 모양이야. 어쩔 수 없는 노릇이지. 예전에는 눈으로만 주의를 줘도 통하는 세상이었는데 지금은 그것도 통하지 않는 것 같아."

일본은 어릴 적부터 남에게 폐를 끼치지 않도록 교육과 실천을 철저히 병행해왔다. 그런 교육이 바탕이 되어서 일반적인 사회 분위기도 여느 선진국에 비하면 친절과 배려가 많이 배어 있는 편이라 선진 시민으로서 배울 점이 많은 게 사실이다. 그런데 요즘 그 색깔이 조금씩 엷어지고 있다. 나는 비록 외국인의 입장이지만 여러 해 동안 지켜본 일본의 좋은 습관과 풍습이 조금씩 무너지고 있는 것 같아 안타까울 따름이다.

일본
실버타운의
실태

"깨서방은 괜찮으냐? 걱정이 많겄다……. 시아버지 연세가 올해 어떻게 되냐?"

"엄마도 알고 계시네. 다음 달 11일이 92세 생신이셔."

"어찌냐, 연세를 많이 드시기는 했네. 퇴원은 언제쯤 하신다냐?"

"지금은 많이 좋아져서 이번 주 중에 퇴원하실 것 같아."

"근디…… 누가 옆에 있냐?"

"아니, 어머님도 다리가 불편해서 하루에 한 번씩밖에 못 가시니까 도우미 아줌마가 24시간 옆에 있고, 서방님도 매일 가서 보고 있어."

"오메…… 니기 시아제가 고생이 많네. 깨서방도 걱정이 많지?"

"응, 날마다 전화드리고 있어. 이번에 그냥 실버타운에 모시자고 서방님이랑 얘기하더라고."

"실버타운? 노인들 사는 데?"

"응, 어머님 무릎이 많이 안 좋아서 이제 두 분이 식사하고 집안일 하는 게 무리인 것 같아. 어머님이 걸음을 많이 못 걸으셔……."

"오메, 어찌끄나……. 깨서방에게 위로 많이 해주고 너라도 시간 나면 시댁에 가고 그래라. 돌아가시믄 다 소용없응께. 지금 살아 계실 때 자주 찾아뵙고 위로도 해드려라잉~"

"이번 주에도 갈 거야. 실버타운 알아보러……."

"그래…… 좋은 데로 잘 골라서 좀 편하게 지내시라고 그래라."

엊그제 시어머님도 잠시 입원을 하셨다고 했다. 무릎에 물이 너무 차올라 걸을 수가 없어서 물을 빼기 위해 병원에 간 김에 서방님이 그냥 단기 입원을 시켜드렸단다. 집에 돌아가더라도 혼자 아픈 다리로 움직이는 게 안 좋을 것 같아서 택한 것인데 어머님이 의외로 아주 편안해하셨단다. 그래서 두 형제가 긴 통화를 했고 이번 기회에 두 분을 '노인의 집'에서 살도록 권유하기로 했다. 퇴원하면 바로 들어갈 수 있게 빠르게 추진하자면서……. 사실 두 분 중 어느 한 분이 먼저 하늘나라로 가시면 혼자 남은 분은 실버타운으로 갈 거라고 예전부터 얘기했었는데, 상황이 이렇게 됐으니 두 분 모두 함께 모시는 게 좋겠다고 결론을 내린 것이다.

일본에도 실버타운이라 불리는 곳이 분명 있지만 보편적으로는 '노인의 집老人ホーム'을 총괄해서 실버타운이라고 칭한다. 노인의 집은 크게 두 가지 형태로 분류한다. 즉 간병이 주된 서비스로 포함된 간병 타입과 주거를 목적으로 하는 주택형 타입으로 나뉘는데 두 곳 모두 유료 시설이다. 그곳에서 이루어지는 공동 서비스는 식사, 액티비티, 주변 생활 지원, 건강 관리, 생활 상담이 있고 간병 노인홈은 의사와 간호사가 충실하다는 점 외에는 같은 시스템으로 운영되고 있다. 주택형 노인홈은 필요에 따라 의료 팀의 출장 서비스가 포함되지만 대부분은 신체적으로 건강한 이들이 많이 거주한다.

지금 우리 시부모님은 간병이 잘 짜인 노인의 집으로 갈 확률이 높다. 아버님이 퇴원하면 음식 관리도 철저히 해야 하는데, 거동이 불편한 어머님이 아버님의 수발을 들기가 어렵고, 음식 준비를 하기도 곤란하니 식사도 편히 할 수 있고 의료진의 보살핌도 가능한 곳으로 모셔야 할 때인 것이다.

일본에서 노인의 집을 선택할 때 고려하는 중요 포인트로는 입지 조건이 첫 번째이고, 두 번째가 한 달 이용 금액, 세 번째가 일시금(입주 시 드는 초기 비용)으로 나타났다. 입지 조건을 우선으로 꼽은 이유 중 하나는 자녀들이나 친인척이 왕래하기 편하려면 전철역과 가까워야 하기 때문이다. 그 외에는 편의 시설이나 공원, 산책로가 있는 곳 혹은 자기가 살던 집과 거리상으로 멀지 않은 곳을 원했다. 초기 비용의 일시금과 보증금(퇴거 시 되돌려줌)은 미리 내는 경우가 일반적이지만 요즘은 경제적으로 부담을 느끼는 노인들이 많아서 금액이 점점 적어지고 있는 추세라고 한다. 한 달에 소요되는 비용은 간병의 레벨에 따라 다소 차이가 있는데, 예를 들어 건강 레벨 3의 중증 치매 환자일 경우 방세, 관리비, 식비, 생활 잡비, 간병 서비스 비용을 합산해 20만 엔(약 220만 원)을 약간 웃돈다.

우리가 찾아갔던 시댁과 가까운 노인의 집은 두 곳이었는데 두 곳 모두 대략 보증금은 10만 엔, 한 달 이용료는 14만 엔(약 150만 원)의 비용이 들었다. 그 외 부수적으로 의료비와 곁에서 수발하는 정도에 따라 비용이 조금씩 달랐다.

일단 시부모님 두 분을 노인의 집에 모시기로 결정했는데, 한 가지 걱정되는 건 아버님이 워낙 집을 좋아해서 거주지를 옮기려고 할지 여부였다. 아버님을 설득하는 건 깨달음이 맡기로 했다. 그리고 이번에 시댁에 가서 두 분의 재산이 얼마나 되는지도 형제가 알아보기로 했다. 매월 지불해야 할 노인의 집의 방세를 언제까지 감당할 수 있는지 아니면 자식들이 보태야 하는지도 현실적으로 계산해보기 위해서였다. 조금 늦은 감이 있지만 아버님의 입원을 계기로 노후를 편안하고 행복하게 보내길 바라는 두 아들의 움직임이 본격적으로 시작되었다.

최근 이십 년 사이 일본의 고령화는 급격히 진행되고 있다. 2014년에 실시한 일본 총무성 조사에 따르면, 현재 인구(외국인 포함)는 전년도 대비 24만 6천31명이 감소했고, 전체 인구는 1억 2천843만 8천348명이며, 그중 65세 이상 노년 인구가 24.7퍼센트를 차지하고 있다. 이처럼 저출산에 고령화가 심각해지고 핵가족화와 맞벌이가 늘어나면서 요즘은 부모를 대신해 할머니, 할아버지를 간호(간병)하는 젊은 세대가 늘고 있다. 사정이 이렇다보니 아베 내각은 할머니, 할아버지를 돌보는 젊은 세대의 부담을 줄이기 위해 외국인 노동자의 대량 수용을 장기 계획(50년 후)으로 추진 중이라고 한다.

한국이나 일본 할 것 없이 고령화 대책을 어떻게 세워야 모두에게 최선이 될지가 사회적 문제로 떠오르고 있는 듯하다. 건강이 악화되고 나이가 들어서 거동이 불편해진 우리의 부모를, 우리의 할머니 할아버지를 과연 누가 돌봐줄 것인가. 어쩔 수 없이 책임져야 할 젊은 세대도, 어쩔 수 없이 자식들에게 신세를 져야 할 부모 세대도 참 슬픈 삶의 단상이다.

마지막을
미리 준비하는
일본의
고령자들

자원봉사를 하다보면 장애인 가족뿐만 아니라 연로한 독고 노인들을 찾아뵐 때가 있다. 그중엔 자식들이 있지만 출가시킨 후부터 고령이 될 때까지 부부만 사는 이들이 많다. 오늘 우리 팀이 찾은 곳은 도쿄에서 조금 벗어난 외곽으로 서민 아파트가 많은 곳이다. 오늘 방문에는 목적이 있었다. 요즘 일본은 노인들의 고독사가 점점 늘어나고 자식들이 있음에도 불구하고 무연고자로 사망 처리하는 경우가 늘고 있어서 지난달에 모든 노인 가정을 방문해서 엔딩노트를 배부했었다. 오늘은 그 엔딩노트의 효과를 조사하고 도움을 주기 위해서 온 것이다.

우리가 도착하자 할머니가 더운데 찾아와줘서 고맙다며 시원한 녹차를 내주었다. 할아버지는 소파에 앉아 신문을 읽고 있다가 옆에 놓인 지팡이를 짚고 우리 쪽으로 다가왔다. 잘 지내고 계신지 기본적인 생활 앙케트를 진행하고 불편한 건 없는지 애로 사항도 체크하는데 할머니가 우리에게 보여줄 게 있다며 안방으로 들어가셨다. 잠시 후 엽서 한 장을 가지고 오셨는데, 장례식장 견학 및 상담회가 있음을 알리는 엽서였다.

할머니는 일 년 전에 등록을 해두었는데 이번 상담회는 집 근처에서 하기에 한번 가볼 생각이라며 장소가 헷갈리니 확인을 좀 해달라고 부탁했다. 엽서를 찬찬히 살펴보니 비슷비슷한 이름의 장례식장과 안치소, 그리고 상담회 장소가 지도로 표시되어 있는데 내가 봐도 약간 헷갈리게 그려져 있었다. 우리 팀의 상무님이 태블릿으로 장소를 확인해 A4 용지에 알기 쉽게 약도를 그리고 전화번호도 큼직하게 적어주었다. 걸어서 그곳까지 가려면 이십 분 이상 걸리니까 택시를 타고 가는 게 좋겠다고 하자 운동 삼아 천천히 걸어갈 거라고 했다.

옆에서 듣고 있던 할아버지가 장소가 어딘지 다시 물으면서 행여나 할머니가 당신보다 먼저 세상을 떠나면 혼자 남은 당신이 뒷정리를 해야 하니까 알아둬야 한다고 했다. 만약 두 분에게 무슨 일이 생기면 바로 우리에게 전화하라며 상무님이 자신의 전화번호를 알고 있는지 몇 번이나 확인했다. 그러자 할머니가 당신들의 자식 얘기를 꺼내며 혹시 무슨 일이 생기면 자식에게 전화를 해야 하는데 서로 연락하지 않고 산 지가 몇 년이나 됐는지 기억도 나지 않는다고 했다. 그래도 남은 자식들에게 민폐를 끼쳐선 안 되니까 행여나 누구 한쪽에게 무슨 일이 생기면 상무님께 미리 전화하겠다고 했다. 혹시 만에 하나 아들들과 연락이 안 되면 기다리지 말고 아주 간소하게 장례식을 부탁한다고 당부하면서…….

"아드님은 언제 보고 안 보셨어요?" 하고 실장님이 물었다.

"아마 십 년은 됐을 거야" 하고 옆에서 할아버지가 얼른 대답한다.

"아드님과 정말 연락이 안 되면 곤란한데…… 전화번호는 그대로인가요?"

"응…… 삼 년 전에 해봤더니 받기는 받았어."

"사이가 안 좋으셨어요?"

"아니…… 그냥 결혼해서 자식들은 자식대로 살고 우리는 우리대로 사는 거지 뭐……."

"많이 보고 싶으시죠?"

"무소식이 희소식이라고 생각하지 뭐……."

"아드님이 교직에 있다고 하셨죠?"

"응, 우리 아들이 공부를 잘했어. ○○대학 나왔거든……."

"이젠 자주 전화해서 얼굴도 좀 보여달라고 하면 좋을 텐데……."

"아니야, 많이 바빠. 그리고 이젠 우리가 아들에게 해줄 게 없잖아. 그러니까 신세 지지 않고 조용히 살면 돼. 죽는 일밖에 안 남았는데 뭘……."

두 분이 번갈아 가며 얘기하는데 얼굴이 아주 편해 보여서 보기 좋았다.

남겨줄 재산이라고는 이 허름한 아파트뿐이니 이 아파트를 처분해서 부족한 장례 비용으로 써주고 연금을 받는 통장에 아주 적지만 몇십만 원 남아 있으니 그것도 정리해달라며 아들에게 마지막까지 폐를 끼치지 않을 수 있어서 참 다행이라고 했다.

상무님이 "왜 벌써 그런 소릴 하세요……. 이런 얘기는 물론 우리들에게 해도 좋지만 아드님께도 한번 하시는 게 나을 거예요"라고 했다. 그리고 예전에 방문했을 때 드렸던 엔딩노트에 은행 계좌, 보험, 신용카드, 장례 형식, 상속 내용까지도 적어두고 장례식에 불렀으면 하는 친척들과 오지 말았으면 하는 친척들의 이름도 적어두는 게 좋을 거라고 알려드렸다.

"형식은 따지지 말고 조금씩 조금씩 적어보세요."

"알았어. 그렇게 할게."

그리고 상무님이 좀더 현실적인 이야기를 덧붙였다.

"혹시 응급실에 가게 되면 생명 연장 조치를 할 것인지, 병원에서 마지막을 맞이할지, 집에서 보낼지도 적어야 해요."

두 분은 조용히 고개만 끄덕이더니 "무엇보다 우리가 떠난 후에 자식들이 괜히 우리 때문에 불편하지 않았으면 하는 바람뿐이야"라고 했다.

집을 나오면서 건강하시라고 내가 한 번씩 두 분을 안아드렸더니 두 손을 모으고 고맙다며 고개를 숙였다. 그러곤 잠깐만 기다리라면서 거실에서 주스 캔을 가져와 건네주었다. 상무님과 하나씩 마시라며 줄 게 이것밖에 없다고 부끄러워했다. 그렇게 주스 캔을 하나씩 받아들고 집을 나서며 세상 어느 부모나 자식을 향한 마음은 다 똑같을 것인데 마지막 가는 길까지 민폐를 끼치지 않으려는 이분들의 마음 자세가 참

담담하면서도 깔끔하게 보였다.

일본에서는 이렇듯 부모 자식 간에 몇 년간 연락을 끊고 지내는 경우가 의외로 많다. 특별한 이유가 있어서라기보다 독립한 자식들은 자식들대로, 부모는 부모대로 서로에게 짐이 되지 않는 관계를 유지하며 살아가려고 한다. 만 20세에 성인식을 치른 자식은 부모로부터 독립하는 경우가 대부분이고, 부모는 결혼을 계기로 자식을 완전한 독립체로 인정하여 떠나보낸다. 한 개인으로서 자신의 삶을 온전히 책임질 수 있도록 자식의 자립에 적극적이다. 어찌 보면 씁쓸한 부모 자식 간의 관계이지만 이것 또한 일본인들의 개인주의적 성향이 낳은 사회의 단면이 아닐까 싶다.

Coffee
豆
ZOU
蔵
コーヒー
Specialty Coffee

일본은 섬나라라는 지리적인 특성 때문에 거의 외부와의 접촉 없이 지역 공동체를 이루며 인간 관계를 형성해왔다. 그러다보니 조직 내에서 돌출된 행동이나 눈에 띄는 행동을 하지 않으려고 애썼고, 혼네(본심)와 다테마에(명분, 가식)의 구별이 생겨났으며, 남에게 피해를 끼치지 말아야 한다는 메이와쿠迷惑(민폐) 문화가 자리 잡았다.

깨달음은 종교가 뭐냐고 물으면 불교라고 대답하면서도 어디를 가든지 신사가 보이면 꼭 인사를 하러 간다. 심지어 자신의 지갑이나 가방 속, 그리고 책상에도 알 수 없는 오마모리(부적)를 붙여놓는다. 깨달음뿐만 아니라 대다수의 일본인들은 종교에 관대하고 여러 종교를 상황에 따라 적극적으로 수용하는 특징을 보인다.

일본에서도 홈리스는 흔하게 볼 수 있다. 요즘은 통상의 홈리스와는 다른 형태의 노숙자가 늘고 있어서 사회 문제가 되고 있다. 젊지만 일하기 싫어하는 빈둥거리는 이십대, 월세를 아끼려고 노숙을 택한 삼십대, 집보다 노숙이 편하다며 집을 두고 거리로 나온 오십대까지 다양한 이유로 노숙자 생활을 선택한다.

일본에서 '밥과 잘 어울리는 반찬' 인기도 조사에서 김치가 4위를 차지했다. 특히 젊은층이 김치를 좋아하는데, 그들이 단무지를 제치고 김치를 선택한 이유는 김치를 이용해 부침개, 찌개, 볶음, 만두까지 다양한 요리를 만들 수 있고, 김치 하나만으로도 충분히 밥 한 그릇을 비울 수 있기 때문이다.

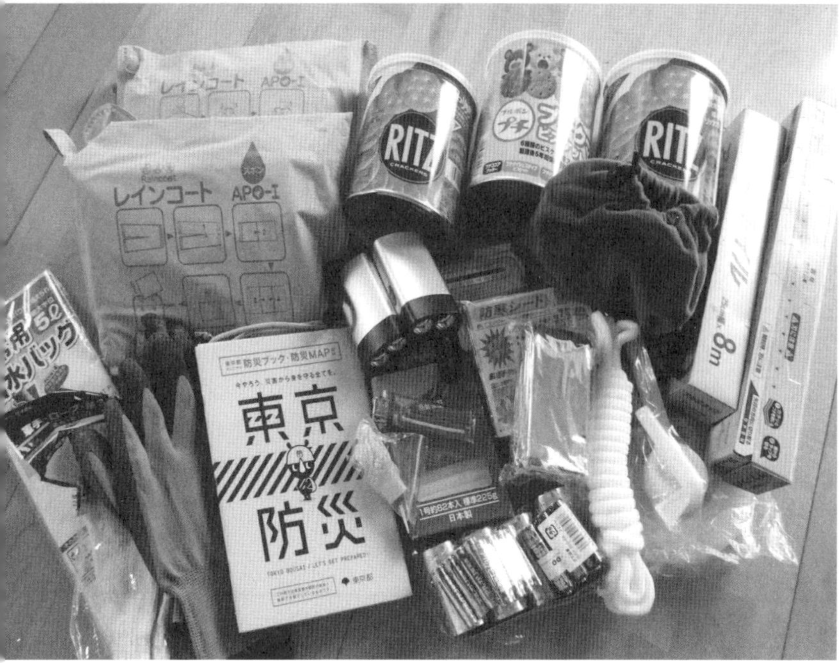

2011년 동일본 대지진 이후 일본의 각 가정에서는 비상용품을 넣은 배낭을 구비하고 있다. 중요한 비상용품으로는 물, 전등, 건전지, 비상식, 비옷, 손장갑, 수동식 라디오, 랩, 호일, 응급치료 세트, 마스크, 휴지, 등산용 나이프, 물티슈 등이다.

3부

가깝지도 멀지도 않은 한국과 일본

일본 여성이 반한 한국 남자의 행동

오랜만에 스포츠센터에 갔더니 예전부터 알고 지내던 하리모토 상이 반갑게 맞아주었다. 날 보자마자 왜 이렇게 살이 빠졌는지, 머리는 왜 잘랐는지, 왜 센터에 자주 나오지 않았는지 숨도 쉬지 않고 이것저것 물어왔다. 날 만나려고 매일같이 이 시간대에 왔다며 내게 할 말이 많은 것 같았다.

"저 요새 한국어 다시 배우기 시작했어요. 와세다 대학 쪽에 소수 정예반의 학원이 생겨서 일주일에 한 번씩 듣고 있어요."

하리모토 상은 삼십대 중반의 미혼 여성으로 케이팝이 좋아서 한국에 관심을 갖게 됐다. 처음엔 독학으로 한글 공부를 하다가 작년부터 자신에게 맞는 학원을 찾고 있었는데 이번엔 제대로 된 학원을 찾은 모양이었다. 장마철 날씨, 회원들의 근황 등 소소한 얘기들이 오가다가 그녀가 그토록 나를 기다리면서 하고 싶었던 말을 마침내 꺼냈다.

이야기인즉 우연한 기회에 한국 남자를 알게 됐는데 그 남자의 마음을 모르겠다는 것이다. 그를 처음 만난 건 친구가 운영하는 미용실에서다. 그곳에서 근무하는 남자인데 아직 정식으로 사귀자는 말은 하지 않았지만 세 번 정도 데이트 비슷한 걸 했다고 한다. 처음엔 물건을 받으러 거래처에 같이 갔다가 오는 길에 간단히 식사를 했다. 그다음엔 미팅 준비를 하느라 함께 차를 마셨다. 그리고 세 번째는 시장조사를 위해 오전부터 저녁까지 꽤 긴 시간 동안 함께 돌아다녔다. 그런데 그 남자의 행동이 자기를 혼란스럽게 한다며 지금까지 그를 만나면서 있었던 일들을 털어놓기 시작했다.

거래처에 가던 날, 감기에 걸렸는지 머리가 아프다고 했더니 자기 이마에 갑자기 손을 대고는 열은 별로 없는 것 같다며 꼭 약을 챙겨 먹으라면서 약국에 데리고 갔다. 지금까지 부모님 빼고 자기 이마에 손을 갖다대며 열을 체크해준 사람은 그 남자가 처음이었다. 비가 내리던 날에는 자기에게 춥지 않느냐며 점퍼를 벗어 걸쳐주었다. 그날 밤은 계속해서 그 남자의 말투와 행동이 떠올라 떨려서 잠도 못 이룰 정도였다. 분명 자기에게 좋은 감정을 갖고 있다는 느낌이 들었지만 괜히 혼자 좋아하는 거라면 우스워질 것 같았다. 더욱이 한국 남자들은 모든 여자들에게 친절하다는 말을 들어서인지 그의 행동이 진심인지 단순한 친절인지 쉽게 구분되지 않았다. 또 식당에서 계산할 때도 남자가 좀 더 내는 거라면서 70퍼센트 이상은 꼭 자기가 내려고 하는 통에 미안하면서도 한편으로는 고마워서 어찌할 바를 몰라 쩔쩔맸다. 지난주에는 그녀가 좋아하는 '동방신기' 사진을 건네주기까지 했다.

"그가 그렇게 친절하게 대해주면 너무 행복하고 확실히 그에게 끌리고 있다는 걸 느껴요. 그런데 저는 외국인과 사귄 적이 없어서 왠지 겁이 나네요. 그 남자를 좋아해도 될까요? 혹시 한국 남자 특유의 친절을 저 혼자 착각하고 있는 걸까요? 도통 모르겠어요."

그러면서 하리모토 상은 나에게 냉정하게 말해달라며 간절한 눈빛으로 나를 쳐다보았다. 막 내가 대답을 하려는 찰나 그녀의 질문이 다시 쏟아졌다.

"그가 한국 남자라서 친절한 건지, 아니면 '선수'라서 친절한 건지 모르겠지만, 저는 벌써 그 남자한테 마음을 많이 뺏긴 것 같아요. 어떡하면 좋죠? 그 사람을 좋아할수록 불안감도 커져요. 일본 남자한테서는 이런 친절함과 자상함을 못 느껴봤거든요. 그가 나를 지켜주고 있다는 걸 느낄 수 있어요. 하지만 아직 나를 좋아한다는 말은 듣지 못했어요. 사귀자는 말도 없고요. 그는 도대체 어떤 마음일까요?"

"하리모토 상이 좋아하는데 뭘 불안해해요? 국적에 상관없이 한 사람의 남자로서 끌리면 인연이 아닐까요? 마음 가는 대로 움직여봐요."

"주위 친구들도 밀고 나가라고 하더라고요. 솔직히 불안하면서도 그 남자를 놓치고 싶지 않아요. 그런데 만에 하나 저만의 착각이라면 너무 창피할 것 같아요. 한국 남자는 혹시 여자가 먼저 사귀자고 하거나 좋아한다는 말을 하면 싫어하나요?"

"글쎄요. 상대에 따라서 다르겠지만 하리모토 상에게 그 정도의 행동을 보였다면 분명 그 남자도 마음이 있는 것 같아요. 그러니 두려워하지 말고 밀고 나가요!"

기대했던 긍정의 말이 떨어지자마자 얼굴에 함박웃음을 보이는 그녀가 참 귀엽게 보였다.

"한국어 수업은 일주일에 한 번 나가고 있는데 이제부터 횟수를 좀 늘려야겠어요. 오늘 케이짱과 얘기를 나누고 나니까 왠지 모를 자신감이 불끈 생겼어요. 고마워요."

그리고 마지막으로 혹시 한국 남자들이 좋아하는 옷차림이 있으면 알려달라고 했다.

"그냥 지금 모습 그대로 보여주는 게 하리모토 상의 순수함이 돋보여서 좋은 것 같은데요?"

사실이기도 하고 격려해주는 말이기도 했지만 그녀는 얼굴까지 빨개지며 부끄러워했다.

작년부터 일본에서는 정치적인 이유를 포함해서 한일 관계가 냉랭해지고 있는 게 현실이다. 하지만 하리모토 상 주변의 친구들 가운데도 한국 남자와 사귀는 사람이 아주 많다고 말하는 걸 보면 한국 남자에 대한 일본 여성들의 호감도는 아직 식지 않은 듯하다.

그녀들이 말하는 한국 남자의 매력은 대강 이렇다. 상냥하면서도 박력 있고, 부드러우면서도 거친 듯한 모습이 여자 마음을 홀린다는 것이다. 하리모토 상이 나보다 먼저 운동을 마치고 나가면서 마지막으로 한마디를 더했다.

"정식으로 사귀게 되면 자리를 한번 마련할게요. 케이짱, 꼭 한 번 봐주세요. 괜찮은 사람인지."

"잘 될 거예요. 꼭 좋은 인연이 만들어지면 좋겠어요."

출입구로 향하는 하리모토 상의 눈이 하트 모양으로 변했다. 나도 힘찬 응원의 눈길로 그녀를 보내주었다.

일본 남자가 말하는 한국 여자의 매력 세 가지

오후 5시 무렵 회사로 잠깐 나올 수 있겠느냐는 깨달음의 전화를 받았다. 깨달음의 후배인 다카하시 상이 나를 좀 만나게 해달라고 했단다. 지난번 그를 만났을 때 한국어 발음이 어렵다고 말했던 게 떠올라서 서점에 들러 한국어 발음이 한국어, 영어, 일본어로 표기된 사전을 한 권 사고 깨달음의 회사로 갔다.

나를 보자 다카하시 상은 "오랜만입니다" 하고 한국말로 인사했다. 우린 가볍게 인사를 나눈 뒤 장소를 옮겼다. 도쿄대를 졸업한 다카하시 상은 아직 독신으로 직업은 회계사다. 그는 내가 건넨 사전은 보는 둥 마는 둥 하더니 뜬금없이 자기 휴대폰에 담은 여배우 '혜리'의 사진을 보여주면서 〈응답하라 1988〉을 보았느냐고 물었다.

"……."

"저는 지난주부터 보기 시작했는데, 재밌어서 보고 또 보고 있어요. 여주인공 혜리가 너무 귀여워서 미칠 지경이에요."

여행을 좋아하는 다카하시 상은 재일 동포 친구와 함께 한국의 이곳저곳을 여행하면서 한국에 관심을 갖게 되었고, 한국어 공부도 시작했다. 지금은 NHK 한국어 강좌를 세 개나 듣고 있으며 어제는 부정문에 대해 배웠다고 했다. 한국어는 어느 정도 구사하는데 역시나 발음이 문제고 다른 건 그리 어렵지 않다고 했다. 집에서도 케이블 방송을 24시간 틀어놓고 드라마를 많이 본 덕분에 듣는 건 70퍼센트 이상 알아듣는데 막상 말을 하려면 머릿속에서 맴돌기만 하고 바로바로 나오지 않아 답답한 모양이었다. 하지만 공부 얘기는 잠시, 또 혜리 얘기를 꺼내며 드라마에서 그녀를 본 순간 처음 사귀었던 한국 여자와 너무 닮아서 깜짝 놀랐단다. 머리 스타일이며 옷차림이 거의 똑같다는 것이다. 그래서인지 더 정이 간단다.

다카하시 상은 지금껏 한국 여성과 세 번 사귄 적이 있고 그중 한 번은 결혼까지 생각했다고 한다. 나는 처음 듣는 소리여서 좀 의아했다. 그는 무슨 비장한 얘기라도 털어놓을 것처럼 술을 한 잔 비우더니 한국 여자만 가지고 있는 매력에 빠지면 좀처럼 빠져나오기 힘들다며 깨달음에게 의미심장한 눈빛을 보냈다. 그때부터 이 아저씨가 사귄 한국 언니들의 얘기가 시작되었다. 그가 느낀 한국 여자들의 매력은 다음과 같았다.

첫 번째. 남자 친구를 아들처럼 챙겨주고 보살펴준다.

한국 여자는 그가 감기라도 걸리면 옆에서 꿀물도 타주고 몇 번이고 이마에 손을 갖다대며 찬 수건을 올려주었다. 아프지 말라며 몸에 좋은 인삼즙이나 양파즙 등 무엇이든 먹이려고 애쓰는 모습이 정말 사랑스러웠다. 술 마신 다음 날은 북엇국이나 콩나물국을 꼭 끓여주었고 그 국물을 떠먹으면 자기가 사랑받고 대우받고 있다는 걸 느낄 수 있어서 고마웠다. 일본 여자에게서는 볼 수 없는 모습이었는데, 한국 여자들은 모성 본능이 강해서인지 남자들이 엄마처럼 기대고 싶은 마음이 들게 한다.

두 번째. 애정 표현이 귀엽다.

일본 여자들은 좋아도 좋다는 표현을 솔직히 잘 하지 않는데 한국 여자들은 "좋아해", "사랑해"라는 말도 자주 하면서 자기 감정에 충실한 모습이 그의 눈에는 귀엽게 보였다. 둘이 있을 땐 항상 스킨십을 하려고 하고 어딜 가나 오빠, 오빠 부르면서 손을 잡거나 팔짱을 끼는 것도 너무 좋았다. 아낌없는 애정 표현을 해서인지 삼 년 넘게 사귀었어도 전혀 질리지 않았다. 회사에서 정신없이 일하고 있으면 심심하다고 전화해서는 "언제 와? 빨리 와, 보고 싶어" 하며 애교를 피울 때면 아이가 떼쓰는 것처럼 귀여웠다.

세 번째. 밀당 기술이 뛰어나다.

일본에도 '츤데레'•라는 게 있지만, 한국 언니들의 밀당은 사람을 애

• 쌀쌀맞게 구는 모양을 나타내는 의태어 '츤츤'과 달라붙는 모양을 나타내는 의태어 '데레데레'가 결합해서 나온 말. 많은 사람들 앞에서는 차가운 태도(츤츤)를 보이지만 좋아하는 상대에게는 다정하게(데레데레) 구는 캐릭터를 나타낸다.

간장 태우는 기술이 탁월하다. 좋으면서도 아닌 척 퉁명스럽게 대하면 하루 종일 일이 손에 잡히지 않았다. 또 한 번 토라지면 어떻게 달래도 좀처럼 풀리지 않아서 속을 태운다. 그의 말인즉슨 한국 여자들은 잘 해줄 때는 간이고 쓸개고 다 빼줄 듯하다가도 한 번 화가 나면 얼마나 차갑고 냉정한지 사람을 바짝 긴장하게 만드는 당근과 채찍 사용법이 아주 뛰어나다는 것이다. 그리고 이것이야말로 남자들을 안달 나게 만드는 한국 여자만이 갖고 있는 최고의 매력이다.

다카하시 상은 결론적으로 한국 여자들은 칼칼한 성격 뒤에 호수처럼 깊은 사랑으로 감싸주는 매력이 있어서 한 번 맛보면 좀처럼 헤어나오기 힘들다고 했다. 그래서 지금도 기회가 되면 한국 여자와 사귀고 싶단다.

"오늘 절 만나자고 한 건 한국 언니를 소개해달라는 부탁을 하고 싶어서였나요?"

"아니, 그건 아니에요. 지금까지 배운 한국어가 어느 정도 통할지, 그리고 발음도 확인 받고 싶어서였어요."

하지만 난 다카하시 상의 속셈을 바로 알 수 있었다.

그가 말한 한국 여자들의 매력은 내 눈엔 그리 특별할 것도 없고 그다지 매력적으로 느껴지지 않는 보통의 모습과 행동들인데도 일본 남자들의 시각에서는 색다른 매력으로 다가오는 모양이었다.

몇 년 전부터 한일 커플이 늘어나는 추세인데 정말 한국 언니들의 매력에 빠진 일본 남자들이 증가한 것인지 아니면 이런 일본 남자를 좋아하는 한국 언니들이 늘어난 것인지는 잘 모르겠다. 그래도 아무튼 한국 언니들을 좋게, 예쁘게, 귀엽게 봐주는 것이 어떤 의미에서는 참 다행이라는 생각이 든다. 나쁘게 보는 것보다야 백 배 나으니까 말이다.

일본 남자들이 바라는 아내의 조건

오늘은 혼인신고 날 기념으로 깨달음과 이탈리안 레스토랑에서 만나기로 했다.

육 년 전 그날은 마침 월급날이어서 퇴근하고 만난 우리는 신주쿠구약소 야간접수처에 가서 혼인신고서를 제출하고 스모 선수들이 즐겨 먹는 찬코나베를 먹으러 갔었다. 가게에 도착하기까지 약 십오 분 동안, 우린 서로 아무 말이 없었다. 그 침묵 속에서 깨달음은 깨달음대로 나는 나대로 무슨 생각인가를 골똘히 했던 게 분명한데 잘 기억나지는 않는다.

가게 점장은 언제나처럼 해맑은 미소로 추천 메뉴를 권했고 우린 늘 그렇듯 그중에서 몇 가지를 시키고 별다른 말도 나누지 않은 채 그저 술을 한 잔씩 했다. 서너 잔쯤 마셨을 때, 내가 후배에게 카톡으로 혼인신고를 했는데 아무런 느낌이 없다고 보냈던 것만 기억이 난다.

가게에 들어서니 라이브 공연이 막 시작되고 있었고 우린 운 좋게도 바로 앞좌석에 앉았다. 가볍게 건배하며 혼인 신고하던 날 기분이 어땠었는지 물었더니 깨달음 역시 특별한 기억이 없단다. 그도 그럴 것이 우리는 서로 3월 25일이라는 날짜에 큰 의미를 부여하지는 않았었다. 서로 퇴근이 빠른 날이 월급날인 25일이었고 3월이 가기 전에 신고하는 게 좋을 것 같아서 그냥 그날 제출했을 뿐이다. 그날로부터 난 한 남자의 아내가 되었고 '부부'라는 이름의 공동생활을 시작하면서 함께 결혼식 준비를 했다. 결혼식장을 예약하고, 음식, 테이블 세팅, 조명, 배경음악까지 꼼꼼하게 체크했다. 결혼식을 좀 거창하게 하자는 취지에서 결혼식과 피로연에 포인트를 맞추고 그 외의 모든 것은 생략했다. 그래서 비디오 촬영 및 웨딩 포토도 찍지 않았다. 둘 다 늦은 나이에 무슨 웨딩 포토고 비디오 촬영이냐고 누가 먼저랄 것도 없이 사양했더니 웨딩 플래너가 두 분이 똑같이 정색하는 건 처음 봤다며 우릴 이상하게 쳐다봤었다.

주문한 파스타가 나오고 한 입 먹던 깨달음이 신혼 때 내가 파스타를 만들어줬던 기억이 난다면서 그때 처음으로 요리 잘하는 여자랑 결혼하기 잘했다는 생각이 들었단다. 결혼 전, 나에게 김치 3종 세트를 선물로 받았을 때는 한국 사람이니까 당연히 김치를 담글 수 있을 거라고 생각했단다. 그리고 그해 봄, 함께 하나미(꽃구경)를 갔을 때 내가 싸 온 김밥이 너무 맛있어서 진짜 이 여자가 만든 건지 좀 의심했단다. 그런데 결혼하고 나서 요리하는 걸 보니까 거짓말이 아니었구나 하고 그때서야 확신이 가더란다.

"일본 남자들은 대체로 아내를 고를 때 요리 잘하는 여자를 맞이하고 싶어 해. 한국 남자들에게도 요리 잘하는 여자가 인기 있어?"

"잘 모르겠는데?"

내가 시큰둥하게 대답했더니 "요리에 관심이 없거나 잘 못하는 일본 여자들은 대부분 백화점이나 반찬집에서 사 먹는 경우가 많아. 그래서 결혼하기 전에 사귀고 있을 때는 요리 못하는 걸 감추기 위해서 사온 음식을 마치 자기가 요리한 것처럼 내놓는 여자들도 있어"라고 했다.

"뭘 그렇게까지 속이면서 결혼하는 여자가 얼마나 있겠어?"

"아니야, 꽤 있을걸? 일본 남자에게 가정요리는 평생 살아가는 데 아주 중요한 사항이야."

나는 깨달음의 얘기를 들으면서 검색을 해봤다. 정말 일본 남자들이 여자의 요리에 그렇게 집착하는지 확인하고 싶었고, 결혼 상대로 생각하는 이의 어떤 요인을 중요하게 생각하는지도 궁금했다.

검색 결과 '독신 남성이 원하는 이상적인 아내상의 조건' 조사에서 1위는 음식 솜씨가 좋은 아내라는 모 결혼정보회사의 앙케트 결과가 있었다. 2위는 미인이었고, 3위는 얘기를 잘 들어주는 여자였다. 그 외에도 다소곳함, 건강함, 섹시함 등을 이상적인 아내의 조건으로 들고 있었다. 결과만 놓고 보면 세상 모든 남자들이 바라는 이상적인 아내의 조건은 한국이나 일본이나 별반 차이가 없었다.

앙케트 결과를 놓고 둘이 얘기하다가 깨달음에게 "음식 솜씨 외에 또 아내 될 여성에게 바라는 게 있었어?" 하고 물었더니 "그야 성격이

지"라고 답했다.

"인간은 여러 색깔의 성격을 갖고 있기 때문에 그 색에 물들어갈 수 있는지 없는지를 사귀면서 파악해야 해. 서로 색이 묻어도 거부감이 덜한 상대를 만나야 좋아. 흰색과 검정이 만나서 회색이 되듯이 서로의 색을 반반 내어주고 섞일 줄 알아야 부부로서 아무 탈 없이 편하게 지낼 수 있는 거지."

"그럼 우리 부부는 회색이 되었어?"

"아직 덜 됐어. 당신이 자기 색을 너무 강조해서 아직 완전한 회색이 되지 못하고 있어."

"내가 봤을 땐 당신 고집도 만만치 않아서 안 섞인 것 같은데?"

"나도 이제부터는 고집을 덜 부릴 테니까 당신도 성질 좀 죽여. 그래도 이렇게 터놓고 속내를 얘기하는 부부도 흔치 않아. 난 지금의 결혼생활이 자극적이어서 행복해."

그러면서 와인 잔을 내 잔에 부딪쳤다. 마지막 요리가 나오고 우린 다시 한 번 혼인신고 날을 기념하며 건배했다. 부부라는 공동체로 함께 살며 육 년을 보내고 있는 우리는 서로 다른 나라 색을 갖고 있기에 섞이는 데 좀 더 시간이 필요할 것이다. 하지만 무수한 시행착오를 거치면서도 진정한 회색이 되기 위해 앞으로도 노력하며 살아갈 것이다. 다른 모든 국제 커플들과 마찬가지로.

한국
유학생의
세 가지
유형

"뭐 허냐? 너 어떻게 알았냐? 내가 일본 들어온 거?"

"여보세요"도 없이 다짜고짜 자기 할 말부터 먼저 꺼내는 대학원 선배였다.

"몰랐어. 그냥 카톡 한 거였는데? 일본 아니었어?"

"아니, 일본 딱 들어온 날 너한테 카톡이 와서 니가 알고 있었는가 해서……."

"뭘 알아? 어디 촬영 갔다 왔어?"

"응, 필리핀에 한 세 달 있다 왔다……."

"일 때문에 간 거야?"

"응, 일 반 휴식 반……."

"여전히 선배는 잘 나간다~ 부럽다."

"부럽긴 뭐시 부럽냐? 나는 니가 더 부럽드라. 근디 너 좋은 데로 이사했드라. 역시 부자는 달라."

"뭔 소리야. 다 빚이야 빚."

"야, 니기 집 옥상에서 나 살면 안 되냐? 달마다 야찡(월세) 내기 징해 죽것다. 아니면 니기 방 하나 빌려주든지, 하하하. 아, 글고 그날 나 못 간다. 그날 나 또 일본 뜬다."

"또 어디 가? 촬영 가는 거야?"

"응. 이번에는 중국 가."

"언제 오는데?"

"몰라. 또 삼 개월 정도 있을 것이다. 다음에 들어오면 한상 거하게 차려주라, 한식으로."

"그래, 알았어. 조심히 잘 다녀와~"

지난번에 깨달음 친구들을 불러 집들이를 마치고 이번엔 한국팀들을 위한 집들이 날을 정해 선배에게 연락을 했었다.

연락을 한 지 한참이 지나서도 회신이 없다가 지금 이렇게 전화가 온 것이다. 유학 시절, 과는 달랐지만 같은 학교 선배였던 민 선배는 고향이 전라도라는 공통점이 있어서 많이 친했다. 난 이 선배를 떠올릴 때마다 '고추장'이 생각난다.

서로 힘들었던 유학 시절, 유학생들 중에는 세 가지 유형의 학생들이 있었다. 먼저 집에서 보내준 학비로 적당히 졸업장을 딸 정도로만 공부하며 일본 문화를 만끽하는 유학생. 두 번째는 돈 한 푼 없이 일본에 와서 어떻게든 돈을 벌어보려고 밤낮으로 막노동부터 서빙까지 하며 공부보다는 돈을 버는 데 열중하는 유학생. 마지막 유형은 돈도 없고 빽도 없으니 오직 공부만이 살아남는 길이라고 여기며 책상에 앉아 쉼 없이 공부만 하는 유학생.

우린 세 번째 유형이었다. 학교 수업이 끝나면 바로 알바를 하고, 집에 돌아와서도 몇 시간씩 공부만 했던 학생들이었다. 선배나 나나 서른 살 넘어 유학을 택해서인지 할 것이라고는 공부밖에 없었던 것도 하나의 이유였을 것이다.

어느 날 좁은 우리 방에서 학과 후배들과 감자탕에 소주를 한 잔씩 했었다. 우리는 모이기만 하면 한국에 관한 얘길 했다. 한국은 지금 무엇이 유행이더라, 대통령 선거가 어찌 되고 있다더라, 그러다가 음식 얘기가 나오고……. 그날 민 선배가 불쑥 '고추장' 얘기를 꺼냈다. 돈이 없어서 100엔 숍에서 우동 사리만 사와 그냥 막 삶아서 고추장에 비벼 먹기를 일주일 했더니 설사를 주룩주룩 했다고. 그러자 다들 각자가 겪은 사정을 하나둘 털어놓기 시작했다.

아르바이트를 하지 못해 한 달간 돈이 없어서 양배추와 곤약으로 생활하다가 영양실조로 쓰러져 병원에 실려 갔다는 얘기, 전철역 세 정거장은 기본으로 걸어 다닌다는 얘기, 한겨울에 난방비를 아끼려고 히터를 틀지 않고 생활하다가 손과 발에 동상이 걸렸다는 얘기……. 거짓말 같지만 그 당시 유학생들의 실제 생활이었다.

학비와 생활비를 함께 감당해야 했던 우리는 참 악착같이, 독하다는 소리를 들을 만큼 절약하고 절약해야 했다. 누가 더 비참한, 누가 더 초라한 유학생활을 했는지 내세우려던 건 아니었지만, 우린 당시에 아프고 애달팠던 그 시간들을 농담처럼 얘기하곤 했다. 어느 날은 민 선배가 배가 너무 고프다며 밥 좀 달라고 우리 집을 찾아왔었고, 멸치 볶음과 캔 참치를 넣은 김치찌개를 게 눈 감추듯 먹고 간 적도 있었다. 민 선배는 재학 중에도 천재 소리를 들을 정도로 여러 콩쿠르에서 상을 휩쓸었고 사진계에서는 제법 이름이 알려졌었다. 삶의 뒷골목이나 인간의 본능을 그대로 담아낸 선배의 사진은 좀 자극적이어서 일반인들에겐 거부감을 주기도 했지만 선배만의 컬러를 뚜렷이 드러내며 지금도 여전히 왕성한 활동을 하고 있다.

요즘의 유학생들은 어떤 유형으로 지내고 있을까. 내가 학교를 다닐 때도 우리처럼 처절하고 빈곤하게 유학생활을 보내는 한국 학생들은 드문 것 같았는데…….

오랜만에 선배의 홈페이지에 들어가봤더니 또 고추장 사진이 놓여 있었다. 아직도 선배는 고추장에 오이를 찍어 먹고 있는 걸까. 사진 한 장이 전해주는 메시지가 너무 많아 갑자기 가슴이 먹먹해왔다. 이번 촬영이 끝나고 돌아오면 정말 따끈한 집밥 한상 차려줘야 할 것 같다.

일본인 모녀가 경험한

한국 목욕탕과 고시원

바쁘다는 핑계로 보름 이상 가지 못한 스포츠센터에 잠시 들렀다. 오랜만에 열심히 러닝머신에서 땀을 빼고 있는데 "안녕하세요" 하며 누군가가 한국말로 말을 걸어왔다. 뒤돌아보니 한국 음식을 너무 너무 좋아하는 다나카 상이었다. 나도 반가움을 표하자 다나카 상이 할 얘기가 있다며 내 옆자리의 러닝머신을 작동시켜 걷기 시작했다.

지난주 3박 4일 일정으로 딸과 함께 한국 여행을 다녀왔다며 한국에서 먹은 음식들을 쭉 나열하기 시작했다. 다나카 상은 일 년에 적어도 세 번은 한국에 가기 때문에 가이드 없이도 잘 돌아다니고, 서울의 여기저기 골목골목을 잘 알고 있다. 그녀가 한국을 알게 된 것은 '동방신기'를 좋아하는 딸 때문이었다. 오십대 초반인 그녀는 동안이어서 딸과 함께 다니면 자매 같다는 말을 많이 듣는다. 그 덕에 딸과 함께 동방신기 공연도 보러 가고 코리아타운도 다니다보니 자연스럽게 한국을 좋아하게 되었다.

미식가인 다나카 상 모녀에게 한국은 먹거리 천국이었다. 명동에서는 칼국수, 남대문에서는 호떡과 갈치 조림, 신사동에서는 간장게장, 인사동에서는 돌솥비빔밥을 먹고, 호텔에서는 바비큐 통닭을 한 마리 사 들고 들어가 맥주와 함께 마셨더니 살이 엄청 쪘단다. 그리고 이번에 처음으로 홍대 앞에서 주꾸미 볶음을 먹었는데 눈물이 날 만큼 맛있었다며 지금 다시 생각해도 군침이 돈다면서 침 닦는 시늉을 했다.

그렇게 매일 맛있는 음식을 절제하지 않고 먹었더니 마지막 날엔 몸이 너무 무거워져서 딸과 함께 불가마 사우나에 갔다고 한다. 매번 가는 곳이기에 언제나처럼 사우나를 하고 딸과 서로 등을 밀어주고 있는데 옆에 있던 칠십대 후반의 할머니가 다나카 상에게 뭔가 할 말이 있는 듯 몇 번을 쳐다보았다. 신경이 좀 쓰이긴 했지만 다나카 상은 계속 딸의 등을 밀었다. 등을 거의 다 밀었을 무렵 할머니가 아주 미안해하는 표정으로 다나카 상에게 이태리 타월을 내밀며 등을 좀 밀어달라고 부탁했다. 한국말이라곤 감사합니다, 미안합니다, 깎아주세요, 맛있어요, 안 돼요 정도밖에 모르는 다나카 상 귀에 '미안', '조금만', '주세요'라는 단어가 들렸다. 타월을 내미는 걸 보니 등을 밀어달라는 뜻인 듯해 얼른 이태리 타월을 받아들었다. 할머니의 등을 밀면서 한국 드라마의 한 장면이 떠오르기도 하고 자기가 한국인으로 보였다는 게 왠지 기분이 좋아서 등을 미는 내내 가슴이 두근두근 설레기까지 했다. 그리고 자기가 한국 사람이 아니라 일본 사람이라는 걸 눈치챌까봐 한마디도 하지 않은 채 등을 밀어주고 비누칠까지 해주었더니 할머니가 "아이고, 감사합니다" 하며 아주 밝게 인사를 했다. 옆에서 쭉 지켜보고 있던 딸도 아주 뿌듯한 미소를 지었다. 다나카 상은 목욕탕을 나오면서 자기가 한국말을 잘했으면 혼자 왔는지, 아픈 데는 없는지 이것저것 물어보았을 텐데 한국어 공부를 안 한 게 참 후회스러웠단다.

"등을 밀어준 게 왜 그렇게 기분이 좋았어요?"

"일본에서도 가족이나 친한 사람들끼리는 등을 밀어주잖아요. 그런데 그날 목욕탕엔 저 말고도 다른 손님들이 꽤 많았는데도 제가 편해 보였는지 저에게 부탁하더라고요. 그게 기분이 좋았어요. 할머니 등을 밀어주는데 갑자기 돌아가신 친정 엄마가 떠올라서 기분이 묘하더라고요. 뭐라고 딱히 표현하긴 힘들지만 남대문에서 상인들이 저한테 한국어로 말을 걸면 한국인이 된 것 같아서 기분이 좋아져요. 그래서 이번에 딸과 함께 먹거리 투어에만 집중할 게 아니라 한국어 공부도 좀 하자고 약속했어요."

그래서 어제는 코리아타운에 가서 한국어 교재도 좀 사고 다이어트에 좋다는 홍초도 사왔단다. 일찍 이혼하고 싱글맘으로 지내는 다나카 상은 딸이 혹시 한국 남자와 결혼하게 되면 딸과 함께 한국에 가서 살고 싶다고 했다. 다음엔 장기 투숙할 수 있는 홈스테이나 게스트하우스에서 묵으며 고추장 담그기나 김치 담그기 체험을 하고 싶다고도 했다. 다나카 상은 한국의 연예인보다는 한국 음식과 한국 문화를 직접 체험하는 걸 더 좋아했다.

그로부터 세 달 후 다나카 상은 또 딸과 함께 한국을 찾았고 이번엔 고시원이라는 게스트하우스에서 신선한 체험을 했다며 바로 나에게 연락해왔다. 무섭지 않더냐고 물었더니 무섭긴 뭐가 무섭냐고 즐겁기만 했단다. 그 증거로 그녀는 숙박자들이 영어, 중국어, 프랑스어, 일본어 등으로 감사의 메시지를 쓴 엽서들이 빼곡한 사진을 자랑하듯 보여주었다.

다나카 상은 호텔 사이트에서 게스트하우스를 찾다가 우연히 이곳을 발견했는데, 숙박자들이 남긴 평가가 상당히 좋아서 열흘간의 장기투숙을 결정했다. 가서 보니 고시원이라고 적혀 있어서 무슨 뜻인지 몰라 사전을 뒤적거렸다. 처음엔 게스트하우스와는 의미가 전혀 달라서 놀라긴 했지만 그곳에 상주하는 여자 직원이 유창한 일본어로 알기 쉽게 설명해줘서 안심이 되었다. 한 가지 흠이라면 방이 좁다는 것인데, 그곳에서 열흘을 보내는 동안 너무나 귀한 체험을 많이 해서 방이 좁은 건 문제가 되지 않을 정도로 만족스러웠다.

저녁이면 게스트하우스 사장이 통닭을 사와서 옥상 모임을 열어 초대해주었고, 버스 타는 방법이나 가까운 시장의 맛집에 대해서도 알려주었을 뿐만 아니라 김치찌개 끓이는 법, 야식으로 떡볶이 만드는 법도 알려주었다. 마지막 날에는 헤어지기 서운하다며 숙박객들과 함께 김밥을 만들어 먹었다고 한다. 잊을 수 없는, 아니 절대로 잊어서는 안 되는 감사한 추억을 듬뿍 만들고 와서 진짜 행복하다고 했다.

나는 고시원의 시스템을 잘 모르지만 일반 숙박업소에서는 할 수 없는 체험을 한 것 같다고 했더니 다나카 상이 오히려 고시원에 대해 간략하게 설명해주었다. 일단 고시원은 아침식사가 무료로 제공되며 가정집처럼 냉장고와 식기 도구가 마련되어 있어서 투숙객은 누구나 요리를 해 먹을 수 있단다. 그리고 기숙사처럼 세탁과 샤워도 공용으로 이용할 수 있는 곳이라고 했다.

"열흘 동안 너무 많은 일들이 있었어요. 어느 날은 프랑스인 대학생과 달걀말이를 만들기도 했고, 또 어느 날은 투숙객 세 명이 가까운 시장에 가서 되지도 않는 한국말로 장을 봐서는 김치찌개랑 소시지 볶음을 만들어 먹기도 했어요. 또 밤이면 한국인 투숙객이 저에게 한국어를 가르쳐주고, 저는 또 그에게 일본어를 가르쳐주기도 했어요. 영어를 할 수 있는 사람들은 영어로 대화했지만 나처럼 모국어밖에 못 하는 사람들은 바디랭귀지와 간단한 영어 단어로 충분히 커뮤니케이션이 이루어졌어요. 우리보다 먼저 떠나는 투숙객들은 가는 걸 너무 아쉬워했고 한국에 오게 되면 또 이 고시원에서 만나자고 서로 손가락 걸고 약속까지 했어요."

함께 묵었던 중국인과 프랑스인들 모두가 가족처럼 같이 식사하고 술 마시고 음식도 나눠 먹다보니 마치 일본에 있는 친척집에 온 것처럼 편안하고 행복했단다. 나는 그제서야 좀전에 다나카 상이 보여준 감사의 엽서가 무엇인지, 그곳의 분위기가 어땠는지 조금은 알 것 같았다.

"아아, 그래서 숙박객들이 엽서까지 보낸 거군요?"

"네. 저도 바로 감사 엽서를 보냈어요. 무엇보다 열흘간 머물면서 일반 호텔에서는 경험하지 못한 한국인의 인간미를 잔뜩 느낄 수 있어서 한국이 더 좋아졌어요."

다나카 상은 다음에도 고시원에 묵으면서 투숙객들과 함께 일본 음식을 만들어 같이 먹고 싶다고 했다. 한국인의 정을 여과 없이 느낄 수 있어서 자기 체질에 딱 맞는다면서…….

사실 나는 그동안 고시원에 대해 그리 좋은 이미지를 갖고 있지 않아서 그녀의 경험담이 상당히 놀라웠다. 아마도 요즘은 고시원이 외국인들에게 게스트하우스로 개방되면서 또 다른 한국의 맛을 느낄 수 있게 하는 숙박업소로 변신하고 있는 듯했다. 물론 그녀가 경험한 고시원은 성공적으로 변신한 특별한 곳일지도 모른다. 그리고 그곳엔 그녀에게 좋은 추억과 경험을 만들어준 한국 직원들이 있었기에 다시 찾고 싶은 곳이 되었을 것이다. 앞으로도 이런 곳들이 많이 생겨서 다나카 상뿐만 아니라 한국을 찾는 많은 일본인들이 정감 있는 한국 문화를 마음껏 체험해보았으면 좋겠다.

매해 김장을
담그는
일본 아줌마

한 달 전부터 요시무라 상이 김장을 하자고 졸랐다. 사실 나는 전혀 김장할 생각이 없었기 때문에 하게 되면 연락을 주겠다고 건성으로 대꾸했다. 솔직히 말해서 귀찮기도 했고 시간적으로도 여유가 없었다.

그러고는 까맣게 그 사실을 잊고 있었는데 지난 주말 스포츠센터에서 그만 그녀와 딱 마주치고 말았다. 그녀는 나를 보자마자 "바쁜 일 끝났으면 김장을 해야 하지 않겠어?"라며 재료는 모두 자기가 준비할 테니 나는 장소 제공과 김치 담그는 방법만 알려주면 된다고 했다. 혼자서 책을 보고 몇 번 담가봤지만 아무리 해도 한국 맛이 나지 않는다며 내 팔을 잡고 놓아주지 않았다.

오십대 초반인 요시무라 상은 〈겨울 연가〉라는 한국 드라마를 본 후, 배용준에 푹 빠지면서부터 한국에 대해 공부를 시작했다. 한국어, 한국 음식, 한국 문화까지 한국과 관련된 것이라면 공연장이든 체험실습장이든 빠짐없이 참석했다. 게다가 원래 음식에 관심이 많은 이 언니는 틈만 나면 나에게 한국의 가정식을 가르쳐달라고 했다.

그래서 어렵사리 서로의 스케줄을 조정해 김장을 하게 되었다. 아침부터 요시무라 상은 이것저것 한 보따리를 싸서 들고 왔다. 배추 절이는 건 내가 해놓겠다고 했는데도 자기 몫은 자기가 하고 싶다며 절인 배추를 캐리어에 넣어서 끌고 온 것이다.

그녀는 짐을 풀자마자 앞치마와 두건까지 두른 다음 현란한 칼 솜씨로 무와 당근 채를 썰었고 난 주방에서 마늘과 생강을 믹서에 갈았다. 요시무라 상은 김치에 필요한 재료는 대충 알고 있으니 각 재료들의 정확한 분량을 알려달라고 했다. 눈짐작으로 요리하는 나에게는 어려운 질문이었지만 그녀를 위해서 각 재료를 계량컵으로 모두 재서 준비했다. 그리고 설탕 대신 사과와 잘 익은 파인애플을 갈아 넣는 나만의 비법을 가르쳐주었다. 사실 이 비법은 내가 김치 판매 아르바이트를 할 때 일본인이 경영하는 김치 공장에서 알게 된 것이다. 그때 상큼한 파인애플을 갈아 넣고 만드는 걸 봤는데 당도가 높고 잘 익은 파인애플은 단맛뿐만 아니라 은은한 향까지 더해 상큼하고 시원한 김치 맛을 냈던 것이다.

모든 재료들을 썰어 큰 대야에 담고 찹쌀풀과 새우젓을 넣어 버무리려는데 요시무라 상이 한국 고춧가루는 너무 매우니까 맵지 않은 고춧가루를 넣겠다고 제동을 걸었다. 나보다 더 매운 걸 좋아하면서 왜 그러느냐고 의아해했더니, 자기는 매운 김치가 좋은데 일본 친구들에게 나눠주려면 맵지 않아야 한다는 것이다. 어쨌든 재료는 그녀의 재량에 맡긴 뒤 나는 각 재료의 분량을 설명하고 간을 보게 한 다음 그녀의 입맛에 맞게 젓갈 양을 조절할 수 있도록 도와주었다. 드디어 양념을 버무리기 시작하면서 그녀가 말했다.

"나 한국 남자랑 결혼해도 되겠지? 김치 담글 줄 알면 한국 며느리

자격이 있는 거 아냐?"

"응, 언니는 충분히 자격 있어……."

"그렇지? 정말 기분 좋은데……. 나 사진 한 장만 찍어줘."

"또 이력서 쓸 거야?"

"아니야, 기념으로 찍어두려고……. 빨간 고무장갑을 낀 내 모습이 잘 보이도록 예쁘게 찍어줘."

사실 요시무라 상은 연예인이다. 비록 대역 탤런트이긴 하지만 상당한 베테랑이다. 한국 기획사에도 몇 번 이력서를 내봤지만 아무 연락이 없었다며 아쉬워했다. 나이 쉰을 넘기면서 이제는 마음을 비웠다고 말하곤 하지만 내심 아직도 연락이 오기를 기다리는 눈치다. 그래서 어떤 상황에서든 자신의 모습을 저렇게 기록하고 싶어 한다.

배추에 속을 넣는 작업을 하는데 역시 눈썰미가 있어서인지 그녀는 한 번밖에 가르쳐주지 않았는데도 혼자서 아주 잘했다. 정중히 무릎을 꿇고 차분히 김치를 버무리는 모습이 역시 일본 사람 같다고 했더니 한국 사람처럼 양반다리를 하는 게 자기는 너무 힘들다고 했다. 어릴 적부터 무릎 꿇는 버릇을 들여서인지 이게 편하단다. 그리고 이렇게 귀한 김치를 담그는 데 몸과 마음을 경건히 하는 게 좋지 않겠느냐며 웃는다.

그렇게 김장을 마치고 우리는 커피를 마시며 담소를 나눴다.

"언니, 어렵지 않았어?"

"양념과 버무리기는 어렵지 않았는데, 배추 절이는 게 어려웠어. 소금 양을 맞추는 것도, 몇 시간을 절여야 하는지도 몰라서 그게 제일 힘들었던 것 같아."

"요즘 한국에서는 아예 절임 배추를 판매하는 것 같던데……."

"역시 한국은 여자가 살기 편한 나라야."

그러면서 요시무라 상은 한국은 남편들이 아내에게 친절하고, 자식들은 엄마를 많이 생각해주니 다시 태어나면 꼭 한국 여자로 태어나고 싶다며 부러워했다. 그녀의 꿈은 자식들이 결혼하고 나면 서울의 이대앞 먹자골목에서 작은 삼각김밥집을 차리는 것이다.

"연예인 일은 안 할 생각이야?"

"혹시 한국 기획사에서 연락이 오면 노개런티로 활동할 생각은 있지만 별로 희망이 보이지 않아. 그러니 한국 요리를 더 많이 배워서 한국인 입맛에 맞는 삼각김밥집을 차리는 게 현실적일 것 같아."

그녀의 계획은 꽤 구체적이었다. 다음엔 자기에게 삼각김밥에 어울리는 국물 요리를 가르쳐달라고 했다. 아마도 당분간 그녀는 한국 요리 배우기에 여념이 없을 듯하다.

한국 드라마를 보고

일본인 아저씨가 보낸 문자 메시지

벌써 재작년(2014년)의 일이다. 매주 일요일 저녁 11시에 NHK에서 한국 드라마 〈해를 품은 달〉을 방영한 지 두 달이 넘어가고 있었고, 이제 막 10화를 방영했을 때다. 방송국 사이트에 들어가봤더니 드라마의 등장인물 관련표가 알기 쉽게 정리되어 있고 줄거리는 물론 등장인물의 성격과 역할까지도 자세히 설명되어 있었다. 어느 한류 드라마 사이트에는 시청자들의 코멘트가 줄줄이 달려 있었는데 대체적으로 아역을 연기한 여진구와 김유정을 칭찬하는 글이 많았다.

그런데 이 드라마가 시작되면서부터 깨달음의 대학 후배가 나에게 가끔 카톡을 보내는 바람에 좀 곤란할 때가 있었다. 그는 최근 일이 년 사이 갑자기 한국 드라마에 흥미를 갖기 시작해 독학으로 한국어도 공부하고 있었다. 내가 곤란했던 이유는 자꾸 그 드라마에 대해서 내게 질문을 했기 때문이다. 나는 차분히 앉아서 드라마를 볼 시간도 없는데다가 특히 사극은 별로 관심이 없어서 무슨 내용인지 전혀 파악하지 못하고 있는데 말이다. 그가 무엇을 물어도 시원스럽게 대답을 못하니까 급기야 미안한 마음까지 들었다.

그날도 일을 하고 있는데 느닷없이 카톡을 보내왔다. 이번엔 주인공들의 이미지 컷도 하나씩 첨부되어 있었다.

"주인공 둘은 앞으로 어떻게 되나요? 결혼하는 건가요?"

"여주인공은 왕비가 되는 거예요?"

"왕의 이복형은 누구와 결혼하는지 알아요?"

"왕의 여동생에게서는 아이가 태어나는지 궁금해요."

"드라마 줄거리는 어느 사이트에서 볼 수 있어요?"

나는 드라마의 내용을 모르기도 하거니와 업무 중이어서 오후에 정리해서 메일로 보내주겠다는 답변을 보냈다. 그리고 이대로는 안 되겠다 싶어서 집에 돌아와 〈해를 품은 달〉을 좀 공부한 다음 줄거리뿐만 아니라 매회마다 동영상을 볼 수 있는 사이트도 몇 개 알려주었다. 그랬더니 고맙다면서 DVD를 사고 싶은데 혹시 여주인공(한가인)의 홈페이지 주소도 좀 알려줄 수 없겠느냐고 했다.

"……알겠어요. 다른 주인공들 홈페이지도 찾아서 보내드릴게요."

"진짜 고마워요. 한국 드라마는 이상하게 다음 편이 궁금해서 안달이 나요. 그래서 다들 한류 드라마에 빠지면 헤어나지 못한다고 하나봐요. 저도 요샌 그 말을 정말 실감하고 있어요."

한국의 사극 드라마는 일본에서 특히 독신이나 오륙십대 돌싱 남자들에게 절대적인 인기를 얻고 있다. 〈해를 품은 달〉은 기본적으로 러브스토리이기 때문에 젊은층에서도 호응이 좋아 지난 9화는 시청률이 34퍼센트에 이르렀다고 한다.

이 드라마가 시작되면서 깨달음의 또 다른 후배인 다케시 상도 내게 가끔 카톡을 보내왔다. 혼자서 한국어 공부를 오 년 이상 한 다케시 상은 사극뿐만 아니라 20~30년 전 드라마까지 찾아보며 나름대로 한국 드라마를 분석해서 내게 들려주기도 한다.

그 역시 지금 방영 중인 〈해를 품은 달〉을 보면 너무 재밌어서 잠도 못 이루고 자나깨나 이 드라마의 다음 편 줄거리가 궁금해서 안절부절못하게 된다고 했다. 밥을 먹거나 양치를 하면서도 한 장면을 놓치고 싶지 않아서 눈을 떼지 않고 본단다.

"그런데 일본에서 방영하는 한국 드라마는 중간 광고를 많이 넣으니까 완전판이 아니라 짧게 편집된 게 많아요. 그래서 스토리 전개가 너무 빠르고 디테일한 맛이 떨어져요. 이를테면 사극 드라마에서 감초역을 맡은 이들의 애정 행각이나 서민적이면서도 장난스런 삶의 모습들이 모두 빠져버리니까 재미가 줄어들어요. 주인공들이 극적으로 만나기까지의 우여곡절과 코믹한 설정 등을 빠짐없이 보여줘야 더 애절하고 더 안타까운 법인데 짧게 편집하다보니 그 맛이 떨어진다고나 할까요. 만날 듯 말 듯 자꾸만 스치고 지나가지만 결국엔 꼭 만나고야 마는 운명의 장난 같은 극적인 전개가 한국 드라마의 묘미인데, 그 특유의 밀고 당기기를 다 잘라버려서 제맛이 나지 않아요."

그러면서 다케시 상은 제대로 된 한국 드라마를 본 적이 없는 다른 일본인들은 이 드라마의 진정한 의미와 둘만의 운명적인 사랑을 별 감흥 없이 받아들일 거라며 안타까워했다.

"……."

또 작년에는 채널 7번인 TV 도쿄에서 〈야경일지夜警日誌〉(원제: 야경꾼 일지)라는 판타지 사극을 방영했었다. 처음 몇 회는 못 봤지만 6회부터 보기 시작했다는 다케시 상은 지금까지 봐온 사극과는 장르가 좀 달라서 색다르면서도 재밌었다고 했다. 남자 주인공이 눈물을 흘리는 장면에서는 밥을 먹다가도 같이 울고, 키스신이 나오면 젓가락을 입에서 떼지 못하고 자기가 더 좋아서 몸을 비틀다가 부인에게 '미친 놈'이라는 소리까지 들었다고 했다.

"마치 내가 주인공이라도 된 것처럼 백퍼센트 감정이입하게 되는 게 한국 드라마의 매력인데, 그걸 아무리 설명해도 와이프는 알아주지 않아요."

깨달음도 한국 드라마가 방영되기 시작하면 넋을 빼고 보는 경향이 있는데 다른 일본 남자들도 한국 드라마를 깨달음 이상으로 분석하고 연구하며 보는 게 신기하면서도 흐뭇했다.

사실 나는 남자가 드라마에 너무 빠져 사는 것이 그다지 좋게 보이지 않는다. 하지만 냉랭해지고 있는 한일 관계 속에서도 이렇게나마 한국 문화를 좋아해주는 이들이 있어서 참 다행이라는 생각이 들기도 한다.

예전에는 앞서 말한 요시무라 상처럼 사십대나 오십대 아줌마들이 욘사마에 빠져 한류 열풍을 몰고 왔는데, 요즘은 한국 드라마를 좋아하는 일본 아저씨들이 어느새 소리도 없이 한류의 한 축이 되고 있다는 느낌이 든다. 덕분에 한국어를 공부하는 아저씨들이 주위에 늘고 있으니 이것도 긍정적인 문화 교류의 한 모습으로 받아들이고 싶다.

일본의
헤이트 스피치를
들으며

지난 2015년 5월 12일, 일본 참의원 법무위원회가 특정 인종과 민족에 대한 차별을 선동하는 증오 표현과 증오 연설hate speech을 근절하기 위한 법안을 만장일치로 통과시켰고 다음 날 참의원 본회의에서 가결되었다.

그 내용을 간략하게 들여다보면, 헤이트 스피치 대책 법안으로 '적법하게 일본에 거주하는 일본 이외의 출신자나 후손'을 대상으로 차별의식을 조장할 목적으로 생명이나 신체 등에 위해를 가하는 의도를 고지하는 것과 현저히 멸시하는 것을 '차별적 언동'으로 정의하고 이러한 언동을 용인하지 않는다고 명기했다. 야당 측은 헤이트 스피치를 위법이라고 명기하기를 주장했지만 헌법의 '표현의 자유'를 침해할 수 있다는 이유로 끝까지 받아들여지지 않았다. 그 바람에 헤이트 스피치에 대한 금지 규정이나 처벌, 벌칙을 따로 명기하지 않은, 아무런 구속력도 실효성도 없는 엉성한 법률이 제정된 것이다.

'헤이트 스피치'의 시작이라고 볼 수 있는 건 2007년, 일본 온라인상에서 재특회(재일 한국인의 특권을 용납하지 않는 모임)가 결성되면서부터다. 이들은 인터넷에서 힘을 얻어 거리로 나오기 시작했다. 먼저 코리아타운에서 험한 발언 및 인종 차별이 담긴 '헤이트 스피치'를 외쳤고 점차적으로 도쿄의 번화가인 신주쿠, 긴자, 시부야, 시나가와 등 재외국인이나 관광객이 많은 장소와 유동 인구가 많은 주요 역 주변을 중심으로 일주일에 한두 번씩 모여서 민족의 정체성을 모욕하는 발언을 일삼았다.

최근에는 재일 교포가 많이 살고 있는 가와사키川崎라는 곳에서 차마 입에 담기 힘든 말들을 서슴없이 뱉어내기도 했다. 이에 맞서 가와사키에 살고 있는 주민과 시민단체가 힘을 합쳐 그들을 봉쇄하는 맞불 데모를 주말마다 펼쳤다. 어느 언론 매체에서는 한일 커플 사이에 태어난 어린아이들까지 힘을 합쳐 '헤이트 스피치'를 중단하라고 눈물을 흘리며 데모에 참가했다고 보도하기도 했다.

내가 한창 박사학위 논문을 마무리하느라 학교와 도서관을 들락거리던 칠 년 전 어느 오후, 신주쿠 모 백화점 앞에서 검은 장갑차에 전범기戰犯旗를 꽂아놓고 북한을 비난하는 단체를 목격했다. 그들은 처음엔 일본인을 납치하고 되돌려주지 않는 북한을 규탄했다. 그다음엔 일본에 살고 있는 재일 동포가 일본인보다 더 나은 대우를 받으며 살고 있으니 그들 모두를 북한으로 강제 이송해야 한다며 마이크에 대고 열변을 토했다. 그러고는 초보인 듯한 이십대 청년에게 흰 종이를 건네며 그대로 읽도록 시켰다. 그 청년이 주춤거리자 리더 격인 아저씨가 그의 귀에 대고 무어라고 코치를 했다. 그 청년이 버벅거리며 읽은 내용은 이러했다. 한국에서는 초등학교 때부터 반일 감정을 부추겨 독도가 마치 자기네 땅이라고 착각하게 만드는 엄청난 사상 교육을 시키고 있다, 한국인들은 거짓말을 밥 먹듯이 하고, 남의 것을 탐하는 기술이 세계 1위다, 한국인들이 더 이상 일본 땅을 밟지 못하게 혼을 내줘야 한다……. 듣고 있자니 유치하고 설득력이 없어서 더 이상 들어줄 수가 없었다.

그때 그 모습이 내가 처음 본 우익 단체의 실체였다. 그 후로는 긴자 거리에서 두 번, 신주쿠에서 세 번, 데모 행렬을 목격했다. 그들이 외치는 말들은 위험 수위를 넘어서 기가 막히고 어이가 없어 헛웃음이 나올 정도였다. 하지만 그런 헛소리를 잠시나마 들은 날이면 하루 내내 불쾌감을 떨쳐버릴 수 없었다. 그리고 그들이 거리를 활보할 때 늘 틀어놓는 군가가 들려오면 신경이 곤두서서 쫓아가 돌이라도 던지고 싶은 욕구가 뜨겁게 달아올랐다. 특히 지금 사는 곳으로 이사 오면서부터는 그 군가 소리가 새벽 5시부터 들려와 잠을 깬 적이 여러 번 있었다. 그들이 하네다 공항에서 시내로 진입하는 우리 집 앞의 고속도로를 달리면서 확성기를 틀고 다니는 탓이었다. 그래서 새벽에 군가 소리가 들리면 오늘도 도심 어딘가에서 험한 시위가 있으리라는 걸 예측할 수 있었다.

그렇게 헤이트 스피치를 들은 날에는 깨달음에게 내 감정을 마구 쏟아내기도 했다.

"이곳 일본에서는 시도 때도 없이 사방팔방에서 이렇게 혐한 시위가 벌어지는데 왜 한국에서는 일본인 학교 앞에서나 거리의 일본인들을 향해 '일본인은 자기 땅으로 돌아가라'라고 외치는 데모를 하지 않는지 알아? 그건 인간으로서 해서는 안 될 행위이기 때문이야. 그건 인간의 도리를 상실한 자들만이 하는 짓이고 열등감과 자격지심에 사로잡힌 소인배들이나 하는 짓이라는 걸 알기 때문에 하지 않는 거라고. 일본이 아직까지도 과거 문제로 세상 사람들에게 용서받지 못하는 것도 인간답지 못한 언동을 일삼기 때문이란 걸 명심해야 해."

괜히 화풀이를 당한 깨달음에겐 미안하지만 가끔 주체할 수 없는 감정이 복받치면 그렇게라도 하지 않을 수 없었다. 내가 무슨 부귀영화를 누리자고 이 땅에서 저런 소릴 듣고 살아야 하나 싶어서 한국으로 돌아가버릴까 고민할 때도 많았다. 하지만 지금껏 내 인생의 3분의 1을 이곳에서 보냈으니, 그 밖의 다른 면에서는 그다지 싫지는 않았던 듯하다.

작년 겨울 내가 자원봉사를 하고 있는 장애인협회에서 우익 단체들에 관한 이야기를 나눈 적이 있다. 일본인들도 입을 모아서 "그런 사람들은 상종할 필요 없어요. 대화가 안 되는 사람들이니 야쿠자보다 더 무서워요"라고 했다.

오가는 대화를 듣고만 있던 오카다 실장이 한마디 했다.

"그들의 행위가 옳지 않다는 건 일본 국민 모두가 알고 있어요. 단지 무관심 속에 방치하다보니 그들의 파워가 좀 커진 것뿐이죠. 하지만 그들을 제지하고 그들에게 잘못된 행동이라고 인식하게 만드는 것도 일본인들이 해야 할 몫이에요. '헤이트 스피치'를 반대하고 그들의 데모를 막기 위해서는 여러 단체와 자치협회 그리고 일반 시민들이 힘을 모아야 해요. 이대로 둬서는 안 돼요."

혐한 단체의 시위가 폭력성을 더해가고 피해자까지 생기기 시작하면서부터 오카다 실장과 같은 생각을 가진 일본인들이 '헤이트 스피치'에 강하게 항의하는 시위에 참가하는 수가 점점 늘어나고 있다. 이는 일본인 스스로가 '헤이트 스피치'를 부끄러운 일로 인식하고 있다는 증거이기도 하다.

세상 어디를 가도 차별은 존재한다. 그렇다고 언제까지나 참아야만 하는 건 아니다. 특히 타민족에 대해 이런 식으로 몰상식하고 인격 모독에 가까운 발언을 스스럼없이 내뱉는 건 세상 어느 누구에게도, 심지어 자국민에게도 통용되지 않으며 결코 용납될 수 없는 일이라는 걸 그들도 똑똑히 알아야 할 것이다.

일본인 친구가 한국어 공부를 그만둔 이유

아침 9시, 초인종이 울려서 나가봤더니 택배 직원이 배달 물건을 건네주었다. 열어보니 일본인 친구 미우라 상이 보낸 달력이었다.

웬 달력인가 싶어 펼쳐보니 혜원 신윤복의 작품이 실려 있었다. 곧 미우라 상에게 전화했더니 기다렸다는 듯이 바로 받는다. 지난달 한국에 갔을 때 미술관에서 신윤복 미술전을 하기에 보러 갔다가 새해 달력을 몇 개 사온 거라고 했다. 미우라 상의 변함없는 한국 사랑에 감사를 전하며 한국어 공부는 계속하고 있느냐고 물었더니 잠시 머뭇거린다. 힘들어서 잠시 쉬는 거냐고 재차 물었더니 그만두었단다.

사십대 후반인 미우라 상은 우연한 기회에 한국어를 배우게 되었고 한국어 공부를 시작한 지 벌써 사 년이 넘은 베테랑이다. 나와는 한일 교류 작품전에서 알게 된 사이이다. 독신인 미우라 상은 시간만 나면 혼자 한국에 가서 자기가 배운 한국어를 테스트 해보고 젊은 친구들과 만나기 위해 대학가에서 번개팅을 주선할 정도로 한국어 공부에 적극적이었다.

차라리 어학 연수를 떠나는 게 훨씬 효과적일 거라고 권했지만 직장 관계로 그럴 수는 없기에 그 나름대로 한국을 가깝게 느끼는 방법으로 삼 개월에 한 번씩 한국에 가서 한국어도 익히고 사람들과 소통하곤 했다. 그리고 무엇보다 세계 역사에 관심이 많아서 한국 역사에 대해서도 상당히 많이 공부한 듯했다. 그래서 나와 얘기를 나눌 때도 늘 일본이 한국에, 한국이 일본에 어떤 영향을 미치며 살아왔는지를 설명하며 양국이 지닌 문제점을 예리하게 지적하곤 했었다.

"괜찮으면 왜 한국어를 그만두었는지 말해줄 수 있어요?"

그는 나의 질문에 조금 머뭇거리다가 어렵게 입을 열었다.

"한국어 공부를 하면 할수록, 말귀를 알아들으면 들을수록 한국 사람들이 가지고 있는 반일 감정이 내 생각보다 훨씬 크다는 걸 피부로 느끼게 돼요. 단지 난 내가 좋아하는 한국만을 간직하고 싶은데 그게 그렇게 간단치 않더라고요. 오히려 한국어를 몰랐을 때가 더 마음이 편했던 것 같아요. 무슨 소린지 몰랐으니까 깊게 생각하지 않았고 마냥 즐거웠거든요."

그런데 학생들과 대화를 나누기 시작하면서 양국의 과거사를 해결하지 않고서는 현재도 미래도 진전될 수 없다는 생각이 들었단다. 지금껏 한국 역사를 일본에서 발행된 역사책으로만 보다가 한국어로 된 역사책을 접하게 되고 그 역사를 생생히 알려주는 학생들과 대화하다보니 도저히 믿어지지 않는 일들이, 그리고 자신이 알고 있던 한일 관계와는 전혀 다른 부분이 너무 많아서 혼란스러웠단다. 정말 일본 사람들이 그렇게까지 했을까……. 정말 그렇게 못된 짓을 많이 했을까……. 자기 귀를 의심할 정도로 리얼한 정보들이 들어오다보니 머릿속이 패닉 상태가 돼버려서 알 수 없는 자괴감과 무기력감이 밀려들었다는 것이다.

"그냥 몰랐을 때처럼 과거를 접어두고 현재의 한국을 좋아한다고 말하는 것도 모순 덩어리같이 느껴져요. 그렇게 생각할 게 너무 넘치다 보니 한국어 공부를 좀 쉬어야겠다는 생각이 들었어요. 그런데도 저는 여전히 24시간 한국 드라마를 자막 없이 보고 있고, 한국에 관한 이벤트라면 습관처럼 발걸음을 옮기게 돼요. 머릿속에는 알 수 없는 거부감이 자리 잡기 시작했는데도 마음은 변함없이 이끌리고 있는 제가 바보같이 보이지 않나요?"

난 미우라 상의 얘기를 다 듣고 나서 솔직한 내 심정을 털어놓았다.

"과거사를 제대로 인식하기 위해서라도 한국어 공부를 더 열심히 해야 하지 않겠어요? 여기서 포기하면 과거에도 현재에도 모두 등 돌리는 것밖에 안 돼요. 역사를 배우는 이유는 과거를 통해 현재를 반성할 수 있고 더 나은 미래를 지향할 수 있기 때문 아닌가요? 우리가 올바른 역사 인식을 가져야 할 정말 중요한 이유는 지나간 우리 모습을 거울 삼아 지금의 모습과 앞으로의 모습을 제대로 인식해서 이에 합당한 행동을 해야 하기 때문이잖아요."

"난 지금 등을 돌리는 게 아니라 생각보다 문제가 너무 커서 어디서부터 풀어가야 할지 방향을 잃어버린 것 같아요."

그러면서 미우라 상은 한국에 그렇게 상처를 준 것도 가슴 아프고,

아직까지 잘못을 인식하지 못하는 일본인들이 많다는 것도 한심하다고 했다. 하지만 자기라도 바른 역사를 공부할 생각이라며 지난주엔 서점에 들러 한국인이 쓴 한국사와 관련된 책들을 두 권 사왔다며 다음에 만나면 자기에게 좋은 역사책 한 권을 추천해달라고 했다. 나는 다음 달에 만날 약속을 하고 전화를 끊었다.

미우라 상이 두려웠던 건 분명 일본 역사에서 배우지 못한 부분들을 한국인들의 입을 통해 들었기 때문일 것이다. 믿고 싶지 않았을 것이다. 상상을 초월했을 것이다. 그래서 겁이 났을 것이다. 난 그를 믿는다, 그리고 믿고 싶다. 그가 올바른 역사 인식을 위해 노력할 것이라고.

일본 속에서
살아가는
또 다른
아시아인

내가 예전에 살던 다카다노바바高田馬場에는 주일 인도대사관이 있었다. 그래서인지 인도 사람은 물론 방글라데시, 미얀마, 베트남, 태국, 네팔, 스리랑카 등지에서 온 피부색이 조금씩 다른 아시아인들이 꽤 많이 모여 살고 있었다.

어느 날 점심 시간 무렵, 역 앞에서 가라오케를 경영하고 있는 미얀마 출신의 마마•에게서 전화가 걸려왔다. 부탁할 게 있으니 시간이 날 때 가게에 좀 들러달라는 것이었다.

이 가게는 미얀마 음식과 미얀마 노래를 맘껏 부를 수 있는 가라오케 겸 음식점이다. 우연히 들어갔다가 독특한 미얀마 음식에 매료되어 가끔 깨달음과 함께 들러 술을 한 잔씩 하곤 했다. 그렇게 종종 가다보니 호탕한 성격의 마마와도 친해졌다.

다소 이른 시각인 5시쯤 가게 문을 열고 들어갔더니 특유의 향신료 냄새가 식욕을 자극해 배 속에서 꼬르륵 소리가 났다. 우선 간단히 주문하고 가게 안을 둘러보았다. 마마가 새로 들어온 주방 직원을 야단치는 듯 격양된 목소리가 들려왔고 또 다른 종업원은 가라오케 기계만 애꿎게 닦고 있었다.

혼자서 맥주를 반 병쯤 마셨을 무렵, 주방에서 나온 마마가 볶은 땅

• 일본에서는 식당, 음식점, 이자카야, 가라오케 등 식음료점이나 유흥업체의 여주인을 일반적으로 '마마'라고 부른다.

콩을 테이블에 올려놓으며 기다리게 해서 미안하다고 인사를 했다. 그녀는 일본에 온 지 이십오 년째로 일본인 남편과의 사이에 두 명의 자식을 두고 있는데, 일찍 결혼한 딸 덕에 손주도 한 명 있다. 마마는 오십대 후반이지만 얼굴이 작고 곱상하게 생겨서 손님들에게 인기가 많았다. 음식 솜씨도 좋아서 십여 년 전에는 세계 각국의 음식을 소개하는 TV 프로그램에 고정 출연을 하기도 했다.

"장사가 잘 되는 모양이에요. 종업원들 중에 낯선 얼굴이 많네요" 하고 덕담을 건네자 지난달 미얀마에서 친척들이 많이 들어와 스트레스가 많다며 앓는 소리를 했다. 방 얻는 것부터 슈퍼에서 물건 사는 법까지 이것저것 알려주느라 정신없이 바빴다는 것이다. 그러고는 날 보자고 한 이유를 말하기 시작했다. 지금부터 하는 자기 얘기를 신문사나 방송사에 투고해달라고 거듭 부탁하면서…….

먼저 어제 스포츠센터에서 있었던 일이다. 선풍기 바람에 머리를 말리고 있는데, 육십대로 보이는 일본 아줌마가 아래위로 그녀를 훑어보면서 선풍기를 혼자만 쓰면 어떡하느냐고 항의했다. 그녀는 반대편에 사용하지 않는 선풍기가 또 한 대 있으니 그걸 쓰라고 정중히 말했다. 그러자 아줌마가 대뜸 반말로 "당신 일본어 읽을 줄 몰라?" 하며 '선풍기는 서로 양보하며 사용합시다'라고 적힌 문구를 손으로 가리켰다. 그러고는 그녀를 매너도 모르고 예의도 없는 무례한 외국인 취급을 했다. 그래서 반대편 선풍기를 사용하면 될 것을 왜 괜한 트집을 잡느냐고 따졌더니, "당최 기분 나빠서 이 스포츠센터에 못 다니겠네. 요즘은 어딜 가나 외국인이 많아서 짜증 난다니까"라고 큰 소리로 툴툴거리고는 나가버리는 것이었다.

그다음은 우에노 시장(우리의 남대문시장과 같은 재래시장)에 갔을 때의 일이다. 알을 밴 생선이 많이 나오는 철이라 일부러 발품을 팔아서 갔던 것이다.

생선 코너를 둘러보다가 어느 생선가게 앞에 멈춰 종업원에게 이 생선이 알을 밴 거냐고 물었다. 그랬더니 궁금하면 묻지 말고 그냥 사면 되지 않느냐, 안 살 거면 물어보지도 말라며 가버리라는 손짓을 했다. 손님에게 그런 태도를 취하다니 무례하다고 한마디 했더니 대꾸조차 하지 않고 계속해서 가라는 손짓만 하기에 더 이상은 참을 수가 없어서 파출소에 신고를 해버렸다. 곧 경찰이 나타났는데, 그새 생선가게 종업원은 어디론가 사라져버리고 대신 사장이라는 자가 나와서는 우리 직원은 그런 말투로 말하지 않는다며 오히려 그녀가 오해한 것이라고 몰아붙였다. 상황을 지켜보던 경찰도 별일 아닌 것 같으니 서로 사과하고 마음을 풀라는 말만 되풀이하기에 더 이상 말해봤자 통하지도 않겠다는 생각에 그대로 마무리 짓고 돌아와버렸다. 하지만 생각할수록 너무 화가 나고 속이 상했다.

또 어느 날은 슈퍼에서 물건을 사려는데 직원이 대뜸 "더러운 손으로 만지지 마세요"라고 말하는 것이었다. 그래서 내 손이 더러운지 깨끗한지 당신이 어찌 아느냐고 악다구니를 썼더니 당신 나라로 돌아가라면서 싫은 소리를 했다. 관공서에서도 마찬가지였다. 이번에 친척들이 방문해서 관공서에 가게 되었는데 거기서도 외국인에 대한 차별이 존재했다며 그녀는 분통을 터뜨렸다.

지금 이 가게만 해도 그렇다. 같은 자리에서 팔 년을 영업하고 있는데, 건물주라는 사람이 길거리에서 마주쳐도 단 한 번도 자기에게 인사를 하지 않았다고 한다. 물론 일본에는 착한 사람도 많고 자기를 도와준 사람도 많지만 지금까지도 피부색이 다른 이에 대해 색안경을 끼고 보는 이들이 여전히 많다는 것이다.

영주권을 소유하고 있는데다 자식도 이 나라에서 태어나 자랐는데도 이렇게 무시를 당하고 있다면서 한국인이나 중국인들이 당하는 차별과는 또 다른 차별이 자기들에겐 있다고 했다. 그러니 이런 억울한 일을 세상에 널리 알려줬으면 한다는 것이었다.

그녀의 하소연을 듣고 있는 동안 다른 테이블에서는 미얀마와 베트남 사람들이 즐겁게 자국의 노래와 일본 노래를 번갈아 부르고 있었다. 그때 우리 바로 옆 테이블에서 우리의 대화를 심각하게 듣고 있던 미얀마 아저씨가 유창한 일본어로 그녀를 향해 부드러운 어조로 말을 걸었다.

"마마, 여긴 미얀마가 아니야. 남의 땅에서 살면서 내 주장을 다 펴고 살 수는 없어. 어느 정도는 날 죽이고 살아가야 해. 마마가 속상한 건 알지만 남의 땅에서 살아가기 위해서는 싫어도 참아야 하는 게 많잖아. 그러니까 이젠 그러려니 하고 그냥 살아. 미얀마로 돌아갈 게 아니면 말이야. 자식들도 여기 있고, 돈벌이도 여기서 하고 있잖아. 그러니까 그냥 참아. 마마가 어려웠을 때 도와준 사람들도 일본인이었잖아."

그녀는 납득할 수 없다는 표정을 지으면서도 그저 듣고만 있었다. 그 아저씨의 말이 아니더라도 그녀 역시 이미 알고 있는 사실이었다. 인정하고 싶지 않지만 인정할 수밖에 없고 받아들일 수밖에 없는 사실을 아저씨의 입을 통해 재확인한 것일 뿐이다. 맥주를 연거푸 두 잔이나 들이켜고 크게 한숨을 내쉰 그녀가 입을 열었다.

"당신 말이 다 맞아. 근데 아무리 세월이 흘러도 억울하고 속상하고 화가 나는 건 어쩔 수 없어. 내 성격 탓도 있겠지만 난 아직까지도 그런 인간들을 보면 피가 거꾸로 솟구치려고 해. 지금이 어느 때인데 인종차별을 하는 건지……. 그런 사람들은 용서하고 싶지 않아."

나는 같은 외국인의 입장에서 그녀의 마음을 조금이라도 달래주고 싶어서 조심스럽게 말을 꺼냈다.

"마마, 우리는 모두 외국인이야. 그러니까 일본인이 봤을 때는 다 똑같아. 피부색이고 뭐고 따질 것 없이 단지 일본인이 아니라는 것만으로 거부감을 느끼는 사람들이 많더라고. 섬나라 사람들의 특징 중 하나인데 일본인은 외부인을 받아들이는 게 서툴다고 해. 그 아픔과 서러움, 나 역시 겪었기에 누구보다 잘 알고 있고 나도 화가 나. 근데 그렇게 무시하는 사람들은 그 사람들 문제이지 우리들 문제가 아니야. 그러니까 우리도 그런 사람들을 무시하면 돼. 신경 쓸 가치도 없는 사람이라고 생각해버려. 화내고 속상해하면 나만 더 초라해지고 힘들어져. 그러니까 참 모자란 사람이다, 많이 부족한 사람이다라고 측은하게 생각해버려. 정말 그 사람들이 불쌍한 사람들이야."

마마는 내 말이 끝날 때까지 체념한 듯 고개를 떨구고 듣고만 있었다.

가게를 나서면서 그녀에게 신문사에 정말 투고할까요, 하고 다시 물었더니 고개를 저으며 언제나처럼 밝게 웃어주었다.

"다음에 또 그런 일이 있으면 그땐 이번 일까지 모두 꼭 투고해줄게."

당찬 약속을 하고 집으로 향하는데 발걸음이 무겁기만 했다. 국적이 달라서, 피부색이 달라서 받게 되는 차별대우를 투고해서 바뀔 것 같았으면 진즉에 날이면 날마다 투고했을 것이다.

외국인
세입자를
보는
일본인의 시선

일 년 전, 우리가 살던 집에 세를 놓으려고 집을 보여주던 때의 일이다. 이삿짐이 가득한 우리 집을 보러 온 팀은 총 여덟 팀이었다. 일본인 외에 외국 국적을 가진 이들도 있었지만 대부분 신혼부부, 동거 커플, 그리고 독신이었다. 그 집을 세놓는 데 특별한 조건은 없었다. 내가 외국인이고, 깨달음 역시 국적이나 연령, 결혼 여부 등은 전혀 문제 삼지 않았다. 요즘 같은 세상에 자국민, 외국인 가리는 게 웃기긴 하지만 아직도 이곳 일본은 외국인에게 세를 주는 걸(월세) 탐탁지 않게 생각하는 집주인들이 알게 모르게 많은 게 사실이다. 그렇게 여덟 팀이 집을 보러 왔고 마음에 들어 계약하고 싶어 하는 팀이 두 팀이었다. 먼저 신청서를 낸 팀은 외국 국적의 신혼부부였다. 부동산 측에서 그 부부가 세입을 원한다며 입주신청서와 함께 부부의 신상이 적나라하게 적혀 있는 두 장의 팩스를 보내왔다.

한 장에는 직장명, 월수입, 이사하는 이유, 지금 사는 곳의 월세까지 세세하게 적혀 있었고, 다음 장에는 외국인이 꼭 소지해야 할 외국인등록증이 앞뒤로 깨끗이 복사되어 있었다. 보통 외국인등록증엔 주소 외에도 비자의 종류 및 체류 기간이 기재되어 있다. 나도 외국인등록증을 가지고 있어서 그런지 서류를 살펴보다가 갑자기 짠한 생각이 들었다. 나도 일본 생활 초창기 때 학생 신분으로 방을 구하기가 힘들어서 몇 날 며칠 부동산을 돌아다녔던 씁쓸한 기억이 잠깐 스치고 지나갔다.

서류들을 자세히 살펴봤더니, 남자의 비자는 다음 주에 끝나고 여자의 것은 취업할 수 없는 비자였는데도 직장 주소가 적혀 있었다. 남편이 자영업을 한다는데 비자는 무엇으로 신청했는지, 아내는 어떻게 취업한 것인지 의문이 생겨 잠시 아무 말 없이 있었다. 그러자 깨달음이 서류들을 가져가 훑어보더니 내가 우려한 부분을 바로 알아채고는 부동산 측에 전화를 걸었다.

일본에서는 집을 빌리려면 보증인이 필요하다. 그래도 요즘은 보증인을 세우는 경우가 조금 줄어들긴 했지만 웬만한 집을 구하려면 여전히 보증인이 있어야 한다. 특히 외국인에게는 더더욱 일본인 보증인을 원하는 곳이 80퍼센트를 차지하고 있다. 일본인 보증인을 구하지 못한 경우에는 불법으로 보증인이 되어줄 일본인에게 약간의 사례금을 주고 보증인 역할을 부탁하는 경우도 종종 있다.

부동산 회사를 다닌 후배가 해준 말에 따르면, 일본의 부동산 측이나 일반적인 일본인 집주인들이 외국인 세입자에 대해 갖고 있는 이미지는 대충 이러했다. 중국인은 방을 지저분하게 쓰고, 한국인은 둘이 살겠다고 해놓고는 여러 명이 모여 사는 경우가 많고, 필리핀인은 파티가 많아서 시끄럽고, 미국인은 남녀 트러블이 많고, 유럽인은 약물 사고가 잦다는 것이다.

그리고 요즘은 특히 한국과 중국 유학생들이 방을 엉망으로 해놓고 가는 통에 사실 그들에 한해 입주 불가를 선언한 곳이 꽤 있다고 했다. 일본에서 세입자는 입주 시에도 여러 가지 규정이 정해져 있고 퇴거 시에도 룰에 맞게 이행하지 않으면 보증금을 돌려주지 않거나 청소비를 별도로 청구하기도 한다. 글로벌, 다문화, 국제화 시대라고는 하지만 아직도 각 나라의 세입자에 대해 갖고 있는 편견은 좀처럼 바뀌지 않고 세입자들도 일본 문화가 익숙지 않아 종종 트러블이 발생하고 있다.

이윽고 깨달음이 긴 통화를 하고 나서 부동산 측에서 내일 그 부부에게 세금명세서와 재직증명서를 제출하도록 요구하겠다고 말했다고 알려주었다.

"꼭 그렇게까지 해야 해? 그냥 우리에게 제출할 필요 없으니 부동산 측에서 알아보고 문제가 없을 것 같으면 바로 계약하자고 하면 어때?"

"당신 마음은 알겠는데, 그래도 내일 서류들을 직접 확인하고 결정하고 싶어."

깨달음은 집주인 입장에 비중을 두었고 난 외국인 입장에서 그 부부를 대하고 있다는 걸 느꼈다. 아무튼 별다른 문제가 없으면 이 부부가 우리 집의 세입자가 될 것이다. 행여나 문제가 있다면 두 번째로 기다리고 있는 일본인 독신 남자가 살게 될 것이다. 지금까지 세입자 입장이던 내가 집주인이 돼서 보게 된 입주신청서가 참 많은 것을 떠올리게 했다.

집주인과 세입자는 서로 입장이 다를 수밖에 없는 게 현실이지만, 그곳이 어디든 내 나라가 아니면 괜한 서러움을 받는 게 타국살이이다. 비록 월세일지언정 복잡한 심사 없이 방을 구할 수 있기를 바라는 건 아마도 무리일 것이다.

변해가는
한국의 모습이 아쉬워

집에서 한 정거장 떨어진 곳에 줄을 서서 한참을 기다려야 먹을 수 있다는 유명한 고깃집을 찾았다. 주인장은 재일 동포 3세로 대대로 한 곳에서 고깃집을 운영했다고 한다. 인기 있는 만큼 예약하기가 힘들었는데 깨달음이 어떻게 운 좋게 예약했고 우리는 카운터 석에 앉을 수 있었다.

오픈 주방에서 일하는 종업원이 네 명이나 있었고 그들의 대화 속엔 한국어가 조금씩 섞여 있었다. 그들은 각자 담당하고 있는 요리가 다른 듯 바쁘게 움직였다. 먼저, 상추 샐러드와 나물, 김치 3종 세트 그리고 깨달음이 무척 좋아하는 천엽도 주문했다. 천엽을 먹을 때마다 깨달음은 한국에서는 싱싱한 간도 서비스로 나오는데 일본에서는 사서 먹어야 한다며 투덜거린다.

이 가게는 각 부위별 고기가 나오는 모듬 세트가 추천 메뉴다. 우리도 그걸 주문하고 열심히 구워 먹는데, 깨달음이 이성을 잃은 듯 초스피드로 고기를 입속으로 밀어 넣었다. 내가 천천히 먹으라고 했더니 내 쪽을 향해 눈을 희번덕 뜨더니 요즘 고기를 많이 못 먹어서 체력 고갈 상태라며 저녁 메뉴에 고기 반찬을 좀 늘려달라고 엉뚱한 소리를 했다.

"각 부위별로 두 조각씩 나왔는데 당신이 거의 다 먹었잖아. 그런데도 눈에 흰창을 내보이다니……."

"내가 얼마나 영양이 부족한 상태인지 보여주려고 그랬지."

깨달음은 자기가 말해놓고도 웃겼는지 피식 웃었다. 이미 배가 부른데도 깨달음은 또 고기를 주문했고 굽기가 바쁘게 먹고 또 먹었다. 그렇게 먹고 난 후 마지막으로 나는 냉면을, 깨달음은 늘 주문하는 육개장을 시켰다. 육개장 국물이 나오자 깨달음은 얼른 한 숟가락 떠먹어 보더니 냉면을 먹고 있는 나를 자꾸 쳐다보았다. 나는 그 시선을 느꼈지만 부러 모른 척했는데, 깨달음이 다시 눈을 희번덕 뜨고 얼굴을 내게 가까이 들이댔다.

그래서 그냥 냉면 그릇을 밀어줬더니 육개장에 면을 찍어 먹기도 하고 남은 고기를 면에 올려 먹기도 하며 국물까지 시원하게 들이켜고 나서야 젓가락을 내려놓았다.

계산서를 보고 예상 금액보다 많이 나와서 약간 놀라긴 했지만 맛있게 잘 먹었으니 기분 좋게 지불하고 집까지 걷기 시작했다.

저녁인데도 한여름의 열기가 식지 않은 탓인지 몇 분 걷지 않았는데도 땀이 많이 났다. 깨달음이 여름에는 체력을 보강하기 위해 고기도 많이 먹어줘야 하지만 일본은 장어구이로 여름을 나니까 다음 주에는 장어를 먹자고 했다. 그러면서 한국의 삼계탕도 먹고 싶다며, 한국은 복날에 삼계탕 이외에 뭘 먹는지 물었다. 얼른 검색해서 보신탕, 오리탕, 추어탕, 장어 순으로 먹는 것 같다고 대충 알려주었다.

"보신탕은 나도 먹어봤어. 1990년대 초에 한국에 갔을 때 감기가 심해서 호텔에 누워 있는데 선배가 나베(탕, 찌개)를 먹으러 가자고 해서 따라나섰지. 무엇인지도 모른 채 먹었는데 지금도 기억나는 게 먹는 내내 기름기가 많아서 입술이 끈적거릴 정도였어. 다 먹고 나니까 보신탕이라고 알려주더라고. 그런데 이상하게도 그렇게 거북스럽지 않았어. 감기도 나았고."

내가 혐오스럽다는 눈빛으로 쳐다봤더니 그 뒤로는 한 번도 안 먹었다면서 그 당시는 모든 게 새롭고 신기했기 때문에 뭐든지 체험해보고 싶은 생각이 강했다고 변명하듯 말했다.

동대문 뒤편의 포장마차에서 굴 구이를 먹고 배탈이 나서 죽다 살아난 일, 군밤이랑 오징어를 매일 밤 사다 먹었던 일, 온돌방에서 처음 잤을 때 등은 뜨거운데 공기가 건조해서 욕조에 물을 받아놓고 잤던 일, 고속버스를 타면 꼭 오징어, 벨트, 신문, 팔목시계 등을 들고 아저씨들이 버스에 올라와서 열심히 팔던 일, 커피숍에 갔더니 다디단 커피에 달걀 노른자가 떠 있는 걸 보고 깜짝 놀랐던 일……. 지금도 좀 후회되는 것은 한정식을 먹으면서 창도 듣고, 치마저고리를 입은 언니들에게 대접을 받으며 양반 체험을 해보고 싶었는데 못 해본 것이라고 했다. 그 당시 선배들이 비싸다며 아무도 자기를 데려가지 않았다는 것이다.

내가 눈에 힘을 주고 째려봤더니 뭔가 할 말이 더 남아 있는 듯한 얼굴이었지만 말을 멈췄다. 아무튼 1980년대 후반, 한국에 많은 관심을 갖고 한국의 건축 문화를 공부하던 그 시절, 깨달음은 서울을 시작으로 대전, 안동, 경주, 대구 등을 돌아다니면서 여러 가지 경험(?)을 했던 것 같다.

내 기억 속에 있는 1980년대의 모습과 남편이 체험하고 느낀 한국의 1980년대는 닮은 듯 다른 모습이었다. 깨달음은 88올림픽 준비로 분주하던 무렵에 두 달에 한 번 정도 한국에 갔었다. 한국의 건축 양식을 연구하기 위해 전국 각지를 돌아다녔고, 교수님의 논문에 필요한 정보를 얻기 위해 초가집을 찾으러 다니기도 했다. 뭐니 뭐니 해도 한국 사람들의 순박함과 정이 넘쳐나던 시대였다. 식당에 밥을 먹으러 가면 옆 좌석에 앉은 사람들이 말도 안 통하는 자기 팀에게 안주를 시켜주기도 하고 자기 테이블에 있는 안주를 먹어보라며 권하기도 했다. 어떤 때는 말없이 막걸리 한 병을 자기네 테이블에 올려주기도 했다. 그러면 자기네도 미안해서 서로 주고받다보면 새벽까지 술을 마시게 되고 헤어지기 전에 해장국 집까지 같이 가서 바디랭귀지를 해가며 많은 얘길 나누곤 했다.

호텔 앞엔 군밤을 팔거나 오징어와 쥐포를 파는 리어카 상인들이 밤늦게까지 장사를 했다. 아침마다 군밤을 사는 깨달음을 기억하고는 오징어를 파는 아저씨가 쥐포도 한 마리 덤으로 구워주곤 했다. 그때는 사람과 사람 사이의 '정'이 넘쳐났다. 말은 안 통해도 정이 통하던 시절이었고, 어디를 가든, 무엇을 하든, 따뜻하게 맞이해주는 분위기가 있었다.

"그때는 새로운 사람들을 만날 때마다 가슴이 따뜻해지곤 했어. 그런데 지금은 한국에 그런 정 문화가 많이 사라진 것 같아. 나는 예전에 따뜻했던 한국을 경험했기 때문에 요새 한국이 차가워지고 있는 걸 바로 느낄 수 있어. 좀 더 구체적으로 말하면 사람들의 관계가 일본처럼 변해가는 것 같아. 싫어도 싫다고 말하지 않고 그냥 참고 넘어가는 게 영락없는 일본 사회 같아. '우리'라는 문화가 깔려 있던 곳에 '개인주의'가 정착되고 있는 거지. 함께 더불어 사는 '우리'라는 문화야말로 한국 사회를 하나로 묶어주는 경쟁력이었는데 이젠 그 모습들이 사라져가는 것 같아서 아쉬워.

IMF금융 위기 때 한국에서는 '금 모으기 운동'을 했잖아. 세상에 자기 나라를 위해서 어느 국민이 그런 일을 하겠어. 그런 나라가 바로 한국이야. 나는 그것만 생각해도 가슴이 찡해. 남이 아프면 같이 아파하고 서로 위로해주고, 나보다 가족을 그리고 친구와 이웃을 먼저 생각하는 한국 사회였는데, 언젠가부터 일본처럼 좋은 것도 싫은 것도 편히 말을 못 하는 사회가 돼버렸어. 봐도 못 본 척하고, 사람들과 관계도 잘 맺으려 하지 않아. 그게 나는 씁쓸해."

깨달음의 얘길 들으면서 나는 후배가 해준 말이 떠올랐다. 요즘 한국 사람들은 좋은 소리를 해도 싸우니까 굳이 싫은 소리를 안 한다고. 그래서 더 서로에게 무관심해지고 그게 더 편한 세상이 돼버렸다고.

깨달음은 삼십 년 전에 느낀 한국의 정서를 아직도 고스란히 간직하고 있는 것 같았다. 그래서 더 서운하고 슬프게 느끼는지도 모른다.

"내가 경험했던 80년대의 한국은 이제 찾아볼 수 없지만 그래도 한국인만이 가지고 있는 따뜻한 인간미는 아직까지 남아 있는 듯해 다행이야. 타임머신이 있으면 다시 한 번 한국의 70년대, 80년대로 돌아가 보고 싶어."

깨달음의 얘기를 듣고 있으면 마치 우리 삼촌들의 젊었을 때 얘기를 듣는 듯하다. 일본인이 하는 얘기라고는 믿기지 않을 만큼 리얼하고 감상적이다. 정말 타임머신이 있으면 그때 그 시절로 한번 보내주고 싶다. 지금도 변함없이 한국을 좋아하는 깨달음을 위해…….

일본의 야스쿠니 신사를 지나고 있는 일본 우익 단체의 트럭.

일본에서는 지난 2015년에 특정 인종과 민족에 대한 차별을 선동하는 증오 표현과 증오 연설(헤이트 스피치)을 근절하기 위한 법안을 통과시켰지만, 이에 대한 금지 규정이나 처벌을 따로 명기하지 않아서 실효성 없는 법안이라는 비판이 거세다.

韓国風家庭料理
炭火焼肉
모이세
モイセ
☎3205-2373
韓国家庭料理
한국가정요리
ルビ・生三段バラ専門店
돼지갈비/생삼겹살

ジャジャン麺
ハウス
한국 송금
돌이네집
営業中
辛いから、旨いから。
ジャジャンハウス
한국 송금

일본에 한류바람을 일으켰던 욘사마의 아줌마 팬들이 사라지고 이제는 십대와 이십대가 케이팝 콘서트 장을 가득 메우고 있다. 젊은층은 케이팝이 좋아서, 나이 든 오십대 아저씨들은 중독성 강한 한국 드라마에 빠져서 한국어를 배운다. 그러다보니 코리아타운에서 한국 음식을 즐겨 먹고, 한국 여행도 자주 간다. 세월이 흐르면서 한류 문화도 나이별 수용 형태가 달라지고 있는 것이다.

KOHAKU
red.
UKATSU
花園五番街
BAR
ALBATROSS
Asahi

일본에서는 식당, 음식점, 이자카야, 가라오케 등 식음료점이나 유흥업체의 여주인을 일반적으로 '마마'라고 부른다. 우리 부부가 자주 가는 미얀마 식당의 마마는 일본에서 이십오 년째 살고 있고 영주권도 소유하고 있지만 여전히 외국인 차별의 서러움을 겪고 있다. 그들은 한국인이나 중국인이 당하는 차별과는 또 다른 차별을 받는다고 말한다.

남편이 일본인입니다만

초판 1쇄 발행 2016년 12월26일

지은이 케이(정현숙)

펴낸이 김철식

펴낸곳 모요사

출판등록 2009년 3월 11일(제410-2008-000077호)

주소 10209 경기도 고양시 일산서구 가좌3로 45 203동 1801호

전화 031 915 6777

팩스 031 915 6775

이메일 mojosa7@gmail.com

ISBN 978-89-97066-31-5 03810